和歌文学会
出版企画委員会［編］

和歌のタイムライン

年表でよみとく和歌・短歌の歴史

三弥井書店

目次

近・現代

付記

・時代概説とコラムは、各時代の担当者が執筆しました。
ただし〈院政期の和歌〉のコラムのうち、和泉式部と和歌説話、源氏物語と和歌、語り継がれる忠見と兼盛、は、岸本理恵の執筆です。

また、室町時代のコラムのうち、三条西実隆と和歌研究、戦国大名と和歌・連歌は、嘉村雅江の執筆です。
・明治維新以降のコラムのうち、観潮楼歌会、晶子の開いたもの、女歌をめぐって、は、石川浩子の執筆です。
・小コラム、三十六歌仙、新三十六歌仙、百人一首の歌人、勅撰和歌集一覧は、草野隆が担当しました。
・後嵯峨院時代から室町時代の校正については、嘉村雅江と福井咲久良が協力しました。

はじめに

和歌の年表を読む楽しみとは

年表というものは、一見すると無味乾燥な事実の羅列・集積に過ぎません。この和歌の歴史の年表も、年ごとの狭い枠組の中に、和歌作品や出来事の記事があり、その名前だけは見たことがある歌人たちの名や、まったく聞いたことのない歌や作品の名があって、歌人の命日や没年齢が並んでいるだけです。それが淡々と続きます。

しかし、その枠組をなんとなく眺めていると、次第に、いろいろなことに気がついてきます。あれっ、そうだったのか、と思わせる小さな発見がいろいろとあるのです。

一度行ったことのある土地でも、改めてその場所の地図や航空写真を見ていると、思わぬ発見があるものです。時々訪れるあの古い公園だけれど、いつも使わない西の出口から出ると、駅まですぐで、そこにはにぎやかな商店街があって、古民家カフェなどもあったのか、などという発見です。年表の面白さは、地図の面白さと通ずるものがあります。

例として、皆さん御存じの歌人、小野小町について、この年表を参照してみましょう。この年表を繰ってみると、仁寿元年（八五一）の枠に小町が出てきます。このころまだ小町は生存していた、という意味の記載もあります。

しかし、文徳、清和両天皇のころのこの年表には、後の世のような歌合や歌会の記事がなく、白い枠ばかりがめだって、なんだか閑散としています。小町が何かの行事に参加して活躍したなどという記事もありません。

ここで、ああ、そう言えばそうなのだったと思い出す人もいるかもしれません。『古今和歌集』の序などで、六歌仙つまり小野小町のころには、和歌は「いろごのみの家」の「埋もれ木」になっていて、一部の人だけが秘かに楽しむものとなっていたとあるのでした。このころ、万葉の時代のように宮中の宴などで和歌が朗詠されたり、華やかな和歌の行事が行われることは、めったになかったようなのです。和歌は愛好する人によって秘かに詠まれていて、宮中などで開かれ、年表に記載されるような行事が少なかったのです。この空白の枠にはそういう意味があったのです。

さらにこの年表を見て行くと、このあとの仁和元年（八八五）の条に、「これ以降歌合が盛んに開催される」とあります。なるほど、宮中などでは、小野小町の生きた時代の後に、歌合という和歌の行事が盛んになっていったのですね。そういえば小町が歌合で活躍したなどというお話も聞いたことがないのでした。

和歌の行事がむやみに多い時代もあります。年表のページを繰って、別の時代を見てみましょう。

たとえば、この年から三百三十年近く後の建保元年（一二一三）の条はどうでしょうか。枠の中にいくつも記事があって、その最後に、順徳天皇がこの年五十三回もの歌合・歌会を開いているとあります。この帝の歌集には詳細な記録があります。それを数えるとそうなるのです。その前年にも、三十三回とあり、翌年も二十五回とあります。（この年表にもその歌合や歌会のすべてを書き込みたかったのですが、行数が多くなり過ぎるので、やむなくこのような形にしています）

小野小町が生きた時代と、毎週のように帝が歌会を開く時代とは、ずいぶん違うものだと実感されることでしょう。『古今和歌集』が撰ばれる前の、小町、あるいは在原業平ら六歌仙が生きたのはそういう時代で、順徳天皇の生きた『新古今和歌集』が成ったあとの時期は、そういう風なのでした。時代時代で、和歌の世界の景色は大きく違っているのです。

近代に目を転じてみましょう。たとえば、こんな質問があったら、あなたはすぐに答えられるでしょうか。

▼「やは肌の熱き血潮に触れも見でさびしからずや道を説く君」で有名な、あの明星の歌人与謝野晶子が、詩の形式で「君死にたもうこと勿《なか》れ」を発表したのと、かの夏目漱石が『坊っちゃん』を発表したのは、どちらが先でしょうか？

明治三七年（一九〇四）二月に日露戦争が開戦しています。「君死にたまふこと勿れ」は、その年九月に発表されていて、大町桂月らによって批判され、論争となっていました。

翌三八年五月二七日に、日本海海戦がありました。東郷平八郎率いる連合艦隊がロシアのバルチック艦隊を撃破した、あの戦いです。

与謝野晶子はその年に、山川登美子、増田雅子とともに歌集『恋衣』を刊行し、そこに「君死にたまふこと勿れ」も収められました。時に晶子は二十八歳でした。有名な第一歌集『みだれ髪』は明治三四年で、これより四年前のことです。また、この翌年にはまだ二十歳にもなっていない石川啄木が東京に出てきていて、与謝野夫妻に会ったりしています。

一方、夏目漱石は、このころすでにイギリスから帰国していて、東京帝大の講師をつとめたものの、いまだ「神経衰弱」が癒えていませんでした。勧める人があって、漱石はこの明治三八年の一月から、『吾輩は猫である』の連載を始めました。漱石の友人だった正岡子規らの作ったホトトギスという俳句雑誌に連載したのです。この好評もあって、やがて漱石は元気を回復していったようで、その中で『坊っちゃん』が発表されます。明治三九年のことです。

つまり、若き与謝野晶子が日露戦争の進行するなか衝撃的な新体詩を発表し、並行して歌友たちと新しい歌集を編んでいたころ、夏目漱石は閑雅な『猫』を書いていたのでした。『坊っちゃん』はその少し後の発表なのでした。

歴史の流れの中で、時に事件が起き、歌人たちが怒ったり悲しんだりしていて、歌が詠まれ、あるいは歌集がまとめられる…こうした事情は、それが『万葉集』の時代でも、『新古今和歌集』の時代でも、近現代でも変わりません。年表という地図を手に、その細かな事柄の森の中をさまよってみると、そこには思いがけないめずらしい花が咲いていたり、泉が湧いていたりするのが見つけ出されるのです。

もうひとつだけ、この年表という名の地図を参照してみましょう。あの『平家物語』に語られる、寿永二年（一一八三）から数年の間を例にしてみます。

寿永元年のころ、東国ではすでに武士たちが力を蓄えていて、そのひとりの木曽義仲は都に上らんとしていました。義

藤原俊成邸門前の平忠度
右田年英　英雄三十六歌撰

仲は寿永二年五月、越中の倶利伽羅峠の戦いで平維盛の軍勢を破ってついに都に入ります。平家にあらずんば人にあらずと言われ、専横をほこった平家も、七月には西国へと落ちて行く事になりました。

その同じ年の二月、後白河法皇は藤原俊成に、勅撰和歌集を撰ぶよう命じています。すなわち国をあげての動乱の中で、後白河法皇は勅撰和歌集の作成を計画しているのです。歌人俊成は指名されてそれに応じ、この年の春から数年の間、専ら秀歌の選択と配列に心を砕きました。俊成撰の『千載和歌集』は、この五年の後に完成し、文治四年四月二二日に後白河院のもとに収められることになります。

一方、和歌史や歴史のエピソードに詳しい人だったら、ここですぐに『平家物語』に語られる、ある有名な事件を思い出すことでしょう。平家の公達のひとりである平忠度《ただのり》が、一度は都から落ちて行ったものの、途中から鎧装束のまま引き返して来て、歌の師であった俊成に自分の歌百首余りの控えを渡したという物語です。もしこの出来事が事実であったとしたら、それはこの寿永二年の七月二五日か、その翌日のことであるはずです。

忠度は、この翌年の二月七日に、あの義経が「鵯越《ひよどりごえ》の逆落とし」で大活躍をしたといわれる一ノ谷の合戦で討たれ、命を失っています。忠度の武具には一首の歌が結びつけられていたといいます。木曽義仲はそれより早く、鎌倉の軍勢との戦いで近江の国粟津で死んでいます。忠度は四十一歳、義仲はまだ三十一歳という若さでした。

ところがこれだけではありません。改めて年表を見てみましょう。この寿永二年から翌年のあたりを参照すると、この時期盛んに古歌集の注釈が行なわれていることが読み取れます。六条家といえば、御子左家の俊成と競い合っていた和歌の家ですが、その六条家の顕昭という僧の仕事です。パトロンは仁和寺の守覚《しゅかく》法親王で、注された歌集は『拾遺抄』から源俊頼の『散木奇歌集』に及び、『万葉集』にも研究の手が伸ばされていて、顕昭は『万葉集時代難事』なる歌論書を書いています。

都でひたすら『万葉集』の研究に打ち込んでいる人々はほかにもいて、『万葉集』の研究者なら知らない人のいない元暦校本という古写本は、このころに作られています。

ところで、かの西行法師に、ある有名なエピソードがあります。史書の『吾妻鏡』に書かれている話です。西行が秋の鎌倉を訪れ、頼朝と対面して夜遅くまで話し込み、おみやげに銀でできた猫をもらったというのです。無欲な西行は、頼朝の館から出るとすぐに、その銀の猫をそこで遊んでいた子どもにあげてしまったと語られます。

それは、壇ノ浦で平家が滅亡した翌年の、文治二年のことだと伝えられています。このとき西行がなぜ鎌倉を訪れていたのかというと、平家の放火によって焼失していた奈良の東大寺の大仏の復興のために、その資材や資金となる砂金を集める旅に出ていたのでした。また西行はこの事業の一環として、「百首歌」を企画して、有名歌人に作成させています。二見浦百首と呼ばれています。この西行の呼びかけに応じて、際だって新しい詠み方の百首を詠じたのが、まだ二十五歳という若さの藤原定家なのでした。

その藤原定家は、文治元年の新嘗祭の行事の中で、源雅行なる歳下の男といさかいとなり、短気を起こして乱暴を働き、翌年の三月まで自宅謹慎の憂き目に遭ったりしています。逼塞していた定家は、折から父俊成が編纂していた勅撰和歌集の手伝いに励んでいたのでしょうか。

年表を見ていると、この数年の京都では、いろいろな出来事が並行して起こっていることがわかります。平家の敗走と、新しい勅撰和歌集のプロジェクトと、古歌集や万葉集の研究と、新しい詠み方の和歌の模索と…

この時期の都では、何か、共鳴のような現象が起こっていたのでしょうか。

以上の事柄の大半は、この年表の四年間、三十行ほどの中に記述されていることなのです。年表なるものからは、実にいろいろなことが読み取れるのです。

西行の銀の猫の挿話をどこかで聞いて知っていても、それだけでは不充分で、それがいつのことであったのか、社会はどういう状況だったのか、あるいはこのとき西行は何歳であったかなどについて知っていて、ようやく理解が深まるのでしょう。西行は、建久元年に七十三歳で没したようですから、頼朝と出会ったとされるときには、六十九歳ほどということになります。頼朝は四十歳と、まだまだ若いのです。

また、薩摩守平忠度と俊成の挿話を知っていても、それが、動乱の歴史のどのような局面の話として伝えられているのか、年表なるものを眺めていると、あらためていろいろと考えさせられることでしょう。

この年表は、「読む和歌史年表」をめざしています。読む人それぞれが、いろいろな角度から、その人ならではの読み方をして、さまざまなことを発見して欲しいのです。


さて、この年表の使い方はいろいろありますが、ここで、その一つを提案してみたいと思います。

年表の下の枠には、その年に亡くなった歌人と、その没年齢が書き込んであります。古い時代の歌人で、生まれた年が分からない場合はしかたありませんが、分かる限りはその没年齢を記すようにしています。たとえば昭和三五年の枠からは、この年の一一月一九日に吉井勇が満七十四歳で没していることが分かります。

そこで、その前年から、枠の隅のあたりに、エンピツで勇の年齢を書き込んでいくのです。７３、７２…という具合にです。最後はその歌人が生まれた年ですね。枠に小さく０と書き入れましょう。この年表は、法律が改正され、年齢の数え方が満年齢に変更された昭和二十五年以前は、数え年を記載しているのですが、ここは満年齢を書き込んでみましょう。すなわち生まれ年は○歳です。

年表を見ながらそんな数字をコツコツと書き込んでゆくと、その歌人が生きた時代の様子が浮かんできます。吉井勇が第一歌集『酒ほがひ』を出したのは、明治四三年で、勇は満二十四歳なのですね。一方この年には、日韓併合があったことなどもわかります。勇は、鎌倉の海辺で恋の歌を、たとえば「海風は君がからだに吹き入りぬこの夜抱かばいかに涼しき」などと歌っていますが、それは、この少し前のことで、勇は今で言えば大学を出たばかりくらいの年齢だったのでした。あの俵万智さんが、やはり恋の歌が目立つ第一歌集『サラダ記念日』を出したのが昭和六二年のことで、そのとき万智さんは満二十五歳ですから、勇はそれよりもほんの少し若いのでした。

さらにこの年表を参照すると、その明治四三年には若山牧水が『創作』という雑誌を創刊していて、そこに石川啄木が寄

北原白秋『桐の花』カット

稿していることや、その啄木と勇はその前年に『スバル』を創刊していることがわかります。このころは、歌誌の創刊ラッシュであることもわかります。

また、与謝野鉄幹や北原白秋ら五名が九州を旅した、知る人ぞ知る大旅行があります。その旅は、紀行文として「五足の靴」という題で新聞に連載され、南蛮趣味の流行を招くことになったのでした。この旅は『酒ほがひ』刊行の三年前、すなわち明治四〇年のことで、満二十一歳の若き勇も、白秋らに同行していたことにも気がつくことでしょう。

ページの隅に新しく書き込んだ年齢の数字を辿っていくと、吉井勇という歌人が、何歳の時、誰と会っていて、そのとき社会ではどんな事件が起きていたのか、などが伺えるのです。たとえば、日本が敗色濃厚になりつつあった昭和一九年には、諸雑誌の統廃合が命じられていますが、その年勇は満五十八歳で、その名も『玄冬』という歌集を出しています。なるほど、暗い世相の中だから『玄冬』なのでしょうか?どんな歌集なのか、ちょっと確かめてみたくならないでしょうか。

同じことを万葉の時代の柿本人麻呂に試みたらどんな結果が出るでしょうか?紀貫之では?紫式部では?香川景樹では?

この年表という地図をあれこれ辿ってみるとき、片手に鉛筆を手にしていると、さらに面白いあれこれが発見できるかもしれません。色鉛筆なら、もっとよいかも知れません。

ところで、あなたは次のような質問に答えられますか。答えられなかったら、この年表のページをめくって、その答えを探してみてください。その答えだけではなく、もっといろいろな発見に驚かされることでしょう。

▼唐の楊貴妃が、安禄山の乱の中で殺されたころ、日本で活動していた歌人は誰でしょう?

▼和泉式部と紫式部は、どちらも中宮彰子の女房でした。では、『和泉式部日記』と『紫式部日記』では、どちらが先に書かれたのでしょうか?

▼フランスでジャンヌ・ダルクが活躍していた頃、我が国の京の都で大流行していた文芸は、和歌ではありませんでした。それは何でしょう?

▼シーボルトが長崎に到着した文政六年(一八二三)のころ、賀茂真淵ら、国学者と呼ばれる人たちが特に興味を持って研究していたのはどんな和歌集でしょうか?

▼吹雪の八甲田山で、青森の歩兵連隊が遭難した年、東京で与謝野鉄幹、晶子夫妻を訪れた若き歌人は誰でしょう。

この年表は、行数・ページ数が限られた小さな年表なので、何でも載っているというわけではありません。また細かな解説があるわけでもありません。しかし、本書を入り口として、さまざまな事実を読み取ることが出来ます。さらに、この年表を手がかりとして、ちょっと辞書を引いたり、ネット検索を試みたりすると、もっといろいろなことが分かることでしょう。

年表は、歴史を俯瞰するガイドブックであり、地図でもあるのです。この年表が道しるべとなって、皆さんが楽しい和歌史の旅に出発できますよう、祈っています。

（草野）

（質問の答）　大伴家持　和泉式部日記　連歌　万葉集　石川啄木

凡例

・和歌の歴史について、その始発と思われる時代から、昭和六三年（一九八八）までを年表としました。

・時代区分は、上代、中古など、一般的な区分と名称によっています。『万葉集』の時代が上代で、平安時代が中古、鎌倉時代から室町時代の末までが中世、江戸時代が近世です。明治維新の後、昭和までを近現代としています。

・各時代を適宜区切り、見出しを付しています。必要な場合は小見出しも付しました。上代を例とすると、「和歌史の始発　記紀歌謡・万葉集第一期・歌謡から和歌へ」という形です。

・時代の区切りごとに、まずはコラムの形で、おおまかな歴史の流れを概説しました。

・年表は、一般事項、西暦、年号、和歌関連事項、没年など、の順で組んでいます。

一般事項……日本史的な事項を適宜掲載しました。世界史的な事項も、▼のあとに掲載しています。ただし、和歌関連事項に比して多くの行数が必要になる場合には切り詰めています。特に、世界史的な事項は、行数に余裕がなくて見送った事項も多いので、たとえば、この▼のついた項目だけをたどって世界史を俯瞰することなどはできません。あくまで参考程度の記載です。

西暦……八七年から一九八八年までが収録範囲ですので、およそ一九〇〇年が対象となっています。

年号……大化が日本初めての公式の年号とされています。それ以前は天皇の在位年を掲載しています。改元以前は前年の年号であるので、改元の日付を掲載すべきなのですが、それだけで行数がかなり増えてしまうので、省略しています。

天皇……その年に在位している天皇の御名です。即位した初年については、即位の日付を示すべきですが、年号と同じく省略しています。また、近現代については、年号と天皇の名が一致することもあり、省略しました。

和歌関連事項……歌合や作品の成立などのほか、和歌が詠まれることになった事件、関連する物語などについても掲載しています。連歌、俳諧などについての事項も、必要に応じて掲載しました。
上代については、適宜『万葉集』の巻と歌番号を付載しました。『日本書紀』などについても同様にしています。（万1・八）は、『万葉集』巻一の八番の歌を意味します。
また、近現代については、刊行された作品名、すなわち歌集、歌書などの名に『』を付しました。近世以前については省

没年など…………その年に没した歌人について死没した月日と没年齢を掲載しました。

略しています。

生没について確かな史料がない歌人については、消息の分かる史料によって、「このころ生存」などと記載しています。

なお、年齢は数えですが、昭和二五年一月一日を区切りとして、以降は満年齢としています。この前年の昭和二四年五月二四日の法律第九六号、「年齢のとなえ方に関する法律」の施行による処置です。

また、三十六歌仙などについて、その没年齢に続けて、左にあげるような記号を付記しています。

三十六歌仙　………●
中古三十六歌仙　……☆
『百人一首』………◆

・年表作成にあたって次のようにしています。

一般事項、和歌関連事項
年月、日付については、十、百などを用いない形にしました。（例）三年一〇月一二日
右以外の数については、十、百などを用いる命数法によっています。（例）百四十年　各五十首を献じた
ただし、四桁以上については、「約四五〇〇首」のような形にしました。（なお、ルイ16世のような形にしたものもあります）
作品名に『』は付していませんが、近現代は歌集名や雑誌名が肝要となるので、『』を付しています。

各時代の概説・年表下のコラム
日付については年表と同じ形にしましたが、その他については、基本的に命数法によっています。
（例）全二十巻　二百首の歌を　十八世紀になると
時代解説およびコラム本文については、作品名に『』を付けました。近現代の諸歌集および結社の雑誌類についても、『』を付しました。

・各ページの下にコラムを設け、その時代の和歌や歌人たちについての解説や、和歌の置かれた状況を語るエピソードなどを掲載しています。
なお、室町時代や近現代については、和歌関連事項が多く、その収載スペース確保のために、コラムのないページを配しています。

付　記

時代区分ごとに、多少、編集方針が異なっています。これは、各時代における和歌・短歌のあり方の違い、あるいは社会の様相の変化に対応するために、自ずとそのような形となったものです。そのため、たとえば『万葉集』の時代の項

目には時に「歌番号」があり、他の時代にはないなど不揃いな部分があります。

時代によって、採択した項目に精粗の差があります。これは、時代が下るにつれて、残された和歌作品や資料が多くなってゆくという事情があるためです。資料が少ない時代には、やや些末かと思えることでも記載ができる一方、残されている資料の多い時代については、記載を断念せざるを得ない事項が多くなるという事情があります。時代を一貫した基準が設定できればそれに越したことはないのですが、断念しました。

また、個々の項目の表記方法は必ずしも統一されていません。たとえば、「○○、□□集を著す」とした項がある一方、「○○、□□」とだけ表記したものもあります。これは、主に行数の削減のため、すなわち、ここで一文字を削れば一行の余裕ができるなどということがよくあり、そのための措置ですが、なるべくなら「著す」などの形にして〈読む年表らしくしたい〉ということでもあります。

各項目について、細かな出典を明示することができませんでした。記載したのは、特に必要と思われるごく一部のみに留まります。その項目が、その一件に直接関わっていた人の記録や日記、すなわち一次資料によっているのか、数十年以上経った歴史書にそう書かれているのかでは、信頼性が大きく違います。一々出典を記す事が望ましいのですが、そうすると、おのずとページ数が増してしまいます。そのために断念しています。

なお、近現代の歌人や短歌作品については、刊行された歌集の名を並べるような記事が多くなりました。平安時代のように、歌会や催しをその都度記載していてはきりがなくなるという事情もあります。

※近・現代の「和歌関連事項」は、まず事象や動向やエピソード、また雑誌・新聞などに発表された論などを記し、◇ではその月を発行月とする記す歌集・歌書を列挙し、あわせて、明治以降、和歌がどのように近・現代短歌となっていき、また時代の中で変化してきたかを、おおまかにとらえた。載せるべき事項は限りなく、いくつもの年表などをも参照したが、多くを小泉苳三『明治大正短歌資料大成』全三巻、「近現代短歌史年表」(『現代短歌大事典』)『近代日本総合年表』によった。なお没年の年齢は、一九五〇年(昭和二五)までは数え年とし、以後は満年齢とした。近代と現代の境は流動的で、年号による区分は便宜的なものだが、二十世紀終盤に、和歌＝短歌は大きな変容を遂げていく。

(内藤明　付記)

和歌史の始発

記紀歌謡・万葉集第一期・歌謡から和歌へ

明日香川と三輪山

和歌の創世期

『古事記』や『日本書紀』には、五音七音の定型をとらない韻文が少なくない。おそらくそれらは、定型韻文＝和歌が定着する以前から宮廷に伝承されてきたものなのだろうと考えられている。それら『古事記』『日本書紀』所収の韻文を、こんにちでは、「和歌以前」の意味合いを含ませつつ「歌謡」と呼んでいる。一方、定型韻文としての和歌は、七世紀前半ごろに五音七音の定型を確立したようである。聖徳太子の諸政策に象徴されるこの時期の王権の近代化推進の中で、新しい時代の表現として編み出され定着していったものと考えられる。額田王などの専門歌人によるめざましい作歌活動が、和歌の定着と隆盛を促した。

一般事項	西暦	年号	天皇	和歌関連事項	没年など
	八七	景行一七	景行	三月一二日 天皇、日向国で「思邦歌」を詠む	
	一一〇	景行四〇		日本武尊、酒折宮で秉燭者と「筑波」の歌問答	
	一一三	景行四三			日本武尊
二月 百済より王仁来朝	二八五	応神一六	応神		
三月八日 磐姫立后	三一四	仁徳二	仁徳		
	三三八	仁徳二六			六月 磐媛皇后
一月六日 八田皇女立后	三四〇	仁徳二八			
	四三五	允恭二四	允恭	六月 軽太子・軽大郎女密通事件	
一一月 雄略天皇即位	四五七	雄略元	雄略		
七月 丹波の浦島子大亀を得て蓬莱山に至る	四七八	雄略二二			
	四七九	雄略二三			八月七日 雄略天皇
	四九八	仁賢一一	仁賢	仁賢天皇崩御後大臣・平群真鳥の子の鮪と皇太子(武烈)影媛を争い海石榴市で歌垣をする	
一二月五日 冠位十二階制定	六〇三	推古一一	推古		
四月三日 憲法十七条の発布 ▼隋 煬帝即位	六〇四	推古一二			
小野妹子、遣隋使に	六〇七	推古一五			

万葉集の「和歌」

「万葉集の和歌」といった場合、今日では『万葉集』所収の和歌全般を指すが、実は『万葉集』の本文には、現在用いるような意味での「和歌」の用例は存在しない。何例かみえる『万葉集』の「和歌」は、「和(こた)ふる歌」と訓読できるもので、他人の詠作に応じた作を指す。日本語による定型韻文を指す汎称としての「和歌」は、平安時代になって定着したもののようで、『古今和歌集』の真名序の例などがもっとも早い例だろう。『万葉集』にはそのかわりに「倭歌」「倭詩」と呼んだ例があるが、いずれも一例ずつしか認められず、どれほど広く用いられた呼称であったか、不明である。

六一二	推古二〇	推古		一月七日 蘇我馬子と天皇、宴にて歌を唱和	
六一三	推古二一			一二月一日 聖徳太子片岡にて飢人を見て詠歌	
六二〇	推古二八		天皇記・国記等を編纂		
六二一	推古二九				二月五日 聖徳太子
六二九	舒明元	舒明		一月四日 舒明天皇即位 舒明年間に御製（万1・二）	
六三九	舒明一一			一二月一四日 伊予湯行幸	
六四一	舒明一三				一〇月九日 舒明天皇
六四二	皇極元	皇極		一月一五日 皇極天皇即位 この頃、事件の予兆となる童謡（わざうた）流行	
六四五	皇極四／大化元		六月八日 乙巳の変 一二月九日 難波遷都		六月八日 蘇我入鹿
六四六	大化二	孝徳	一月一日 大化改新詔		
六四八	大化四			近江比良行幸中、額田王詠歌か（万1・七）	
六四九	大化五		三月二六日 蘇我倉山田石川麻呂讒言により討ち滅ぼされる	野中川原満、妃・造媛の死を悼む中大兄になりかわり詠歌	三月二六日 造媛（中大兄の妃・石川麻呂の娘）
六五四	白雉五				一〇月一〇日 孝徳天皇
六五五	斉明元	斉明		一月三日 斉明天皇即位	
六五八	斉明四		一〇月一五日 紀伊の牟婁湯行幸	五月 天皇、建王をしのび詠歌 一一月 有間皇子謀反（万2・一四一～二）	五月 建王 8（中大兄の子） 一一月一一日 有間皇子 19
六六一	斉明七		一月六日 百済救援のため天皇西征	額田王、熟田津で詠歌（万1・八）	七月二四日 斉明天皇 68
六六三	天智二	天智	八月二八日 白村江で倭軍大敗		
六六五	天智四				二月二五日 間人皇女
六六七	天智六		三月一九日 近江遷都		
六六八	天智七		▼唐、高句麗を滅ぼす	一月三日 天智天皇即位 五月五日 天皇ら蒲生野に遊猟（万1・二〇～二一）	
六六九	天智八				一〇月一六日 藤原鎌足 56
六七一	天智一〇			一〇月二〇日 大海人皇子出家し、吉野入り	一二月三日 天智天皇 46
六七二	天武元		六月-七月 壬申の乱	壬申の乱平定後の歌（万19・四二六〇～一）	七月二三日 大友皇子 25

歌の共有

初期万葉の代表的な歌人の中皇命や額田王の作には、作者に異伝のあるものが多い。『万葉集』が題詞で彼等の作とするものの多くが、左注に引かれた『類聚歌林』（山上憶良によって奈良時代初期に編纂された歌集）などでは、天皇や上皇の作とされる。この現象については、天皇などの気持ちを専門歌人が代作したと理解する見方がある。しかし、代作という捉え方は、和歌には特定の個人の感情が詠まれているという前提の上に成り立つ。しかし、儀式や宴席などで享受される歌は、その集団に広く共感される思いをとりあげる。初期万葉の作者の記録に関する混乱も、そのような集団的抒情の延長上に和歌があった時期ならではの状況を反映しているのだろう。特定の専門歌人が作っても、それは披露の場の誰もが共有できる抒情として受容される。かかる初期万葉の独特の状況を「歌の共有」と呼んだのは神野志隆光氏である（『柿本人麻呂研究』）。天皇などは、その歌を共有する集団を代表する存在として、これまた作者と目される資格があった、ということなのではないだろうか。

柿本人麻呂と宮廷歌の時代

万葉集第二期・宮廷を彩る和歌

柿本人麻呂像

柿本人麻呂の活躍

壬申の乱の平定（天武元年＝六七二）から平城京への遷都（和銅三年＝七一〇）までが『万葉集』の第二期である。この時代は天武天皇、持統天皇、文武天皇の治世に当り、大化の改新以降の中央集権化が実質的に進展し、唐の都を意識した恒久的都城をめざした藤原京の完成へと至る古代国家の成立期といえる。この時代において天武系皇族を「神」と讃え、新時代の到来を数多くの宮廷関係歌において高らかに歌い上げたのが柿本人麻呂であった。人麻呂は、従前には例のない長大な長歌を生み出し、その長歌に反歌を添える構成を定着させ、新たな枕詞も多数案出した。人麻呂が以後の和歌の歴史に与えた影響は計り知れない。この時代の和歌は宮廷と密接に関わり、作者層も皇族が中心である。人麻呂の私的な作品においても宮廷とのつながりは無視できない。

西暦	年号	天皇	和歌関連事項	没年など	一般事項
六七三	天武二	天武	二月二七日 天武天皇即位		
六七四	天武三		一〇月九日 大伯皇女伊勢斎宮		
六七五	天武四		二月十市・阿閉両皇女、伊勢参赴（万1・二二） 四月一八日 麻続王配流（万1・二三〜四）		
六七八	天武七		高市皇子、十市皇女挽歌（万2・一五六〜八）	四月七日 十市皇女	
六七九	天武八		五月 吉野行幸、天武御製（万1・二七）		五月六日 六皇子の吉野誓約
六八〇	天武九		この年、柿本人麻呂歌集七夕歌左注に記す「庚辰年」に相当（万10・二〇三三）		
六八一	天武一〇				三月一七日 帝紀・旧辞の編述を命ず
六八四	天武一三				一〇月一日 八色の姓制定
六八六	朱鳥元		九月九日 天武天皇崩御 以後、二年三ヶ月にわたる葬儀 一〇月二日 大津皇子謀反。翌日処刑。臨死時作歌（万3・四一六）を残す 一一月一六日 大伯皇女帰京（万2・一六三〜四）	九月九日 天武天皇 56？	
六八九	持統三		人麻呂、日並皇子（草壁）挽歌（万2・一六七）	四月一六日 草壁皇子 28	
六九〇	持統四		一月一日 持統天皇即位 即位後、持統天皇、しばしば吉野へ行幸。柿本人麻呂、吉野讃歌（万1・三六〜九）		▼則天武后即位

人麻呂と文字表記

人麻呂歌集には二つの表記法が存在している。一つは、

打日刺　宮道人　雖満行
吾念公　正一人
うちひさす　みやぢをひとは
みちゆけど　わがおもふきみは
ただひとりのみ
（11・二三八二）

のように、漢字化しやすい自立語を中心に漢字表記し、助詞・助動詞を大幅に省略した「略体」表記である。もう一つは、

巻向之　桧原丹立流　春霞
鬱之思者　名積来八方
まきむくの　ひばらにたてる
はるかすみ　おほにしおもへば
なづみこめやも
（10・一八一三）

のように、助詞や助動詞も文字化した「非略体」表記である。『万葉集』に残る人麻呂の歌は非略体以上に助辞を細かく書き

西暦	年号	天皇	事項	没	国内・海外
	持統五	持統	柿本人麻呂、川島皇子挽歌（万2・一九四～五）	九月九日 川島皇子 35	
六九二	持統六		三月六～二〇日 伊勢行幸、柿本人麻呂、留京歌（万1・四〇～二）この頃、人麻呂、安騎野遊猟歌（万1・四五～九）		▼エルサレムの岩のドームが完成
六九四	持統八		この頃、藤原宮造営の役民の作る歌（万1・五〇）遷都後、志貴皇子作歌（万1・五一）		一二月六日 藤原宮遷都
六九六	持統一〇		人麻呂、高市皇子挽歌（万2・一九九～二〇二）	七月一〇日 高市皇子 43？	
六九七	文武元	文武	八月一日 文武天皇即位		
六九八	文武二		これ以前、額田王、弓削皇子と歌の贈答（額田王の最終歌）（万2・一一一～三）		八月 不比等、藤原姓を継承
六九九	文武三		一月 難波行幸（万1・六六～九） 置始東人、弓削皇子挽歌（万2・二〇四～六）	七月二一日 弓削皇子	
七〇〇	文武四		人麻呂、明日香皇女挽歌（万2・一九六～八）	四月四日 明日香皇女	
七〇一	大宝元		一月二三日 遣唐使任命。山上憶良少録として渡唐（万1・六三） 九月 紀伊行幸（万1・五四～六、2・一四六）	一二月二七日 大伯皇女 41	八月三日 忍壁親王・藤原不比等ら大宝律令を完成
七〇二	大宝二		一〇月～一一月 持統上皇三河行幸、高市黒人ら従駕歌（万1・五七～八）	一二月二二日 持統上皇 58 ◆	
七〇三	大宝三		一二月一七日 持統上皇を飛鳥岡に火葬		▼唐、義浄、最勝王経漢訳
七〇四	慶雲元		七月一日 遣唐使帰朝（山上憶良もこの時帰朝か）		
七〇五	慶雲二			五月八日 忍壁皇子 一二月二〇日 葛野王 41？（額田王の孫）	
七〇六	慶雲三		九月～一〇月 難波行幸時、志貴皇子・長皇子、従駕歌（万1・六四～五）		
七〇七	慶雲四	元明	七月一七日 元明天皇即位	六月一五日 文武天皇 25	
七〇八	和銅元		但馬皇女の死後、穂積皇子作歌（万2・二〇三）	六月二五日 但馬皇女	三月一三日 百官大異動
七一〇	和銅三		三月一〇日 遷都時に作歌（万1・七八～八〇）	平城遷都以前に柿本人麻呂没か●◆	三月一〇日 平城京遷都

分けており、日本語表記の発展の相と結びつける考えもある。

人麻呂と長歌

『万葉集』の特色のひとつに後代の歌集と比べて長歌の比率が高いことが上げられる。長歌には、句数の制約はなく、最長は柿本人麻呂が高市皇子（たけちのみこ）の殯宮（ひんきゅう）時に詠んだ挽歌（2・一九九）で一四九句。最短は佐為王（さいのおおきみ）の作（16・三八五七）で七句。人麻呂以前の長歌は概して小型で音数律も不定であり、反歌を伴わないものが多かった。人麻呂は句数において長大な作をなしたばかりでなく、五・七・七で歌い収める歌体を定着させ、さらに複数の反歌を添えること、二つの長歌を組み合わせることなどの創始者ともなった。もともと長歌は短歌とは発生経路を異にするものらしく、儀礼的性質が高い。人麻呂は天武・持統朝という王権の高揚期に、新時代の儀礼歌としての長歌を完成させたといえる。長歌は、叙事的側面も見られるが、基本的には短歌と同じく叙情歌であった。長歌末尾の五句を見ると短歌として独立しうるような作もある。叙情歌としての短歌の成熟とともに、長歌は役割を終え、『古今和歌集』以降は衰退していった。

平城京と大宰府の文雅

万葉集第三期・宮廷文化の隆盛と個性の開花

復元された平城京大極殿

都市文化と和歌の隆盛

律令制がある程度定着し、宮廷が比較的安定する中、唐の長安を手本とした平城京が造営され遷都が実施される。遷都後間もなく『古事記』が編纂され、やがて『日本書紀』も出来上がってゆくのは、安定期に入った宮廷が、みずからの歴史に強い関心を寄せたことの現れであろう。『万葉集』巻一・巻二の原型も、宮廷和歌の歴史叙述として、平城遷都後、間もないころに整えられたとの見方が有力である。歴史意識が浸透し、それが振り返られるほどに、和歌が宮廷内で定着し、尊重されていたことをうかがわせる。初期平城京の華やぎは、やがて天平文化として結実してゆく。和歌も宮廷諸行事やその周辺でさかんに詠作された。そのような定着と隆盛の中で、個性的な歌人や作品が登場する。都を遠く離れた大宰府の地では、すでにともに高齢に達していた大伴旅人と山上憶良が、特殊な主題で作歌したり、漢詩文と和歌とのコラボレーションを楽しむかのような作歌活動を展開したりし、高橋虫麻呂は、地方の伝説や風俗を独特の叙事的な長歌で活写した。第二期と比較すると作歌者の階層が拡大し、数も増加した。

西暦	年号	天皇	一般事項	和歌関連事項	没年など
七一一	和銅四	元明		九月一八日 太安万侶に古事記撰進の詔下る	
七一二	和銅五		▼唐、玄宗即位	一月二八日 太安万侶古事記を撰上	
七一三	和銅六			五月二日 風土記撰進の官命発せられる	
七一四	和銅七		六月 首皇子元服(立太子か)	二月一〇日 国史編纂の命	五月一日 大伴安麻呂
七一五	霊亀元	元正		九月二日 元正天皇即位 九月 笠金村、志貴皇子挽歌を詠作(万2・二三〇~四)	六月四日 長皇子 七月二七日 穂積皇子
七一六	霊亀二				八月一一日 志貴皇子(万葉では前年九月)
七一七	養老元		三月九日 遣唐使出発	二月 難波宮・和泉宮・竹原頓宮行幸 九月 美濃行幸。近江・美濃にて諸国の歌儛を奏上	
七一八	養老二		律令の改修を開始(のちの養老律令)	この年、大伴家持誕生か(大伴系図など)	
七一九	養老三		七月一三日 按察使設置	安房・上総・下総の按察使に常陸守藤原宇合が任ぜられる。この頃、高橋虫麻呂、常陸に在住したか	
七二〇	養老四		五月 日本書紀成る 八月四日 舎人皇子知太政官事		八月三日 藤原不比等 63

ミヤビと律令体制の安定

王朝の美意識を象徴する語としてミヤビということばは現在でもよく用いられる。このミヤビということば(そしてそこにこめられる美意識)が、史上最初に大きな話題となったのは、聖武天皇のころのことだったと思われる。『万葉集』に掲載されるこの時期の作品に集中的に用例が確認されるのである。ミヤビということばの成り立ちは、動詞ミヤブの連用形の名詞化と考えられ、ミヤブはミヤ(宮)+ブ(~らしくふるまう意)であろう。一言でいえば、「宮廷風にふるまうこと」がミヤビの本来的な意味だといえる。宮廷人の言動について、それは宮廷にふさわしいかどうかを問題にする

西暦	年号	天皇	事項	和歌	没
七二一	養老五	元正		この年、常陸国風土記成る	一二月七日 元明上皇 61
七二二	養老六			一月二〇日 穂積老佐渡島に流罪。万葉集に途上詠（万13・三二四〇～一）	
七二三	養老七			五月 吉野行幸（22年ぶり） 笠金村ら詠歌（万6九〇七～一二）	七月七日 太安万侶
七二四	神亀元	聖武	二月四日 聖武天皇即位	二月四日 聖武天皇即位 三月 吉野行幸。山部赤人詠歌（万6・九二三～九二七）か。大伴旅人は詠歌するも未奏（万3・三一五～六） 一〇月 紀伊（玉津島）行幸。金村（万4・五四三～五）・赤人（万6・九一八～九）詠歌 聖武天皇即位により、宮廷歌人の活動さかんに	
七二五	神亀二			三月 甕原行幸、笠金村詠歌（万4・五四六～八）五月 吉野行幸、金村詠歌（万6・九二〇～二二）一〇月 難波行幸、金村・車持千年・赤人詠歌（万6・九二八～三四）	
七二六	神亀三			一〇月（九月とも）播磨国印南野行幸、金村・赤人詠歌（万6・九三五～四一） この年、山上憶良、筑前守として赴任か	
七二七	神亀四		九月二一日 渤海使初来朝	この年、大伴旅人、大宰帥として赴任か	
七二八	神亀五			この年、大伴旅人の妻大宰府にて没す 七月二一日 憶良、日本挽歌・嘉摩三部作を詠作（万5・七九四～八〇五）	九月一三日 基王 2
七二九	天平元		二月 長屋王の変 八月一〇日 光明立后	七月七日 憶良七夕歌（8・一五二〇～二二） 大宰府の旅人・憶良らいわゆる筑紫歌壇で歌詠多数	二月一二日 長屋王 54（46とも）
七三〇	天平二			一月一三日 大宰府旅人邸にて梅花の宴（万5・八一五～四六） 一二月 旅人大納言に転じ、帰京	
七三一	天平三			この年、山上憶良帰京か	七月二五日 大伴旅人 67
七三二	天平四			この頃より、大伴家持作歌活動を始めるか（万8・一四四一、一四四六）	
七三三	天平五		二月 出雲国風土記 四月三日 遣唐使出発	この年、憶良、沈痾自哀文（万5・八九六の次）	この年山上憶良（74）没か

ということは、すでに蓄積された規範に照らして、それに沿っているか否かを基準にした言説である。六世紀末から推進された宮廷の近代化（中国化・律令体制の確立）が一段落したこの時期のミヤビの流行は、変革よりも安定を志向する段階に至りつつあったことをうかがわせるとみることもできる。

聖武天皇の即位と和歌

初期万葉から柿本人麻呂のころにかけては、長歌作品が数多く作られていたが、文武朝になると長歌の比率は減少し、短歌が圧倒的に主流となる。この傾向は、以後の和歌の歴史において基本的に継承され、現代短歌にまで至っている。しかし、聖武天皇の即位（神亀元年＝七二四）直前ごろからの数年間、突如、天皇行幸にともなう長歌が、山部赤人・笠金村といった歌人たちによって、集中的に制作されたことが、『万葉集』巻六冒頭にみてとれる。これは、元明・元正の二代の女帝の時代を経て、久しぶりに天武・持統直系の男帝が即位することの意義を、政治的な催事をとおして強調しようとしたところに、かつての人麻呂が得意とした王権賛美の長歌が要求されたためであったろう。

大伴家持と万葉歌の終焉

万葉集第四期・聖武朝後期から孝謙・淳仁朝へ

大政官符の家持自署と佐竹本三十六歌仙絵巻の家持像

大伴家持の時代

『万葉集』の第四期は、大伴家持の活躍した期間とほぼ一致する。聖武天皇が朱雀門に出御して歌垣を見たという天平六年(七三四)を第四期の一応の起点とするが、家持が作歌を始めた天平四年頃からゆるやかに第四期は始まっており、その家持が『万葉集』の最後の歌を詠んだ天平宝字三年(七五九)をもって終わるのである。聖武、孝謙、淳仁の三代にわたるこの時代には、公的な場で儀礼長歌を詠む機会は減少し、個人的な抒情を詠む歌が更に成熟していった。大伴家持は柿本人麻呂を理想とし、歌道の継承者たらんとして長歌を作り続ける一方、漢籍の表現なども積極的に取り込みつつ、極めて繊細なニュアンスを持つ短歌を次々に生み出していった。春愁の絶唱(巻十九　四二九〇～二)に見られるような孤愁の表現は、第四期の和歌における一つの到達点と言ってよい。

一般事項	西暦	年号	天皇	和歌関連事項	没年など
	七三四	天平六	聖武	二月一日 天皇、朱雀門にて歌垣御覧	
三月一〇日 遣唐使帰朝。下道真備多くの典籍を将来	七三五	天平七			九月三〇日 新田部皇子 一一月一四日 舎人皇子 60
四月一七日 遣新羅使拝朝 一一月一七日 葛城王ら橘宿祢賜姓	七三六	天平八		四月 遣新羅使拝朝(万15・三五七八～三七二二) 六月 吉野行幸時、山部赤人応詔歌を詠作(万6・一〇〇五～六) 一一月 葛城王、橘諸兄に	この年以降、山部赤人●◆
春から疱瘡大流行。藤原四兄弟ら要人相継ぎ死去	七三七	天平九		一月二六日 遣新羅使帰京(ただし大使は対馬で死去、副使も染病して入京せず)	四月一七日 藤原房前 57 七月一三日 藤原麻呂 43 同二五日 藤原武智麻呂 58 八月五日 藤原宇合 44
一月一三日 橘諸兄右大臣	七三八	天平一〇		大伴家持、内舎人(万8・一五八一～九一)	
九月 藤原広嗣の乱 一二月一五日 恭仁京遷都	七四〇	天平一二		九月 藤原広嗣挙兵 一〇月 伊勢行幸(万6・一〇二九～三六)更に美濃、近江を経て一二月に山城国に至り恭仁を都とし、以後五年頻繁に都を移す	一一月一日 藤原広嗣
	七四二	天平一四		一月一六日 踏歌の宴で和歌奏上	
一〇月一五日 聖武天皇、大仏造立を発願	七四三	天平一五		五月五日 皇太子阿倍内親王、五節を舞い、元正上皇御製歌など披露 八月一六日 家持、恭仁京讃歌(万6・一〇三七)	

大伴家持と歌日記

『万葉集』の末四巻(巻十七～巻二十)は、大伴家持の「歌日記(歌日誌)」としての一面を有している。この四巻は部立による分類を持たない上に、家持歌を中心にほぼ日付順に歌を配列するという原則を貫いているが、これはそれまでの巻には見られない特徴と言ってよいだろう。

この四巻には天平二年(七三〇)から天平宝字三年(七五九)までの足かけ三十年にわたる歌を収載するが、特に天平一八年(七四六)以降の一四年間は年紀に間断がない。ただし、この間の作が全て採録されているわけではなく、基本的には、越中守・少納言・兵部少輔といった家持の職掌に関わる日常が軸となっている。

名門大伴家の嫡流としての矜恃を背景に、交友、君臣和楽、越

二月二六日 難波宮遷都▼唐、楊太真後宮に入り、翌年貴妃になる	七四四	天平一六	聖武	二月・三月 大伴家持、安積皇子挽歌(万3・四七五～八〇) 四月五日 家持、独り平城の故宅で歌詠(万17・三九一六～二一) この年の夏、橘諸兄と元正上皇、難波堀江で船遊びをする(万18・四〇五六～六二)	閏一月一三日 安積皇子17
一月一日 紫香楽宮遷都 五月一一日 都を平城京に戻す	七四五	天平一七		この年の歌は万葉集には確認できない。また、この頃巻一六までが成立したとする説がある	
	七四六	天平一八		一月 大雪降り、左大臣橘諸兄、諸王・諸臣を率いて元正上皇御在所で雪掃きの奉仕 肆宴にて、家持らが応詔歌奏上(万17・三九二二～六) 六月二一日 家持越中守(万17・三九二七～八)	九月(?) 大伴書持
	七四七	天平一九		二月頃 家持重病(万17・三九六二～四) 病床で大伴池主と贈答(万17・三九六五～七七)	
	七四八	天平二〇		三月 家持、橘家の使者田辺福麻呂を越中に迎える(万18・四〇三二～五五)	四月二一日 元正上皇69
二月 陸奥国より黄金献上 七月二日 孝謙天皇即位	七四九	天平二一 天平感宝元 天平勝宝元	孝謙	四月一日 東大寺行幸(続紀五) 家持、従五位上 五月一二日 家持、出金詔書を賀く歌(万18・四〇九四～七)	
	七五〇	天平勝宝二		三月 家持、越中秀吟(万19・四一三九～五〇)	
一一月 懐風藻成立	七五一	天平勝宝三		七月一七日 家持、少納言(万19・四二四八～九) 八月五日 帰京の途に(万19・四二五一)	
閏三月九日 遣唐使派遣 四月 大仏開眼	七五二	天平勝宝四		天皇、難波に勅使を遣わし、遣唐使に酒肴を下賜する歌を詠む(万19・四二六四～五)	
	七五三	天平勝宝五		二月 家持、春愁の絶唱(万19・四二九〇～二)	
▼唐、安史の乱(～七六三)	七五五	天平勝宝七		二月 家持、難波で防人歌を収集。家持も防人に同情する歌を詠む(万20・四三三一～四四二四)	
二月二日 橘諸兄致仕	七五六	天平勝宝八		五月 大伴古慈斐禁固事件。 六月一七日に大伴家持が族を喩す歌を詠む(万20・四四六五～七)	五月二日 聖武上皇56
七月 橘奈良麻呂の変	七五七	天平宝字元			一月六日 橘諸兄74
八月一日 淳仁天皇即位	七五八	天平宝字二	淳仁	六月一六日 家持、因幡守に左遷(万20・四五一五)	
	七五九	天平宝字三		一月一日(立春) 家持、因幡国庁で宴を催し、万葉集の最終歌を詠む(万20・四五一六)	

中の風土への関心、長途の旅に伴う悲愁など、様々なテーマが「官人」の視点から選び取られているのである。なお年次や日次を軸とする編纂手法自体は他にも見られるが、末四巻の場合、家持という一官人の軌跡を継続的に描き出そうとしている点に特色があり、その意味で日記文学的と言うことができる。

防人歌の収集

防人歌は外敵を防衛するために東国から九州北部に派遣された兵士たちの歌で、その大半は『万葉集』巻二十に採録されている。

天平勝宝七年(七五五)二月、兵部少輔大伴家持は、交代のため難波に集結する防人の検校にあたっていたが、この時、防人引率の任にあった部領使が取りまとめ、順次家持に進上したのが勝宝七年の防人歌である。家持はこのうち「拙劣」な歌を除いて『万葉集』に採録したが、その際、防人に同情して詠んだ自作の歌を加え、一体のものとして配列している(巻二十 四三二一～四四二四)。なお、巻二十には、このほかに、他の官人から家持が入手した「昔年」の防人歌も採録されている(四四二五～三二、及び四四三六)

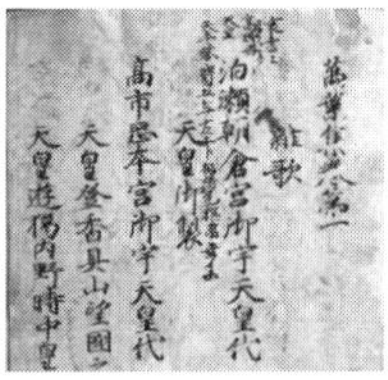

元暦校本万葉集巻一冒頭部分（平安時代）

大伴家持の死と万葉集の成立

『万葉集』巻末歌から最初の勅撰和歌集である『古今和歌集』が出現するまでのおよそ百四十年間は、和歌の歴史の空白期である。この時代を指して「国風暗黒時代」（吉澤義則）ということがある。が、天平宝字三年をもって突然に歌が詠まれなくなったわけではなく、また万葉時代に漢詩が詠まれなかったわけでもない。おおよそ上代から中古にかけての時代は漢風優位の時代であり、同時に漢風に刺激をうけて国風文化の地位が次第に向上していった時代でもあった。明るく輝く二つの歌集があるために、その間が空白に見えるということであって、歌詠の営みそのものが消滅した時期と捉えるべきではあるまい（王朝の和歌も参照のこと）。

また、この時期は『万葉集』の成立期に相当する。が、『万葉集』には序文・跋文がなく、成立の事情を語る外部資料にも恵まれない。成立研究の成果によって推定されるところを略述すると、まず巻一の冒頭から五十三首のみの小型の「雑歌」歌集の段階があり、やがて「相聞」「挽歌」からなる一巻が増補された二巻本の段階を迎え、現在の巻十六までが成立した段階を経て、最後に巻十七〜二十を合わせ二十巻となる、というようにいくつかの過程を経て成立したらしい。『万葉集』の最終編者と目される大伴家持は延暦四年（七八五）八月二八日、中納言従三位で世を去るのだが、その直後に藤原種嗣暗殺事件が起こり、首謀者と見なされ官位を剥奪されてしまう。この時、家持の手元にあった歌集も官庫に没収されたという説がある（折口信夫）。家持の復権は二十年後の延暦二五年（八〇六）桓武天皇崩御の日。続く平城天皇の時代となってようやく、罪人に関わる書として長く官庫に眠っていた『万葉集』が再び世に現れたのであろう。『万葉集』に言及した最古の記事は、平城天皇の次、嵯峨天皇の時代のものである。

西暦	年号	天皇	一般事項	和歌関連事項	没年など
七六〇	天平宝字四	淳仁	一月四日 藤原仲麻呂（恵美押勝）大師（太政大臣）		六月七日 光明皇太后 60
七六二	天平宝字六			一月九日 大伴家持信部（中務）大輔	▼この年、李白没
七六三	天平宝字七				五月六日 鑑真 77
七六四	天平宝字八	称徳	九月一八日 藤原仲麻呂（恵美押勝）の乱 一〇月九日 淳仁天皇を廃し、孝謙女帝重祚	一月二一日 家持、薩摩守	九月一八日 藤原仲麻呂 59
七六五	天平神護元				一〇月二三日 淳仁天皇 33
七六六	天平神護二		▼アッバース朝、首都バグダートの円城を完成		三月一二日 藤原真楯（八束）52
七六七	神護景雲元			八月二九日 家持、大宰少弐	

歌経標式

歌論書。浜成式、歌式とも。藤原麻呂の子、浜成の撰。宝亀三年五月成立（巻末の記述による。偽書説もあるが、記載の様式から奈良時代末期の成立は確実とされる）。歌の起源から説き起こし、歌病七種、歌体三種を例歌を引きつつ解説したもの。『万葉集』の歌九首、記紀歌謡三首を含む三十四首（全歌を引くものは二十八首）を引用する。その論は、およそ中国詩学を無理に和歌に当てはめたもので理論的価値は低いが、最古の歌学書として後

一般事項	西暦	年号	天皇	大伴家持・万葉集関連	没年ほか
八月四日 称徳天皇崩御 八月二一日 道鏡左遷 一〇月一日 光仁天皇即位	七七〇	宝亀元	光仁	三月二八日 由義宮の歌垣の歌謡二首 六月一六日 大伴家持、民部少輔 九月一六日 家持、左中弁兼中務大輔 一〇月一日 光仁天皇即位 即位前紀に龍潜の童謡一首 この日、大伴家持正五位下	一月 阿倍仲麻呂(在唐) 73 ◆ 八月四日 称徳天皇 53 ▼この年、杜甫没
	七七一	宝亀二		一〇月二七日 東山道武蔵国を東海道に所属させる(万葉集巻一四の編纂に関わるか)	
	七七二	宝亀三		二月 家持、左中弁兼式部員外大夫 五月『歌経標式』(藤原浜成)撰上(同書序文)	四月七日 道鏡
▼カール大帝、ロンバルド王国を滅ぼす	七七四	宝亀五		三月五日 家持、相模守。 九月四日 家持、左京大夫兼上総守	
	七七五	宝亀六		一一月二七日 家持、衛門督	
	七七六	宝亀七		三月六日 家持、伊勢守	七月七日 大伴駿河麻呂
二月 唐大和上東征伝成る	七七九	宝亀一〇			
	七八〇	宝亀一一		二月一日家持、参議(同九日 右大弁)	
四月三日 桓武天皇即位	七八一	天応元	桓武	四月一四日 桓武天皇即位、皇弟早良親王立太子 大伴家持兼春宮大夫 八月八日 家持先母の喪により解任、この日復す 一一月一五日 大伴家持従三位	六月二四日 石上宅嗣 53 (宝亀年間「芸亭」を建て蔵書を閲覧に供す) 一二月二三日 光仁天皇 73
	七八二	延暦元		閏一月一九日 氷上川継の謀反に連座し家持解任 五月一七日 家持、春宮大夫に復す 六月一七日 家持、陸奥按察使を兼任	
	七八三	延暦二		七月一九日 家持、中納言兼春宮大夫	
一一月一一日 長岡京遷都	七八四	延暦三		二月 家持、持節征東将軍、陸奥に下向	
九月二三日 藤原種継暗殺事件 九月二八日 早良親王乙訓寺に幽閉 淡路へ移送の途路に死亡	七八五	延暦四		八月二八日 大伴家持没(中納言従三位) 九月二四日 大伴家持、藤原種継暗殺事件の首謀者として官位を剥奪される(延暦二五に名誉回復)	◆ 八月二八日 大伴家持 68 ●
	七九〇	延暦九			二月一八日 藤原浜成 67
三月 高橋氏文成る	七九二	延暦一一			

代の歌学に与えた影響は大きい。

万葉集と古今和歌集

『古今和歌集』は当初、続万葉集という名で編纂作業が開始されたほど、『万葉集』を意識していたが、完成した形態には様々な相違点がある。ともに全二十巻だが、『万葉集』は約四五〇〇首、古今集は約一一〇〇首。『万葉集』は時代順配列の巻が多く、「雑歌」「相聞」「挽歌」の三分類が基本であるが、全体としては不統一が残る。『古今和歌集』は、「春」～「冬」の四季の部と「恋」の部を中心として、全体が統一的に構成されている(四季分類自体は『万葉集』巻八・十に先例がある)。『万葉集』は一巻の小型歌集から、長い年月を経て増補を重ねて成立したと考えられ、こうした各巻の構成の違いも成立過程の違いに起因するものであろう。歌の表示形式にも違いがある。『万葉集』では各歌の前に、作者や作歌事情などを漢文で記す(これを一般に「題詞」と呼ぶ)。『古今和歌集』では、和文で作歌事情などを記した「ことばがき(詞書)」の下部に作者名を記す。また、万葉集には歌の後にも注がしばしば見られる(「左注」)。が、古今集ではまれである。なお、古今集の「よみひと知らず」の語は万葉集には見えず、「作者未詳」などと記す。『古今和歌集』の形式は勅撰和歌集の基本となった。

　延暦一三年（七九四）の平安遷都から建久三年（一一九二）の鎌倉幕府開設までを、一般に平安時代と呼ぶ。政治はこの四百年の間に様々な変遷を重ねた。前代から続いた律令政治は崩壊し、藤原氏が摂関政治によって権力を持つ時代が訪れるが、その後は院政が開始され、源平の争乱期を経て武家政権に至る。文学の区分において中古と呼ばれるのも、概ねこの間を指す。ここでは文治三年（一一八七）に成立した『千載和歌集』までの期間を中古として扱うこととする。『千載和歌集』に撰び入れられた歌は、新古今風とも言うべき中世和歌への始発となっているためである。

　この時代の始め、律令体制再編の動きの中で風俗や行事などさまざまな物事が唐風化する中、特に九世紀前半の嵯峨・淳和天皇の時代には、文学も漢詩が公のものとなって、国風暗黒時代を迎える。しかしこの間も和歌が詠まれなかったわけではなく、『古今和歌集』の読み人しらず歌にはこの時代のものも多い。その後、六歌仙時代を経て和歌復興の機運が起こる。仁和元年（八八五）とも言われる『在原民部卿家歌合』を始めとした歌合や屏風歌が、宮中など公の場で盛んに行われ、『新撰万葉集』・『句題和歌』といった漢詩と和歌の融合した撰集が作られた。こうした流れを受けて成立したのが『古今和歌集』である。これは『万葉集』以来の和歌の復興ともいうべきものであった。しかも『古今和歌集』の歌は、漢詩文の時代を経たことでその発想や表現を取り込み、『万葉集』には見られなかった掛詞や縁語を多用し、また、歌合や屏風歌など題詠歌を多数収録したことで、虚構の世界や観念的に自然を捉えた歌などを含む、新しい歌風を確立した。

　こうして一つの完成を見た和歌のあり方は、三番目の勅撰集である『拾遺和歌集』の頃まで約百年にわたって継承された。『拾遺和歌集』が完成する一条天皇の時代は、定子・彰子の二后並立に見るように摂関政治の最盛期を迎えるとともに、後宮での文学が華やかに后たちを盛り立て、文学も隆盛した。宮廷のみならず内親王家や摂関家などの歌会や歌合などで活躍したのが、女房として仕えた女流歌人であり、受領階級の娘たちである。

　そうした歌人たちの秀歌を多く撰入したのが、白河上皇が院政を開始した応徳三年（一〇八六）に成立の『後拾遺和歌集』である。三代集時代の歌人たちではなく王朝の女流歌人を重視したこの集は三代集の時代に終りを告げるものであるが、それに代わる新しいものが確立しない中で、批判の対象ともなった。勅撰集への批判は、続く『金葉和歌集』・『詞花和歌集』でも行われた。新しい歌の方向を模索する時代において、歌人たちは家や流派を成して競い合うとともに、歌学書や歌論書、注釈書も著した。院政期の混沌とした状況の中で、長治二年（一一〇五）頃に成った『堀河百首』は、百の題を設定してそれを十六人の歌人に詠作させた初の組題百首で、院政期及び中世にかけての和歌に大きな影響を与えている。

一般事項	西暦	年号	天皇	和歌関連事項	没年など
平安京へ遷都	七九四	延暦一三	桓武		
藤原継縄、続日本紀を撰　空海、三教指帰	七九七	延暦一六			
斎部広成、古語拾遺を選	八〇七	大同二	平城	古今集、大和物語に和歌の載る「ならのみかど」は、平城天皇をさすとも	
薬子の変　初代斎院に有智子内親王（嵯峨天皇女）卜定	八一〇	弘仁元	嵯峨		

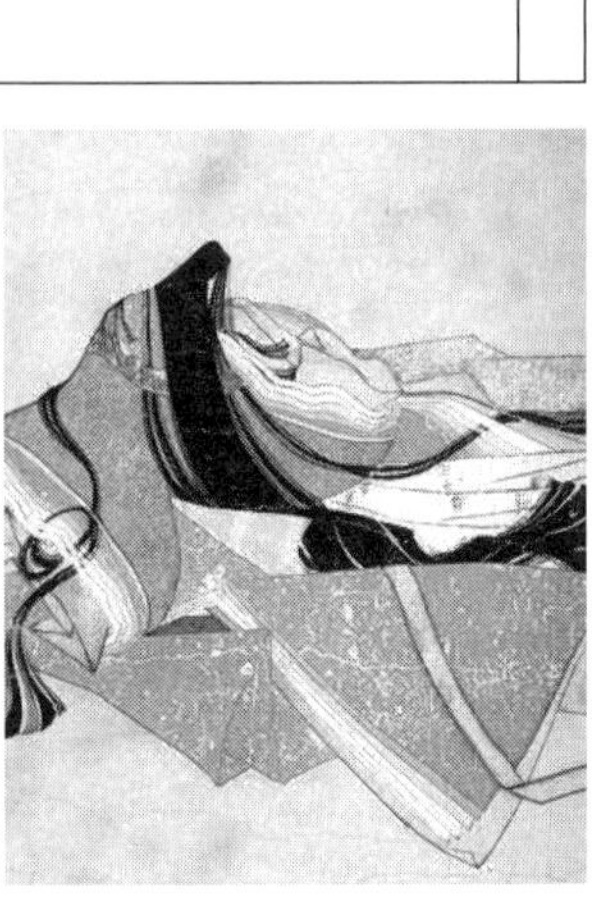

小野小町　佐竹本三十六歌仙図絵巻

八一四	弘仁五	嵯峨	小野岑守らにより凌雲集成る		
八一八	弘仁九		藤原冬嗣ら、文華秀麗集を撰		
八二三	弘仁一四	淳和	この頃 景戒の日本霊異記		
八二七	天長四		良岑安世ら、経国集を撰		
八三三	天長一〇	仁明	清原夏野ら、令集解を撰		
八三八	承和五		大宰少弐藤原岳守が白氏文集(元白詩筆)を仁明天皇に献上		
八四〇	承和七		藤原緒嗣ら、日本後紀を撰		
八四二	承和九		承和の変 伴健岑・橘逸勢らが謀反のため流罪、藤原良房は大納言に、甥が皇太子となり、のちに人臣初の摂政・太政大臣に昇る		七月一五日 嵯峨上皇 57 八月一三日 橘逸勢 一〇月二二日 阿保親王 51
八四五	承和一二		▼フランク王国分裂 ▼白氏文集成立		
八四九	嘉祥二		仁明天皇四十賀	仁明天皇四十賀に際し興福寺大法師が二一一句から成る長歌を献上(続日本紀所載)。公の場における和歌の復権を象徴する。やまと歌復権の時代への転換点	
八五〇	嘉祥三	文徳		三月 良岑宗貞、仁明天皇の崩御を悲嘆して出家し遍昭となる この頃から寛平初年頃まで六歌仙時代	
八五一	仁寿元	文徳			この頃生存 小野小町●◆
八五二	仁寿二				一二月二二日 小野篁 51◆
八六六	貞観八	清和	応天門に放火の罪で伴善男らが配流		
八六九	貞観一一		藤原良房ら、続日本後紀を撰 竹取物語この頃か		

六歌仙

僧正遍昭・在原業平・文室康秀・喜撰法師・小野小町・大伴黒主の六人を六歌仙と言う。『古今和歌集』仮名序に「近き世にその名聞こえたる人」(少し前の時代に歌人として有名な人)として名が挙げられ歌風を論評されていることにより、後世この六人を六歌仙と称するようになった。

遍昭と業平を除いては出自や生没年が明らかでないが、主に九世紀半ば以降に活躍したらしい。『万葉集』以降一旦は和歌が表舞台から退いた後、漢詩の時代を経て再興し、『古今和歌集』に見られる新しい歌への転換期の歌人として重要である。

六歌仙として尊重される六人ではあるが、『古今和歌集』においてさえ評価はさまざまで、入集歌数は黒主二首、喜撰は一首のみ。また黒主は六歌仙の中で唯一、『百人一首』への採歌もない。

一般事項	西暦	年号	天皇	和歌関連事項	没年など
藤原基経、摂政となり、摂関政治が始まる	八七二	貞観一四	清和		
▼中央アジア、サーマン朝成立	八七五	貞観一七			
藤原基経ら、日本文徳天皇実録を撰上	八七九	元慶三	陽成		文屋康秀生存☆◆
	八八〇	元慶四			五月二八日 在原業平58●◆
	八八五	仁和元	光孝	現存最古の歌合在原民部卿家歌合この年から仁和三年の間の夏に成立、これ以降歌合が盛んに開催される	
宇多天皇即位、政治改革や文学に力を注ぐ 藤原基経に関白の詔、阿衡の紛議	八八七	仁和三		八月二六日以前 中将御息所家歌合	八月二六日 光孝天皇58◆
	八九〇	寛平二	宇多	寛平御時菊合この頃、中国由来の菊を題材とした初例で以降の菊を詠む和歌の規範となる 遍昭集この頃	一月一九日 遍昭75(74・76とも)●◆
菅原道真、類聚国史を撰	八九二	寛平四			
	八九三	寛平五		九月二五日 菅原道真、和歌と漢詩を組み合わせた新撰万葉集上巻を撰進、古今集の成立と密接な関係がある 是貞親王家歌合 寛平御時后宮歌合これ以前	七月一九日 在原行平76◆
菅原道真の建議により遣唐使の派遣を停止	八九四	寛平六		大江千里、漢詩の句を題として和歌を詠み、千里集(句題和歌)を宇多天皇に奉る	大江千里生存☆◆
	八九五	寛平七			八月二五日 源融74◆
	八九七	寛平九			二月二〇日 惟喬親王54
この頃 新撰字鏡	八九八	昌泰元	醍醐	亭子院女郎花合、以降の女郎花詠の規範となる	在原棟梁☆
菅原道真、菅家文草	九〇〇	昌泰三			
日本三代実録 一月 菅原道真を大宰府に左遷、藤原北家による政権独占へ	九〇一	延喜元			
	九〇二	延喜二			文屋朝康生存◆
菅原道真、菅家後集	九〇三	延喜三			二月二五日 菅原道真59◆

歌合のはじまり

歌合は人々が集まって左右二組に分かれ、用意した和歌を題ごとに披露してその優劣を競う行事。

歌を披露する歌会に、相撲・競馬等物事を競う行事や、貝合・菊合など物合の趣向を取り入れたものと考えられている。特に初期の歌合では歌の披露だけでなく、海辺の景色を盆景的に作った「洲浜」と呼ばれる美しい工芸品が置かれ、管絃や舞があり、歌を競う場というよりも宴を伴う盛大な総合芸術の行事でもあった。

現存最古の歌合は『在原民部卿家歌合』で仁和元年(八八五)～三年の成立とされ、歌合はこの頃から行われるようになったと考えられる。以降盛んに開催され、『中将御息所歌合』の他、宇多朝に入って『寛平御時后宮歌合』・『是貞親王歌合』・『亭子院女郎花歌合』など多数残っている。これらの多くが内裏や後宮で行われたこと、また歌合には洲浜など華やかな趣向が凝らされたことを考え合わせると初期歌合は遊宴的・儀式的な晴れの行事であった。ここに和歌が公的な地位を復権していく様子が見える。

しかも歌合の盛行は多くの和歌を生み、このことが『古今和歌集』成立への道筋となっている。

三十六歌仙と中古三十六歌仙

特に和歌にすぐれた人は歌仙と呼ばれた。

『古今和歌集』の序の中で、柿本人麻呂と山部赤人が「歌仙(うたのひじり)」とされたが、それに続けて、遍昭、在原業平、文屋康秀、喜撰、小野小町、大伴黒主の六人の歌人がとりあげられ、それぞれに論評された。その六人が六歌仙と呼ばれるようになった。

後に藤原公任が『三十六人撰』を撰ぶと、そこに選ばれた歌人が三十六歌仙と呼ばれるようになる。

その後、『女房三十六歌仙』、『新三十六歌仙』などさまざまな三十六歌仙が作成された。

三十六という数は特別視されて、藤原俊成による『俊成三十六人歌合』や、藤原良経の『三十六番相撲立詩歌』などが撰ばれている。

誹諧の時代になると、正式の一巻百句の簡約版として、長短三十六の句を連ねた形式が流行して、その名も「歌仙」と呼ばれるようになった。

三十六歌仙

藤原公任(きんとう)(九六六〜一〇四一)は、百五十首からなる撰歌集『三十六人撰』を撰んだが、そこに選ばれた歌人三十六名を、「三十六歌仙」と言い習わすようになった。人麻呂、赤人および家持のみ万葉歌人で、ほかは公任以前の平安朝の歌人である。

年表では没年の記事に記号●を付した。

中古三十六歌仙

院政期、二条院歌壇で活躍した歌人藤原範兼(一一〇七〜一一六五)が、百五十首あまりからなる秀歌選『後六々撰』(六掛ける六で歌人の数三十六となる)を撰んだ。

これは公任の『三十六人撰』にならったものと思われる。ただし、現存本は歌合形式にはなっておらず、歌数も異なっている。

そこに撰ばれた和泉式部以下の歌人三十六名を、中古三十六歌仙という。三十六歌仙以降の王朝盛時の歌仙三十六名が撰ばれている。なお、道綱母は目録に見えるものの現行の本文にはない。

年表では没年の記事に記号☆を付した。

三十六歌仙

柿本人丸(人麻呂)
紀貫之
凡河内躬恒
伊勢
大伴家持
山辺赤人
在原業平
僧正遍昭
素性法師
紀友則
猿麻呂(猿丸大夫)
小野小町
藤原兼輔
藤原朝忠
藤原敦忠
藤原高光
源公忠
壬生忠岑
徽子女王(斎宮女御)
大中臣頼基
藤原敏行
源重之
源宗于
源信明
藤原清正
源順
藤原興風
清原元輔
坂上是則
藤原元真
小大君
藤原仲文
大中臣能宣
壬生忠見
平兼盛
中務

中古三十六歌仙

和泉式部
相模
恵慶
赤染衛門
能因
伊勢大輔
曾禰好忠
道命阿闍梨
藤原実方
藤原道信
平貞文
清原深養父
大江嘉言
源道済
藤原道雅
増基
在原元方
大江千里
藤原公任
大中臣輔親
藤原高遠
馬内侍
藤原義孝
紫式部
道綱母
藤原長能
藤原定頼
上東門院中将
兼覧王
在原棟梁
文屋康秀
藤原忠房
菅原輔昭
大江匡衡
安法法師
清少納言

三代集の時代

古今的美意識の成立と展開

初めての勅撰集である『古今和歌集』の成立は延喜五年（九〇五）と言われる。以降、『古今和歌集』の歌は貴族たちの教養の基盤となり、中世以降には秘伝書や古今伝授という独特の教育システムをも生みだしていく。のみならず、例えば『元永本古今集』のように華麗で優美な写本が制作され、あるいは古今集歌に詠まれた光景を題材とした絵画や蒔絵などの美しい調度品が作られることとなり、さらには日本人の美意識にも関与するものであるから、書道史・美術工芸史をはじめ多方面においてその意義は大きい。

勅撰和歌集に限って見ても、室町時代初期に成立した『新続古今和歌集』まで、『古今和歌集』に倣って数々の勅撰集が編纂され続け、これを総称して二十一代集と呼ぶ。中でも特に三番目までの三集、すなわち『古今和歌集』・『後撰和歌集』・『拾遺和歌集』を「三代集」と呼び、ひとまとまりの特徴を成すものとして扱うことがある。

三つの集は個別に見れば、当然ながらそれぞれに異なる特徴を有している。しかし、その後の勅撰集に比較してみると、三代集は『古今和歌集』の歌風を継承していた時代と言うべきものがある。各集に多く和歌を撰び入れられた主要歌人を見ると、『古今和歌集』の有力歌人が『後撰和歌集』・『拾遺和歌集』でも尊重されていることが、それをよく示していると言えよう。紀貫之について見ればそれは顕著である。『古今和歌集』には撰者でもある貫之の歌が最も多く、総歌数の一割に近い。『古今和歌集』が歌合や屏風の歌を多く採った「晴れの歌集」であるのに対し、続く『後撰和歌集』は私的な歌のやりとりを多く入集させるのが特徴で、「褻の歌集」とされる。しかし、やはり貫之歌は七十九首と一番の多さである。『拾遺和歌集』は『後撰和歌集』時代の歌人や柿本人麻呂の歌を多く入れるのが特徴とされるが、それでも人麻呂歌は百四首であるのに対し、貫之歌は百八首と最も多いのである。しかも、貫之の歌は、続く四番目の『後拾遺和歌集』から七番目の『千載和歌集』までの間の集には一首も採られない。このことを見れば、三代集を一つの時代として把握するべきものであることが明らかと言えよう。

「三代集」の名称が初めて見えるのは『俊頼髄脳』という。その後、藤原俊成・定家が、和歌を詠むには古い典雅な言葉を用いるべきとして、三代集を重視することを説いた。これにより中世はもとより長く江戸時代に至っても、三代集の時代は和歌史の理想として特に尊重されてきたのである。

西暦	年号	天皇	一般事項	和歌関連事項	没年など
九〇五	延喜五	醍醐		四月一八日 古今集奏覧（成立年には諸説あり） 伊勢物語この頃には成立して、歌語りの流行とともに成長したらしい、現在の形になるのは一〇世紀後半か	この頃 紀友則●◆
九〇七	延喜七		▼唐滅亡	九月一〇日 宇多院が大井川に遊覧して歌人ら詠歌した大井川行幸和歌、晴儀行幸の典例、古今集に入集歌あり成立の下限が問題視される	この頃 藤原敏行●◆
九〇九	延喜九				四月四日 藤原時平39 この頃 生存 壬生忠岑●◆ 素性●◆
九一三	延喜一三			三月一三日 亭子院歌合（古今集に入集歌あり） 八月一一日 新撰万葉集下巻序成立	在原元方生存☆ この頃 生存 藤原興風●◆

斎宮女御　佐竹本三十六歌仙図絵巻

一般事項	西暦	和暦	天皇	文学事項	生没
	九二〇	延喜二〇	醍醐		春道列樹◆
	九二一	延喜二一			一月 凡河内躬恒生存●◆
四月 故菅原道真を右大臣に復し、正二位追贈	九二三	延長元			九月二七日 平貞文☆
	九二八	延長六			一二月一日 藤原忠房☆
九月 藤原忠平摂政となる	九三〇	延長八		この頃、土佐在任中の紀貫之、醍醐天皇の勅命を藤原兼輔を経て受け、新撰和歌を撰す、ただし天皇の崩御により奏覧叶わず	九月二九日 醍醐天皇 46 坂上是則●◆ 清原深養父生存☆◆
	九三一	承平元	朱雀		七月一九日 宇多法皇 65
この頃、源順が勤子内親王のために和名類聚抄を撰	九三二	承平二		この頃、三条右大臣集（藤原定方）、定方は娘婿の堤中納言（藤原兼輔）とともに、貫之や躬恒を庇護し醍醐朝文化の中心的存在。大和物語に逸話収録	八月四日 藤原定方 60（57とも）◆ 兼覧王☆
	九三三	承平三		この頃 兼輔集	二月一八日 藤原兼輔 57●◆
平将門の乱起こる	九三五	承平五		紀貫之土佐から帰京、この頃成立 土佐日記	
▼高麗朝鮮半島を統一	九三六	承平六			
	九三八	天慶元			伊勢生存●◆
	九三九	天慶二		敦忠集・元良親王集 この頃	一一月二二日 源宗于●◆
	九四三	天慶六			三月七日 藤原敦忠 38●◆ 七月二六日 元良親王 54◆
	九四五	天慶八		一〇月 和歌体十種（偽書説あり一〇世紀末頃とも）	紀貫之（翌九年とも）●◆
	九四八	天暦二	村上	公忠集この頃	一〇月二九日 源公忠 60●
	九四九	天暦三			八月一四日 藤原忠平 70◆ 九月二九日 陽成院 82◆
醍醐寺五重塔完成。初重の壁画は現存する仏画の極めて早い遺品	九五一	天暦五		一〇月三〇日 梨壺に撰和歌所を設置、万葉集の訓点を付し、後撰集を撰集 大和物語の原形この頃成立か、現在の形になるのは一〇世紀末とも	三月一〇日 源等 75◆
	九五四	天暦八		蜻蛉日記の記事開始（天延二年まで）、兼家との出会いから結婚を綴る上巻は、特に兼家の和歌を多く収録	

古今和歌集

日本で最初の勅撰集。醍醐天皇の命を受け、紀友則・紀貫之・凡河内躬恒・壬生忠岑が編纂した。『万葉集』に入らなかった古い歌から撰者時代の歌まで約千百首と、真名序・仮名序から成る。

歌は二十巻に部類され、春（上下）・夏・秋（上下）・冬・賀・離別・羇旅・物名・恋（一〜五）・哀傷・雑（上下）・雑体・大歌所御歌というその部立は、勅撰漢詩集や『万葉集』にはなかった形式である上に、歌の配列にも新しい工夫が見られる。四季部では、春は立春の歌から始まって、季節の移ろいに従いながら、冬部の行く年を惜しむ歌で終わり、恋部では恋の進行過程に沿って歌が並ぶ。つまり一首ずつは個別に詠まれた歌でありながらそれが次々に展開し、全体としても鑑賞できる構造となっている。

仮名序は、和歌の本質・起源・分類・歴史・六歌仙評・醍醐天皇の善政および『古今集』の編纂事情と多岐にわたる。一つの歌集の序文を越えた、和歌概説・和歌論というべきもので、日本で最初の本格的な歌論としても価値が大きい。

一般事項	西暦	年号	天皇	和歌関連事項	没年など
	九五八	天徳二	村上		七月 藤原清正● この頃 大中臣頼基●
▼宋建国　九月 内裏焼亡	九六〇	天徳四		三月三〇日 内裏歌合、この時壬生忠見が平兼盛に破れる、本院侍従は歌を出詠　この頃か 本院侍従集・九条殿御集（藤原師輔）	三月 本院侍従生存 五月四日 藤原師輔 53 壬生忠見生存（伝説に歌合に破れて悶死とも）●◆
	九六一	応和元		この頃から 好忠百首・重之百首などの初期定数歌 一二月五日 藤原高光出家、それによる人々の嘆きを多くの和歌を交えて語る多武峰少将物語このころ	
▼神聖ローマ帝国成立	九六二	応和二			
	九六六	康保三			一二月二日 藤原朝忠●◆ 藤原元真生存● 右近生存◆
三月二六日 安和の変 左大臣源高明、大宰権帥に左遷	九六九	安和二	円融		
	九七二	天禄三		一条摂政御集この頃までに成立（大蔵史生豊蔭に仮託した藤原伊尹の家集で、女性との贈答を読み進めるに従って恋が展開していく物語的家集の典例）	一一月一日 藤原伊尹 49◆
八月 疱瘡流行	九七四	天延二		義孝集この頃	九月一六日 藤原義孝 21☆ ◆菅原輔昭生存☆
六月 選子内親王、賀茂斎院に卜定	九七五	天延三			
	九七六	貞元元		約四五〇〇首を収めた類題和歌集、古今和歌六帖この頃成立、和歌のみならず枕草子や源氏物語など文学全般にわたり多大な影響を与える	
	九七七	貞元二			一一月八日 藤原兼通 53
▼太平御覧成立	九八三	永観元		宇津保物語この頃一部成立	源順 73●
源為憲、尊子内親王に三宝絵詞を進上	九八四	永観二	花山		
源信、往生要集を著す	九八五	寛和元		好忠、円融院の子の日に召しなくして出席 この頃 斎宮女御集	斎宮女御徽子女王 57●
六月 花山天皇出家 七月 一条天皇即位、王朝文学の最盛期を為していく この頃慶滋保胤、日本往生極楽記	九八六	寛和二	一条		恵慶生存☆◆

後撰和歌集と歌語り

天暦五年、村上天皇の命により『後撰和歌集』の編集と『万葉集』の訓点を目的として撰和歌所が置かれた。責任者（別当）は藤原伊尹、撰者は大中臣能宣・清原元輔・源順・紀時文・坂上望城。宮中の梨壺（昭陽舎）で編まれたので、撰者を「梨壺の五人」と言う。

『後撰和歌集』は、歌の詠まれた具体的な状況を長い詞書で語り、個人的な恋の歌を贈答のまま掲載するものが多くある。これは、歌や歌にまつわる話が人々の間で語られていた「歌語り」を多く収めているためである。

歌語りとは、人々の間で交わされる噂話のようなものであるが、これが物語としてまとめられれば歌物語、私家集として編纂されれば物語的家集となる。例えばこの時代を代表する女流歌人伊勢の『伊勢集』が、「寛平みかどの御時、大御息所と聞こえける御局に、大和に親ある人さぶらひけり」と始まるのは物語の冒頭さながら。撰和歌所別当伊尹の『一条摂政御集』、『元良親王御集』、『本院侍従集』など後撰時代歌人の私家集にはこうした物語的家集が多い。

新三十六人撰　集外三十六歌仙

鎌倉時代、三十六歌仙以降の歌人を歌仙の名のもとにまとめた撰集が作成され、各種の三十六歌仙が作成された。

女房三十六歌仙、釈門三十六歌仙なども残る。

新三十六人撰

歌仙三十六人の歌を各一〇首ずつ採録した秀歌撰。正元二（一二六〇）年の成立か。撰者は未詳だが、頓阿の撰とも伝えられた。十八番歌合などの別称もある。

この撰歌集の歌人が新三十六歌仙と言われる。

後鳥羽、土御門、順徳の三院からはじまり、鴨長明、藤原秀能で閉じられるが、為家や知家、光俊らの名もある。


一覧は、新編国歌大観所収の静嘉堂文庫蔵本によった。

集外三十六歌仙

室町時代から江戸時代初期に至る地下の歌人を三十六人について、一首ずつを選んだ撰集。後水尾天皇の勅撰とされるが、その子の後西天皇の撰とも言われる。近代三十六歌仙などの別名もある。

歌を左右に配すことで歌合の形式によってはいるが、番や出典の記載などはなく、歌題と作者名のみが記されている。


一覧は、新編国歌大観所収の大東急記念文庫本によった。

新三十六人撰

後鳥羽院
土御門院
順徳院
太上天皇（後嵯峨院）
六条宮雅成親王
鎌倉宮宗尊親王
入道二品道助親王
式子内親王
後京極摂政太政大臣良経
光明峰寺入道摂政太政大臣道家
西園寺入道前太政大臣公経
後久我前太政大臣通光
富小路太政大臣実氏
鎌倉右大臣実朝
九条内大臣基家
衣笠内大臣家良
慈鎮和尚
前大僧正行意
堀川大納言通具
権中納言定家
八条院高倉
俊成卿女
女房宮内卿
藻壁門院少将
大納言為家
参議雅経
従二位家隆
正三位知家
大蔵卿有家
右大弁光俊朝臣
左京大夫信実
左近衛権少将具親
侍従隆祐
前但馬守源家長朝臣
鴨長明
藤原秀能

集外三十六歌仙

東常縁
津守国豊
浄通尼（光源院義輝御室）
宗長
宗碩
永閑
正徹
正広
兼載
太田道灌
三好長慶
宗養
伊達政宗
兼与
里村玄陳
佐河田昌俊
尚証
木下長嘯子
宗祇
心敬
桜井基佐
肖柏
蜷川親当
安宅冬康
里村紹巴
宗牧
玄旨（細川幽斎）
心前
毛利元就
北条氏康
武田晴信（信玄）
北条氏政
今川氏真
里村昌叱
小堀政一
松永貞徳

一条天皇の時代

王朝文学 百花繚乱

　寛和二年（九八六）七月、わずか七歳の一条天皇が即位した。これに先立つ六月、先帝の花山天皇が秘密裏に宮中を抜け出して出家したことは大鏡にドラマチックに語られるところ。これは藤原兼家が自らの娘の産んだ一条天皇を即位させるための謀略であったとされる。正暦元年（九九〇）には一条天皇元服にともない、関白道隆の娘定子が入内する。定子に仕えた清少納言の『枕草子』には、訪ねてきた公達との和歌や漢詩を踏まえた即妙で洒落たやりとりが数々綴られるほか、定子が女房たちに『古今和歌集』歌の暗唱を試す抜き打ちテストを行ったり、帝の前で歌を詠ませたりしている。文学に明るく高い教養を身につけた女房が集められ、定子や帝も文学を愛した。その間、道隆の病死、長徳の政変を経て定子の中関白家が没落する一方、長保元年（九九九）、道長の娘彰子が入内。ここにも彰子を盛り立て帝の寵愛を引きつけるべく才媛が集められた。『源氏物語』の紫式部をはじめ、伊勢大輔・和泉式部・大弐三位・小式部内侍など時代を代表する女流歌人たちである。

　後宮以外でもこの時代、選子内親王のもとでは文学的に格調高く風流なサロンを形成していた。選子内親王は円融天皇の天延三年（九七五）から後一条天皇の長元四年（一〇三一）まで五代にわたり賀茂の斎院を勤め、これゆえに大斎院と称された人物で、斎院での様子が『大斎院前の御集』や『大斎院御集』に綴られる。『枕草子』や『紫式部日記』にも斎院サロンに対する格別な配慮が見え、説話集の中にも語られる。後宮に仕えた女房ではないが、『蜻蛉日記』の作者藤原道綱母は一条天皇の祖父である兼家の妻。兼家や道綱の代わりに和歌を詠み、歌人としての評価が高い。

　女流文学の最盛期とも言うべきこの時代は、王朝貴族文化が最も高まった時期でもある。漢詩と和歌を併せ収めた『和漢朗詠集』が編まれたのが特徴的であるように、『枕草子』に登場する藤原行成や清少納言たちは漢詩も和歌も自在に思い浮かべては口ずさむ。男性歌人の活躍も盛んで、藤原高遠や源為憲・大江匡衡など受領層の男性文人たちも和歌を詠んでいる。紀斉名の『扶桑集』や高階積善の『本朝麗藻』など日本漢詩集が編纂されたのもこの時代である。

一般事項	西暦	年号	天皇	和歌関連事項	没年など
	九八九	永祚元	一条		安法法師生存☆
一月 藤原定子入内 一一月 尾張国の郡司・百姓らが国司の非法を訴える	九九〇	正暦元		落窪物語この頃成立か	六月清原元輔83●◆ 七月二日 藤原兼家62 一二月平兼盛●◆ この頃中務●
藤原佐理、離洛帖を書く	九九一	正暦二			八月九日 大中臣能宣71●◆
	九九二	正暦三			二月 藤原仲文70●
清少納言、藤原定子のへ出仕この頃	九九四	正暦五			三月一〇日 藤原高光● 七月一一日 藤原道信23☆◆
藤原実方、陸奥守となり下向 藤原行成は蔵人頭に抜擢	九九五	長徳元		蜻蛉日記これ以前に成立	五月 藤原道綱母☆◆

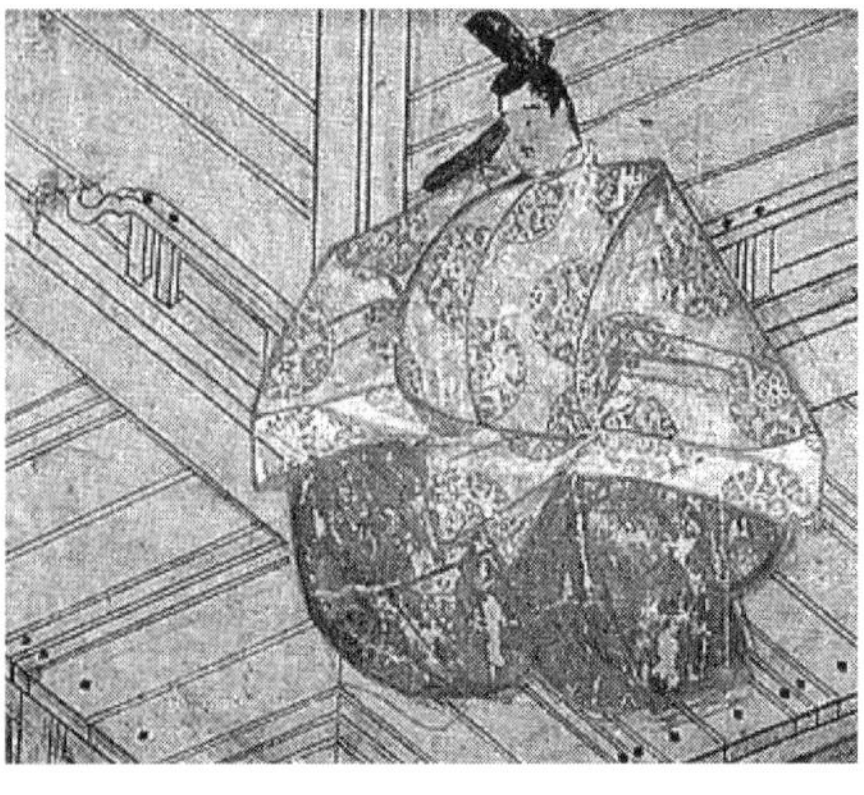

藤原道長　紫式部日記絵巻

四月 藤原伊周ら左遷	九九六	長徳二	一条		一〇月 儀同三司母（高階貴子＝藤原伊周・定子の母）◆
	九九八	長徳四		枕草子この頃までに一部成立、綴られる清少納言の言動や列挙される物事は和歌と深く関わる	一二月 藤原実方☆◆
一一月 藤原彰子入内	九九九	長保元		一〇月三〇日、道長が彰子入内のために大和絵四尺屛風を制作（権記等）、専門歌人ではなく花山天皇・藤原公任・藤原斉信など高位の人物に詠作を依頼したのは異例、書は藤原行成、大和絵の文献上の初出例	
二月 藤原定子を皇后、藤原彰子を中宮とする	一〇〇〇	長保二		藤原公任の拾遺抄この頃まで　歌学書、新撰髄脳もこの頃成立か	一二月一六日 藤原定子 25 この頃か 源重之●◆
	一〇〇三	長保五		四月 和泉式部が敦道親王と出会って和歌を交わし、和泉式部日記の記事が始まる	曾禰好忠生存☆◆ 藤原長能生存☆
紫式部、藤原彰子へ出仕	一〇〇六	寛弘三			
	一〇〇七	寛弘四		花山院らが拾遺抄をもとに編纂して拾遺集この頃までに成立　藤原公任が前十五番歌合、これをめぐって具平親王との論争生じ、三十六歌仙へと発展、歌合形式の歌仙秀歌撰の先蹤	一〇月二日 敦道親王 27
	一〇〇八	寛弘五		和泉式部と敦道親王の和歌の贈答を中心に綴った和泉式部日記この頃成立　源氏物語が宮中で読まれる、和歌や引歌を多用し深い情趣を作り上げた物語は、後の和歌への影響も大きい	二月八日 花山法皇 41
	一〇〇九	寛弘六		公任による歌学書、和歌九品これ以降に成立　公任の三十六人撰これ以降数年の内に成立、ここに選ばれたのが三十六歌仙	七月二八日 具平親王 46 大江嘉言生存☆
	一〇一〇	寛弘七		一条天皇の中宮彰子の出産を中心に記録し、後宮の様子を記した紫式部日記この頃成立か	
	一〇一一	寛弘八	三条	枕草子この頃までに成立か	六月二二日 一条天皇 32
	一〇一二	長和元		八月 発心和歌集成立（賀茂の斎院選子内親王による釈教歌集とされてきたが作者については疑義がある）	七月一六日 大江匡衡 61☆

清少納言の家意識

「春はあけぼの」で始まる『枕草子』は随筆文学の嚆矢として教科書にも載る有名な作品。清少納言は一条天皇の中宮（のち皇后）定子に出仕してこれを書いた。彼女の出自を見ると、父は『後撰和歌集』撰者で三十六歌仙の一人でもある清原元輔、曾祖父（祖父とも）もまた古今集歌人として著名な清原深養父という、和歌の家系。そして清少納言自身もまた中古三十六歌仙に入る歌人である。重代の歌人としての意識は自他ともに高く、『枕草子』では女房達が歌を詠む中で一人頑なに詠まずにいる清少納言へ定子が、元輔の娘なのに参加しなくてよいのかと詠みかけたのに対し、「その人の後と言はれぬ身なりせば今宵の歌をまづぞ詠ままし」と応えた話が載る。清少納言は和歌が苦手との説もあるが、人前で率先して歌を詠むことを憚ったのはこうした家意識によるものであろう。「木の花は」「山は」など類聚章段に列挙される事物は歌枕や和歌的発想に基づくものが多く、当時の教養であった和歌的知識を基盤に独自の視点を加え、『枕草子』という新しい文学を成立させたのである。

一般事項	西暦	年号	天皇	和歌関連事項	没年など
	一〇一三	長和二	三条	藤原公任の和漢朗詠集この頃、題ごとに唐人漢詩句・邦人漢詩句・和歌を組み合わせた詩歌集で、以後の漢詩文・和歌のみならず散文作品にも甚大な影響を与える	五月一六日 藤原高遠 65☆
	一〇一七	寛仁元	後一条		五月九日 三条院 42◆
三月 藤原道長出家	一〇一九	寛仁三		道済集、道済十体この頃か	源道済☆
	一〇二〇	寛仁四		九月 更級日記の記事始まる	七月四日 道命☆ 一〇月一六日 藤原道綱 66
	一〇二三	治安三		この頃、相模が夫大江公資の任国に滞在し、箱根権現に百首歌を奉納、百首の応答となる	
	一〇二四	万寿元		九月 後一条天皇・彰子・東宮が頼通邸に行幸・行啓し競馬を観覧して詠歌（高陽院行幸和歌）、栄花物語「駒競の行幸」や絵巻（駒競行幸絵巻）に残る盛事	
	一〇二五	万寿二		大鏡の記事この年まで	一一月頃 小式部内侍◆
	一〇二七	万寿四		御堂関白集この頃成立か（藤原道長だけでなく、倫子、彰子らの歌を多く収める） 和泉式部集この頃か	一二月四日 藤原道長 62 同四日 藤原行成 56 和泉式部生存☆◆
	一〇三五	長元八		五月 関白頼通が高陽院釣殿で歌合を開催、当時高齢だった赤染衛門や公卿殿上人のほぼ全てが参加した（高陽院水閣歌合） 大斎院前御集・大斎院御集この頃までに成立、選子内親王の斎院での様子を伝える　栄花物語正編この頃成立か（記事は一〇二八年まで）	三月二三日藤原斉信 69 六月二二日 選子内親王 72
▼セルジュークトルコ興る	一〇三八	長暦二	後朱雀		六月二二日 大中臣輔親 85☆
この頃、大日本国法華験記	一〇四一	長久二		五月 祐子内親王（後朱雀皇女）が外祖父頼通の後見により庚申歌合 公任集・赤染衛門集この頃成立か	一月一日 藤原公任 76☆◆ 赤染衛門生存（80余か）☆◆
後冷泉天皇即位、後宮や斎院等で王朝文学円熟	一〇四五	寛徳二	後冷泉		一月一九日 藤原定頼 51☆◆
陸奥の豪族安倍氏が叛し、前九年の役始まる	一〇五一	永承六		五月 祐子内親王家歌合 能因、玄玄集をこの頃までに撰じたか	
末法の初年に入る	一〇五二	永承七			能因生存☆◆

多才な貴公子、藤原公任

公任は実頼・頼忠と続く摂関家の嫡男、母は代明親王の娘、姉妹は皇后や女御という華やかな家系ながら、時に遭わず自身は権大納言に終わった。官途には恵まれなかったが、政務は有能で一条朝の四納言の一人。四条大納言と呼ばれる。「三舟の才」として有名な逸話では、和歌・漢詩・管絃の全てに秀でていたことが語られ、和歌と漢詩の両方を併わせて収めた秀歌撰『和漢朗詠集』を編集し得たのも、公任だからこそと言えよう。

多才な貴公子公任は歌壇の第一人者で、人々が格別の配慮と注目をしていたことが、『枕草子』や『紫式部日記』に見え、説話の中にも多く登場する。代表的な著作に、私撰集の『如意宝集』・『金玉集』、秀歌撰の『前十五番歌合』・『三十人撰』、歌学書の『新撰髄脳』・『和歌九品』、有職故実書の『北山抄』などがある。中古三十六歌仙の一人である。

事項	西暦	年号	天皇	文学	没
藤原頼通、道長の別荘を寺にして平等院鳳凰堂を建立、定朝作の阿弥陀如来像を安置。扉絵・壁画は大和絵の遺品	一〇五三	天喜元	後冷泉	三月 六条斎院歌合、六条斎院（後朱雀皇女禖子内親王）は斎院在任中に雅な歌合を多数開催した	
▼キリスト教会、ローマカトリックと東方正教会に分裂	一〇五四	天喜二			七月二〇日 藤原道雅 63（62とも）☆◆
	一〇五五	天喜三		五月三日 六条斎院物語合 ここに逢坂越えぬ権中納言を小式部が提出（堤中納言物語に収録される短編のうち成立年が判明する唯一の作品）	
	一〇五六	天喜四		四月 皇后宮春秋歌合（後冷泉皇后寛子（頼通女＝四条宮）が父頼通の後援により催した晴儀遊宴の歌合）	
	一〇六〇	康平三		菅原孝標女の更級日記この頃、孝標女の作とされる夜の寝覚、浜松中納言物語もこれ以前の成立か　伊勢大輔集この頃	菅原孝標女生存か　伊勢大輔生存☆◆　相模生存☆◆
陸奥守源頼義・義家が安倍氏を滅ぼし、前九年の役終わる	一〇六二	康平五			
源頼義、鎌倉に鶴岡八幡宮を創建　陸奥話記この頃成立	一〇六三	康平六			
	一〇六四	康平七		禖子内親王家歌合この頃複数	
本朝文粋（藤原明衡撰）この頃以前　▼ノルマン朝成立	一〇六六	治暦二		五月五日 皇后寛子歌合　九月九日 禖子内親王家歌合	
摂関家を外戚としない後三条天皇が即位	一〇六八	治暦四	後三条	四月 十巻本類聚歌合この時まで　四条宮下野集この頃か、後冷泉天皇の皇后寛子に仕えた女房下野の家集で下野を中心とした寛子皇后周辺の日常を描く	四月一九日 後冷泉天皇 44　この頃 良暹 68前後◆
	一〇七三	延久五	白河	成尋阿闍梨母集（宋へ出発した息子への思いや残された自身の悲嘆を綴った歌日記）	
	一〇七四	承保元		狭衣物語この頃成立、作中の和歌や効果的に用いられる引歌は評価が高い	二月二日 藤原頼通 83　一〇月三日 藤原彰子 87
▼カノッサの屈辱	一〇七七	承暦元			
出羽の豪族清原氏の内紛、陸奥守源義家が介入　後三年の役	一〇八三	永保三			

和歌を贈る

平安貴族は様々な場面で歌の贈答をすることが物語や和歌集の中に見られる。ちょっとした消息や、軽く冗談を含める歌もあるが、一回の贈答で恋が成就するかどうかが掛かっているほど重要な場合もある。したがって、贈る時には歌の内容や詠みぶりはもちろん、どのような趣向で贈るかということも大切なのである。

『和泉式部日記』では橘の枝と、ほととぎすをめぐる一組の贈答歌によって二人の恋は始まる。『源氏物語』には和歌を贈る場面で、どのような紙に書き、どのような花の枝に付けたのかがこと細かに書かれている。歌の内容だけでなく趣向にも贈る人の心が込められているからである。『枕草子』では暑い夏の盛りの日中に、真っ赤な紙に書いた文が、これまた真っ赤な唐撫子の花につけられて届けられた。清少納言はこれを見て、暑さを押して書いた人の自分への好意の深さを感じ取っている。

院政期と和歌

古代後期の終焉と中世和歌の萌芽

鳥羽院

鳥獣人物戯画から

内親王を母に持つ後三条天皇が即位し、天皇家と摂関家の関係に変化が生じた。藤原頼通による五十年に及ぶ摂関政治は終わりを告げ、次代の白河天皇（三十四歳）が応徳三年（一〇八六）に子の堀河天皇（八歳）に譲位して院庁で政務を執り、院政が始まる。院政期とは平安末期ともいい、平氏滅亡の文治元年（一一八五）頃までのおよそ百年を指すが、この間、貴族勢力の衰退と武士勢力の台頭、すなわち保元・平治の乱、平清盛の政権と崩壊、治承・寿永の乱、そして源頼朝による鎌倉幕府開幕、と大きな出来事が次々とおこった。

この時期、勅撰集は、『後拾遺和歌集』・『金葉和歌集』・『詞花和歌集』と四番目から六番目までが撰進された（七番目の『千載和歌集』は文治四年（一一八八）なので、ここでは含めない）。平安時代（中古）の和歌を前期と後期に二分すると、院政期が後期となる。前期は宮廷を中心に詠まれた〈場〉の文学、「折」の文学であり、後期は中世和歌の特徴である〈個〉の文学の特徴を有する。院政期（以降）の和歌は、与えられた題で歌を詠む「題詠」が中心となり、より文芸性を求めるようになった。題詠の確立は長治二年（一一〇五）頃の『堀河百首』といわれるが、応徳三年（一〇八六）奏覧の『後拾遺和歌集』でも「……心を詠める」という詞書が大幅に増えていることが指摘されている。歌人では、源俊頼や藤原基俊、「歌の家」である六条家の藤原顕季・顕輔・清輔、中世和歌に大きな影響を与えた西行（佐藤義清）、そして六条家のライバル御子左家の藤原俊成が活躍し、中世和歌へつながっていく。

一般事項	西暦	年号	天皇	和歌関連事項	没年など
一一月二六日 堀河天皇、践祚 白河上皇、院庁において政務を執る（院政の初め） 以後四十余年に渡り実権を握る	一〇八六	応徳三	堀河	九月一六日 藤原通俊、承保二年（一〇七五）の勅撰集撰集の勅から十年余を経て、ようやく後拾遺集を白河天皇に奏覧 この間、源経信の問に通俊が答える後拾遺問答（散逸）があったか。 この後勅撰集に対する初の論難書である難後拾遺（源経信）成る	
後三年の役終わる 以後、文治五年（一一八九）までのおよそ百年、奥州藤原氏が奥州において勢力を持つ	一〇八七	寛治元		藤原通俊、後拾遺集（再奏本）提出	
一月五日 堀河天皇元服	一〇八九	寛治三		八月二三日 太皇太后宮寛子扇歌合（宇治にて後冷泉天皇の皇后だった藤原寛子（頼通の娘）が催した 源経信判）	

平治物語絵巻より 三条殿の炎上

一〇九〇	寛治四	堀河	白河上皇、熊野に御幸	この年 栄花物語続編の記事終わる	二月二二日 六条斎院宣旨（狭衣物語作者）
一〇九二	寛治六		三月六日 京都大火 八月四日 諸国で大風洪水		
一〇九三	寛治七		二月二二日 篤子内親王を皇后とする	五月五日 郁芳門院媞子内親王根合（周防内侍が「我が下燃えの煙なるらむ」と詠んで縁起が悪いとされ、郁芳門院没後〈一〇九六年没、二一歳〉、周防内侍も没したという）（俊頼髄脳）	九月四日 馨子内親王（後三条天皇皇后）65
一〇九四	嘉保元		一〇月二四日 里内裏堀河殿焼亡 三月以降 扶桑略記（皇円）	八月一九日 前関白師実歌合（高陽院七番歌合。歌は、勅撰集、私撰集に多く入集。筑前が判者の源経信に判定への不服を申し立てた筑前陳状は、陳状の初例）	一月一六日 陽明門院禎子内親王（後朱雀天皇の皇后で、後三条天皇の母）82 七月一四日 橘俊綱（藤原頼通の実子）67 九月五日 源顕房 58
一〇九五	嘉保二			三月 内裏歌合（ただし夫木抄に歌二首が残るのみ） 八月二八日 鳥羽殿前栽合（郁芳門院媞子内親王前栽合）	
一〇九六	永長元		八月九日 白河上皇、出家（鍾愛の娘・郁芳門院が没したため） 一一月二四日 大地震 ▼第一回十字軍		八月七日 郁芳門院媞子内親王（白河天皇の皇女）21 九月一三日 前斎院禖子内親王（後朱雀天皇の皇女）58
一〇九七	承徳元		一月二一日 京都大火	この頃 経信集（源経信）	閏一月六日 源経信 82◆
一〇九八	承徳二		二月二二日 京都大火 殿暦（藤原忠実の日記）（現存は元永元年〈一一一八〉まで）		
一〇九九	康和元		一月三日 覚行を親王とする（法親王の初め） 八月二八日 忠実に内覧の宣旨 この年まで 後二条師通記（藤原師通の日記）		六月二八日 藤原師通（頼通の孫）38 八月一六日 藤原通俊 53 57とも

和泉式部と和歌説話

和泉式部は中古を代表する女流歌人。『後拾遺和歌集』にはどの歌人よりも多い六十八首が入集する。中古三十六歌仙の一人。『紫式部日記』では「歌はいとをかしきこと」とその歌才が評される。橘道貞と結婚し小式部内侍を産むが、冷泉天皇の皇子為尊親王、次いでその弟の敦道親王と恋愛。敦道親王との恋の経緯は『和泉式部日記』によって知られる所である。召人として宮邸に引き取られるも、約四年後に親王は他界。その後、中宮彰子のもとへ出仕し、後に藤原保昌と結婚。和泉式部には男性関係で話題となることが多かったようで、道長には「浮かれ女」とからかわれ、『栄花物語』にも逸話が残る。

和泉式部の類まれな歌才と恋多き女というイメージは後世多くの説話や伝承を生んだ。『後拾遺和歌集』には和泉式部の歌に貴船明神が感応した返歌が入り、『俊頼髄脳』や『袋草紙』では赤染衛門との優劣が論じられる。『十訓抄』や『古今著聞集』などの中世説話集に見えるのは、小式部内侍との母子説話、歌徳説話、道命阿闍梨との情事など多種多様で、御伽草紙や謡曲にも摂取された。また各地に和泉式部の供養塔や歌塚等の古跡が存在する。

西暦	年号	天皇	一般事項	和歌関連事項	没年など
一一〇〇	康和二	堀河		四月二八日 源宰相中将国信歌合（恋の進行過程を五つの題に分ける 高い文芸意識が見られ、後世の作品に影響を与える） 四月二八日以降 隆源陳状（国信歌合の左方歌人隆源が判に不満を示し、意見を述べたもの）	
一一〇一	康和三			この頃 師実集 これ以前 周防内侍集	二月一三日 藤原師実（頼通の息子）60
一一〇二	康和四			閏五月二日・七日 堀河院艶書合（二日は、まず男方が恋歌を贈り女方が返歌し、七日は女方が恋歌を贈り男方が返歌） この頃 肥後集・国基集 この年以後 祐子内親王家紀伊集	七月七日 津守国基80 八月一七日 藤原歓子（後冷泉天皇の皇后）82
一一〇三	康和五		一一月一六日 京都大火		
一一〇四	長治元			五月二六日 左近権中将俊忠歌合	
一一〇五	長治二		二月一五日 藤原清衡、奥州平泉に最初院（中尊寺）造立 源師時の日記・長秋記（現存は保延二年〈一一三六〉まで）	この年か翌年、堀河百首が成る 堀河天皇への奏覧本の作者は一四人（公実・大江匡房・源国信・源師頼・顕季・仲実・源俊頼・源師時・藤原顕仲・基俊・隆源・肥後・紀伊・河内）で、のち源顕仲と永縁が加わった 初めての組題百首、多人数による百首で、以後の和歌に与えた影響は大 万葉語への関心がみられる	九月一七日 二条院（後冷泉天皇の中宮章子内親王）80 一一月七日 祐子内親王（後朱雀天皇の皇女）68
一一〇六	嘉承元		六月二九日 京都大火	三月以降 康資王母集・安芸集 この年以降元永元年（一一一八）以前 歌語辞書の綺語抄（藤原仲実）	七月四日 源義家68 この頃生存 康資王母、郁芳門院安芸
一一〇七	嘉承二	鳥羽	七月一九日 堀河天皇没、鳥羽天皇践祚、藤原忠実摂政 一〇月一四日 京都大火	七月以前 基俊集・上巻	七月一九日 堀河天皇29 一一月一四日 藤原公実55 この頃没か藤原顕綱（讃岐入道 尊卑分脈によれば康和五年（一一〇三）没だが、顕綱は長治元年（一一〇四）左権中将俊忠歌合に出詠している）

三舟の才・源経信と難後拾遺、小鯵集

当時の歌壇の重鎮である源経信（一〇一六－一〇九七）は和歌・詩歌・管絃（琵琶）の三才を兼備し、有職故実にも通じていた。その多芸多才は一条朝の藤原公任に劣らないといわれ、公任と同じく「三舟の才（三船の才とも。三艘の舟に、それぞれ和歌・詩歌・管絃の専門家を乗せた遊覧の席で、どの舟にも乗ることが出来る才能を持っていたという話）」この説話を残している（『十訓抄』）。ところが、勅撰集撰集の奉勅を受けたのは白河天皇の近臣で、経信よりも三十一歳も若い藤原通俊（一〇四七－一〇九九）だった。撰者の任から漏れた経信は『難後拾遺』を著したが、『難後拾遺』は『後拾遺和歌集』から八四首を抜き出して批判を加えたもので、勅撰和歌集に対する初の論難書として意義深い。また、歌人としてそれほど有名ではない津守国基の歌が三首も入っているのは、通俊に賄賂として鯵を贈ったためだと風評され、『後拾遺和歌集』は「小鯵集」の異名を得た（鯵を贈ったことと、歌集が「小味」であることを掛けた）という（袋草紙・井蛙抄）。

一一〇八	天仁元	鳥羽			この年生存 周防内侍(平仲子、70余)◆
一一〇九	天仁二			この頃 堀河天皇の発病から死に至るまでを記す讃岐典侍日記(讃岐典侍)成る	
一一一一	天永二		一〇月五日 記録荘園券契所事始め	この年から三年間くらい 俊頼髄脳(源俊頼。関白忠実の命を受け、忠実の娘の泰子のために書いた歌学書) 匡房集(大江匡房) これより前 江家次第、江都督納言願文集など(大江匡房) この頃 拾遺往生伝(三善為康)	一月一〇日 源国信43 一一月五日 大江匡房71◆
一一一二	天永三			この頃 西本願寺本三十六人集、書写	
一一一三	永久元		一月一日鳥羽天皇元服 一〇月二二日 永久の変(鳥羽天皇暗殺未遂事件 輔仁親王の護持僧仁寛を伊豆に配流 輔仁親王、仁寛の父源俊房ら謹慎)	九月以降 大弐集	祐子内親王家紀伊 この年生存◆
一一一四	永久二				一〇月一日 篤子内親王(堀河天皇の中宮)55
一一一五	永久三		この頃 有職書の雲図抄成る ▼女真の阿骨打、金を建国	一〇月二六日 内大臣忠通前度歌合(忠通主催の一二度の歌合の最初) 同日、後度歌合	
一一一六	永久四		この年 朝野群載(三善為康)	四月四日 白河院鳥羽殿北面歌合 一二月 永久百首(堀河天皇と中宮篤子内親王を偲んで編まれた堀河院後度百首・堀河院次郎百首とも 作者は源顕仲・藤原仲実・源俊頼・源忠房・源兼昌・常陸・大進の七人。新出題が多い)	この年生存 肥後 75くらい
一一一七	永久五		一月八日 京都大火 五月二九日 内裏で闘鶏闘草		

堀河天皇と文学

「末代の賢王」(『続古事談』)と称される堀河天皇は、詩歌・管絃にも長じていて、種々の行事を企画した。『堀河院艶書合』は、康和四年(一一〇二)閏五月二日および七日に内裏で催された。二日に和歌堪能の男性が女性に恋歌を贈って女性が返し、七日は女性が男性に恨みの恋歌を贈って男性が返すという形の歌合である。手紙にも趣向を凝らすなど、文芸的にも遊戯的にもすぐれている。『堀河百首』は、春二十、夏十五、秋二十、冬十五、恋十、雑二十首の各題一首の百首。あらかじめ決められた題を一組にし、歌を詠む組題百首の初めで、後世に絶大な影響を及ぼした。題詠が確立したのもこの『堀河百首』とされる。歌人は藤原公実ら十六人。長治二年(一一〇五)五月から翌年三月の間に、詠進の遅れた源顕仲・永縁を除く十四人の百首として堀河天皇に奏覧したらしい。

堀河天皇は嘉承二年(一一〇七)に二十九歳で崩じたが、その死は讃岐典侍とよばれた藤原長子が『讃岐典侍日記』に詳述した。天皇発病から崩御を記した上巻と、鳥羽新帝に再出仕した折の下巻から成るが、下巻でも至る所で堀河天皇を追慕している。

西暦	年号	天皇	一般事項	和歌関連事項	没年など
一一一八	元永元	鳥羽	一月二六日 藤原璋子を中宮とする	一〇月二日、一一日、一三日、一八日 内大臣忠通歌合 この年 六条家の藤原顕季によって人麻呂影供(柿本人麻呂の肖像を飾って祀る儀式)が初めて行われる この年以前 類聚古集(万葉集を題材によって分類した歌集)成る(藤原敦隆)	三月一六日 藤原仲実62
一一一九	元永二		八月一四日 輔仁親王の子有仁王に源姓を賜う(源有仁)	七月一三日 内大臣忠通歌合 この頃 大鏡成る	六月一日 藤原季仲74 この年生存 讃岐典侍(藤原長子)41くらい
一一二〇	保安元		一一月一二日 藤原忠実、内覧停止(白河法皇の怒りを買ったため)	この年 古今集が書写(元永本古今集 完本の古今集としては最古の写本。国宝) この頃 今昔物語集成る この頃から保安年間(～一一四一)頃 源氏物語絵巻製作か	七月二七日 藤原敦隆50余 同二二日 藤原宗通50
一一二一	保安二		一月一七日 忠実の内覧を復す 同二二日 忠実の上表により、忠実の子忠通が内覧	九月一二日 関白内大臣忠通歌合	一一月一二日 源俊房87
一一二二	保安三			この年以降長承二年(一一三三)以前か 新撰朗詠集(藤原基俊撰)	一〇月二三日 菅原在良80
一一二三	保安四	崇徳	一月二八日 鳥羽天皇譲位、崇徳天皇践祚	これ以前 顕季集 この頃 俊忠集	七月九日 藤原俊忠51 九月六日 藤原顕季69
一一二四	天治元		八月二〇日 中尊寺金色堂成る 一一月二四日 中宮藤原璋子に院号宣下(待賢門院)	春頃 権僧正永縁花林院歌合 この年 源俊頼、五番目の勅撰集の金葉集(初度本)を奏覧するも、古い歌を重視したため白河院に返却される	この年生存 堀河院中宮上総(永縁奈良花林院歌合に出詠)
一一二五	天治二		一二月五日 京都大火 ▼金、遼を滅ぼす	四月 源俊頼、金葉集(二度本)を再奏するも、当代を重視しすぎたため白河院に返却される	四月五日 永縁78
一一二六	大治元			八月 摂政左大臣忠通歌合(忠通主催の一二度の歌合の最後) 八月頃 廿巻本類聚歌合 この年か翌年 金葉集(三奏本)の草稿を奏覧したところ、そのまま受納 そのため、撰者俊頼の手元に残っておらず、二度本が流布 こののち成立か 古本説話集	

万葉集の流行

平安中期にも『万葉集』に関する記事はいくつか見えるが、平安後期から末期(院政期)にかけては『万葉集』への関心がさらに高まった。かつて伝本は希だったが、関白頼通の実子・橘俊綱が書写した法成寺宝蔵本の『新撰万葉集』を藤原顕綱が書写して以降、流布するようになったという。五番目の勅撰集の『金葉和歌集』を撰んだ源俊頼の『俊頼髄脳』にも、『万葉集』の歌が多く引かれている。「五大万葉」として知られる『万葉集』の古写本のうちの四種類、藍紙本・金沢本・元暦校本・天治本が書写されたのも平安後・末期である(桂本は平安中期写)。その他、『万葉集』を抜粋再編した『類聚古集』(藤原敦隆編)も編纂された。また、元永元年(一一一八)、六条家と呼ばれる歌の家(歌道家)の祖・藤原顕季によって、歌聖柿本人麻呂を祭る人麻呂影供が創始され、人々は人麻呂の肖像を掲げて、和歌を献じた。

年	年号	天皇	事項	文学	人物
一一二七	大治二	崇徳	二月一四日 大内裏火災 ▼宋の高宗、即位(南宋の成立)		八月一四日 四条宮寛子(後冷泉天皇の皇后。藤原頼通の娘)92
一一二八	大治三			八月二九日 神祇伯顕仲西宮歌合 九月二一日 神祇伯顕仲南宮歌合 九月二八日 神祇伯顕仲住吉歌合 この頃 散木奇歌集(源俊頼)	源兼昌この年生存(顕仲住吉歌合による)◆
一一二九	大治四		一月一日 崇徳天皇元服 同一五日 京都大火 同一六日 忠通の娘聖子を女御とする 七月七日 白河法皇没、鳥羽院の院政開始		一月三日 藤原顕仲71 七月七日 白河法皇77 一一月以前 源俊頼75◆
一一三〇	大治五		二月二一日 藤原聖子中宮となる		
一一三一	天承元				この頃生存 六条院宣旨(俊成妻)
一一三二	長承元		一月一四日 前太政大臣藤原忠実、内覧(関白としては忠通) 兵範記(平信範の日記)(現存は承安元年〈一一七一〉まで)		
一一三三	長承二				七月一三日 藤原兼子(伊予三位 讃岐典侍の姉)84 八月一九日 藤原長実(美福門院の父)59
一一三四	長承三		三月一九日 鳥羽上皇女御藤原泰子を皇后とする	九月一三日 中宮亮顕輔歌合(歌には奇語がみられる) この頃 打聞集(仏教説話集) この頃か 為忠朝臣家初度百首(内輪での百首で、表現に新奇なものが多い)	

十巻の勅撰和歌集、金葉集

『金葉和歌集』は五番目の勅撰和歌集。源俊頼撰。十巻。十巻であるのは『拾遺抄』にならったらしい。白河法皇の院宣を奉じて、三度の奏覧を経て成った。院宣の下った天治元年(一一二四)の末ごろに奏覧した初度本は、紀貫之の歌を巻頭に置くなど『古今和歌集』の歌人を重んじ過ぎたためなどの理由により返却された。翌二年四月に奏覧した二度本は、藤原顕季の歌を巻頭に置いたが、当代歌人の歌に片寄り過ぎたためにこれも返却された。大治元年(一一二六)から同二年の間に奏覧した三奏本は源重之の歌が巻頭で、拾遺集時代からの伝統と当代とを適度に調和させ、ようやく受納された。しかし三奏本は草稿のまま奏覧され、撰者の手もとに証本がなかったので流布せず、二度本が流布した。部立は春・夏・秋・冬・賀・別離・恋(上・下)・雑(上・下)。雑下は、哀傷・釈教・連歌を収めている。主な歌人は、源俊頼・同経信・藤原公実・顕季など。撰者俊頼は革新的な歌を詠むことで知られており、『金葉和歌集』も題材の珍しさ、発想・表現の自由さ、感覚の利いた叙景の清新さに特色が認められる。

西暦	年号	天皇	一般事項	和歌関連事項	没年など
一一三五	保延元	崇徳		これより前 行尊大僧正集 この頃 為忠朝臣家後度百首 この年~天養元年(一一四四)の間、平安時代の歌学の集大成ともいえる歌学書の奥義抄(藤原清輔)	二月五日 行尊 81◆
一一三六	保延二		台記(藤原頼長の日記)の記事この年から久寿二年〈一一五五〉まで)		
一一三七	保延三		この年 中外抄(中原師元筆録) この頃 後拾遺往生伝(三善為康)		この年生存 源仲正 70余
一一三八	保延四				三月二九日 源顕仲(伯顕仲とも 待賢門院堀河の父) 75
一一三九	保延五		七月二八日 皇后藤原泰子に院号宣下(高陽院)		
一一四〇	保延六			一〇月一五日 佐藤義清(23歳)、出家(西行) この頃 不遇感を詠む、藤原顕広(俊成)の俊成卿述懐百首	
一一四一	永治元	近衛	三月一〇日 鳥羽上皇出家 一二月七日 崇徳天皇譲位、近衛天皇践祚 一二月二七日 中宮藤原聖子を皇太后、女御藤原得子(近衛天皇生母)を皇后とする		
一一四二	康治元			この頃 崇徳院、久安百首を企画(一三人の歌人に題を出す) この年 待賢門院堀河、待賢門院に従い出家	一月一六日 藤原基俊 83◆ 待賢門院堀河生存◆
一一四三	康治二		▼ポルトガル王国成立	この頃 雅兼集、行宗集	源雅兼 65 源行宗 80

源氏物語と和歌

中古の物語において和歌は重要であり、和歌なくして物語は成り立たない。物語文学の頂点とも言うべき源氏物語においてそれは特に顕著で、作中の歌は約八百首、加えて引歌は六百首以上。しかも単に古歌を引用するだけでなく複雑に別の歌や言葉と組み合わせ、より深い情趣や風景を表出する。様々な歌語や、和歌の発想・表現をもとにした箇所も多い。源氏物語は和歌が基盤となっているのである。

これは紫式部の和歌的な教養の高さ、歌人としての才能を示している。中古三十六歌仙に入るのも当然と言えよう。

『源氏物語』は多くの読者に愛され後の物語に影響を与えるだけでなく、中世和歌の詠作にも影響は大きい。『六百番歌合』の俊成による判詞「源氏見ざる歌詠みは遺恨のことなり」に代表されるように、歌人や連歌師にとって源氏物語は必須の教養となり、その優艶な情趣を学んで歌に取り入れることが重視された。「三夕の歌」として知られる「見渡せば花も紅葉もなかりけり浦の苫屋の秋の夕暮」(定家)は、明石巻「なかなか春秋の花紅葉の盛りなるよりは…」に基づき、その情趣を昇華させたものでもある。

七月二二日 藤原通憲（信西）出家	一一四四	天養元	近衛	六月 崇徳院、藤原顕輔に六番目の勅撰集（詞花集）撰集の院宣	
	一一四五	久安元		この頃 歌学書の和歌童蒙抄（藤原範兼）	八月二二日 待賢門院璋子（鳥羽天皇の中宮）45
三月一八日 京都大火	一一四六	久安二		この頃 待賢門院堀河集	
六月一五日 祇園社の神人と平清盛の郎等が乱闘 ▼第二次十字軍	一一四七	久安三			二月一三日 源有仁（後三条皇子の輔仁親王男）45
二月一七日 京都大火	一一四八	久安四			
八月三日 皇后得子に院号宣下（美福門院） 一〇月二五日 藤原忠通、太政大臣に再任（太政大臣再任の初例）	一一四九	久安五			
九月二六日 藤原忠実、忠通を義絶。頼長を氏長者に 冬 本朝世紀（信西）着手	一一五〇	久安六		この年 久安百首の詠進（崇徳院の他、当初の一三人の歌人のうち三人が没して三人が加えられた計十四人）終わる 一二月以降 歌学書の和歌一字抄（藤原清輔）	この年生存 待賢門院安芸・花園左大臣家小大進（久安百首に詠進）
一月一〇日 藤原頼長、内覧 七月一二日 京都大火	一一五一	仁平元		一月 説話集の富家語談（関白忠実が語った故実を、高階仲行が筆録） この年 詞花集（藤原顕輔）奏覧（勅撰集のなかで最も規模が小さく、四百首余） この年 崇徳院、久安百首の部類を藤原顕広（俊成）に下命	
この頃 鳥獣戯画	一一五二	仁平二			
四月一五日 京都火災（蔵書数万巻の江家文庫焼亡） 九月二〇日 京都大風雨	一一五三	仁平三		九月 顕広（俊成）久安百首の部類本を進覧 この頃 忠盛集	一月一五日 平忠盛（清盛の父）58

詞花和歌集と続詞花和歌集

『詞花和歌集』は六番目の勅撰和歌集。藤原顕輔撰。十巻。天養元年（一一四四）崇徳院の院宣を奉じて、仁平元年（一一五一）撰上。顕輔は、一族に助力を命じ、資料を集めた。五番目の『金葉和歌集』との間が二十年ほどしかなく、十巻約四百余首と、二十一代集中、最も小規模なもの。部立は春・夏・秋・冬・賀・別・恋（上・下）・雑（上・下）。『金葉和歌集』三奏本とかなりの重複歌がある。一旦奏覧した本に対して、院は若干の歌を除棄するよう顕輔に命じ、顕輔は精撰して奏覧した。巻頭は大江匡房で、歌数が多いのは曾禰好忠（一七首）・和泉式部（一六首）。前代の歌人が多く、当代の歌人の歌が少ない。歌数を絞ったことに対して多くの歌人が不満を抱き、この集への批判は多かった。藤原為経（寂超）の撰んだ『後葉集』や藤原教長の撰んだ『拾遺古今』は、『詞花和歌集』を批判したものといわれる。また、顕輔の子清輔が撰進した『続詞花和歌集』（二十巻）は、『詞花和歌集』に続き七番目の勅撰集となるはずが、下命者である二条天皇の崩御に遭い実現しなかった。そのため、『続詞花和歌集』は勅撰集ではなく私撰集である。

西暦	年号	天皇	一般事項	和歌関連事項	没年など
一一五五	久寿二	後白河	七月二三日 近衛天皇没 同二四日 後白河天皇践祚、忠通関白	一一月から翌年正月 後葉集（詞花集への批判がみえる私撰集）（藤原為経〈＝寂超〉） この頃 顕輔集	五月七日 藤原顕輔66◆ 七月二三日 近衛天皇17
一一五六	保元元		七月一一日 保元の乱。平清盛・源義朝、崇徳上皇の白河殿を夜襲 崇徳上皇、讃岐に配流		七月二日 鳥羽法皇54 同一四日 藤原頼長（悪左府）37
一一五七	保元二			この頃平安時代の歌合、歌会、歌集、歌人について記された重要資料である歌学書の袋草紙（藤原清輔）	
一一五八	保元三	二条	八月一一日 後白河天皇譲位、二条天皇践祚 後白河上皇院政開始		
一一五九	平治元		一二月九日 平治の乱。藤原信頼・源義朝ら、後白河院御所を襲う	この頃 成通集	一二月一三日 信西（藤原通憲）54 同二七日 藤原信頼27 この年出家 藤原成通63
一一六〇	永暦元			三月〜五月頃 太皇太后宮大進清輔歌合	一一月二三日 美福門院得子（近衛天皇の母）44 この年生存 藤原成通64
一一六一	応保元			一〇月 和漢朗詠集私注（覚明 和漢朗詠集の代表的古注）	八月一一日 藤原公能47
一一六二	応保二		二月一九日 藤原育子、中宮	この頃 本朝無題詩（編者未詳 漢詩集）	
一一六四	長寛二		九月 清盛、厳島神社に奉経（平家納経）	この頃 田多民治集《ただみち》（藤原忠通）	二月一九日 藤原忠通（法性寺入道前関白太政大臣）68◆ 八月二六日 崇徳上皇46（配所の讃岐国で没）◆
一一六五	永万元	六条	六月二五日 二条天皇譲位、六条天皇践祚	七月以降の年内 藤原清輔、二条天皇の下命を目指し続詞花集を撰ぶが、天皇没により勅撰集とならず これより前、後六六撰（藤原範兼）・和歌童蒙抄（藤原範兼）・五代集歌枕（藤原範兼） この頃 唐物語（藤原成範か。中国の説話を翻訳した説話集） この頃 今撰集（顕昭か 私撰集）	四月二六日 藤原範兼59 七月二八日 二条天皇23

俊頼髄脳、袋草紙の和歌説話

源経信の子俊頼は五番目の勅撰集の撰者だが、『俊頼髄脳』という歌学書も著している。関白忠実の娘の泰子のために書かれたもので、天永二年（一一一一）〜永久二年（一一一四）頃成立。実作の手引書として、和歌にまつわる故事や伝説が多く、たとえば、廻文（上から読んでも下から読んでも同じ）の「群草（むらくさ）に瘡（くさ）の名はもし備はらばなぞしも花の咲くに咲くらむ」（いろいろな草に、もし「瘡」という名が込められているならば、どうして花はあのように美しく咲くのだろうか）など、様々な歌や和歌説話を載せる。

また、六条家の藤原清輔が著した『袋草紙』は、保元二年（一一五七）頃の成立で、歌会、歌合に関するさまざまな故事や、歌人についての逸話、和歌説話を多く載せる。『拾遺抄』を撰んだ藤原公任と、『難後拾遺』を著した源経信の「三舟の才」の逸話も記されている。

一二月一日 京都大火　この年より 愚昧記（藤原実房の日記）	一一六六	仁安元	六条	八月以前 中宮亮重家歌合（俊成判で証本が残る最も古い歌合）　この頃 和歌初学抄（藤原清輔）　仁安年間、和歌現在書目録（藤原清輔・顕昭・経平最古の歌書目録）この頃唯心房集（寂然）	
二月一一日平清盛、太政大臣（五月一七日辞任）	一一六七	仁安二		八月 太皇太后宮亮経盛歌合（平家歌壇の活動のひとつ）　一二月二四日 藤原顕広、俊成に改名　この頃まで 山家集（西行）の原型成るか	
二月一一日平清盛出家　同一三日 京都大火　同一九日 六条天皇譲位、高倉天皇践祚　三月二〇日 平滋子（高倉天皇の生母）、皇太后	一一六八	仁安三	高倉		
四月一二日 平滋子に院号宣下（建春門院）　六月一七日 後白河上皇、出家	一一六九	嘉応元		三月 梁塵秘抄（第一次 後白河院撰の今様集）　この頃 出観集（覚性法親王）	一二月一一日 覚性法親王（鳥羽天皇の皇子）41
七月～一〇月 殿下乗合事件（摂政基房と平資盛が闘争　重盛らが基房に報復）	一一七〇	嘉応二		一〇月九日 散位敦頼（道因）住吉社歌合（住吉社に奉納した歌合　以降の社頭歌合の体裁に影響　判者俊成）　同一九日 建春門院滋子北面歌合　この年以降 今鏡（藤原為経＝寂超　歴史物語で「四鏡」のひとつ）	
一月三日 高倉天皇元服　一二月一四日 平清盛の娘徳子入内	一一七一	承安元			
二月一〇日 平徳子、中宮	一一七二	承安二		三月一九日 白河尚歯会和歌が藤原清輔（六九歳）によって開催（尚歯とは敬老のこと。高齢者を集めて和歌を詠む催し）　一二月八日 沙弥道因広田社歌合（一一七〇年の住吉社歌合に引き続き、広田社に奉納した歌合。判者俊成）　この年 歌仙落書（編者未詳　秀歌撰）	この年生存 藤原家基（素覚）（広田歌合に出詠）

語り継がれる忠見と兼盛

天徳四年（九六〇）三月三〇日、内裏で盛大な歌合が行われた。時代を代表する歌人が集められ、後の勅撰集に採られるような優れた歌が次々と番えられた。最後にあたる二十番は次の二首である。

左　壬生忠見
恋すてふわが名はまだき立ちにけり人知れずこそ思ひそめしか

右勝　平兼盛
忍ぶれど色に出でにけりわが恋は物や思ふと人の問ふまで

この勝敗にまつわる有名な話がある。判者左大臣藤原実頼は、二首ともに優れているので判定できないと村上天皇に申し出た。しかし天皇は勝ち負けを判定するようにと仰せになる。困った実頼であったが、天皇は右方の「忍ぶれど…」の歌をそっと口ずさんでおられたので、これをもって右方の勝ちとしたというのである。

その後、『拾遺和歌集』や『百人一首』では、この二首を並べて載せている。これは、この逸話にちなむとともに、両首は優劣付けがたい名歌であるという判断であろう。またこのエピソードは人々に語られるところとなり、中世には、忠見が歌合に負けたショックのあまり、不食の病で死んだという話が生まれている。

一般事項	西暦	年号	天皇	和歌関連事項	没年など
吉記(藤原経房の日記。現存は文治四年(一一八八)まで(治承・寿永の内乱の記事多し)	一一七三	承安三	高倉	この頃 桂大納言入道集(藤原光頼) 四月以降治承二年(一一七八) 風情集(公重)	一月五日 藤原光頼(桂大納言)50
三月一六日 後白河法皇・建春門院、平清盛らとともに厳島御幸	一一七四	承安四			
	一一七五	安元元		七月二三日・閏九月一七日・一〇月一〇日 右大臣兼実歌合 この頃 源氏釈(現存する最も古い源氏物語の注釈書 以後の源氏研究に影響)(藤原伊行)	
	一一七六	安元二			七月八日 建春門院滋子(高倉天皇の生母)35 同一七日 六条上皇13
二月～ 疱瘡流行 四月二八日 京都大火(大極殿焼亡、死者数千人) 六月一日 鹿ケ谷の謀議(藤原成親は流罪、俊寛は鬼界島に流罪、西光は斬首)	一一七七	治承元		この頃 清輔集	六月一日 西光 同二〇日 藤原清輔74(70とも)◆ 七月九日 藤原成親40
	一一七八	治承二		三月 長秋詠藻(俊成の家集) 同一五日 権禰宜重保別雷社歌合(一一七〇年の住吉社歌合や一一七二年の広田社歌合と共通する要素が多い) 閏六月一一日・九月三〇日 右大臣兼実家歌合 この年 林葉和歌集(俊恵の家集) この頃 源三位頼政集 重家集	
一一月一四日～二〇日 平清盛、太政大臣以下三十九名を解官、後白河法皇を幽閉して院政を停止	一一七九	治承三		六月一〇日・九月二九日・一〇月一八日 右大臣兼実家歌合 この頃 梁塵秘抄、最終的に成るか(後白河院撰 今様集) 治承三十六人歌合(覚盛撰か) この頃 宝物集(仏教説話集)(平康頼)	七月二九日 平重盛(清盛一男)42 この年生存 道因◆

歌の家、六条家と御子左家

院政期、「歌の家」(歌道家)といってよい世襲の家があらわれた。六条家(六条藤家)と御子左家である。六条家は邸が六条大宮にあった藤原氏で、顕季－顕輔－清輔……と続き、後年は御子左家との激しい対立でも知られる。同じく六条に邸のあった源経信－俊頼－俊恵を六条源家と称するのに対して、六条藤家ともいう。顕季は白河院の近臣で歌壇でも勢力を持った。人麻呂影供をはじめておこなったことでも知られる。歌に関する知識や人麻呂の画像を子の顕輔に伝え、世襲による歌の家(歌道家)としての六条家が生まれた。なお、顕輔・清輔は歌人としても一流だが、文学史においてより重要なのは、六条家の歌学といえる。

御子左家(みこひだりけ)は藤原道長の子長家を祖とする家系で、長家邸が御子左殿と呼ばれたので御子左家という(醍醐天皇の御子で、左大臣の源兼明の邸だったことから御子左という)。長家－忠家－俊忠－俊成－定家－為家……と続き、俊成の頃から和歌を家の学とした。中世になって六条家を抑え、歌壇に君臨した。その流れを汲むのが、京都の冷泉家である。

西暦	年号	天皇	事項	文学	人物
一一八〇	治承四	安徳	二月二一日 高倉天皇譲位、安徳天皇践祚 四月九日 以仁王、平氏追討の令旨を発する 五月 以仁王、源頼政らと挙兵、宇治で敗死 頼政も自決 八月一七日 源頼朝挙兵 九月七日 源義仲挙兵 一〇月二〇日 富士川の戦いで平氏軍大敗 一二月一八日 清盛、後白河法皇の幽閉を解く 院政復活 一二月二八日平重衡、南都焼き討ち 東大寺・興福寺罹災	二月 明月記（藤原定家の日記。現存は嘉禎元年〈一二三五〉まで） 一二月から寿永二年（一一八三）ころ 一品経和歌懐紙（寂蓮・西行などが、法華経二十八品の一品ずつを詠んだ和歌懐紙 国宝） この頃 色葉字類抄（古代国語辞書）（橘忠兼編） この年 高倉院厳島御幸記（土御門通親） 吾妻鏡の記事始まる	五月二六日 以仁王 30 同二六日 源頼政 77 同二六日 源仲綱（頼政一男）55
一一八一	養和元		一一月二五日 中宮平徳子に院号宣下（建礼門院）	四月 定家の最初の百首歌である初学百首（藤原定家） この年、高倉院昇霞記（源通親）	一月一四日 高倉院 21 閏二月四日 平清盛 64 一二月五日 皇嘉門院（藤原聖子。崇徳天皇の中宮）60 この年生存 皇嘉門院別当 ◆ 寂念（一品経和歌懐紙の作者）
一一八二	寿永元		春、京都飢饉。死者多数。	一一月 月詣集（私撰集。賀茂重保撰） この年 寿永百首（賀茂重保が三六人の歌人に提出させた百首形式の家集群で賀茂社に奉納 月詣集の撰集資料となった）	この年生存 寂然（寿永百首詠進）

武門・武家の歌人

西行（俗名、佐藤義清）は鳥羽院の北面武士だったが、保延六年（一一四〇）二十三歳で出家して円位を名のり、後に西行とも称した。『新古今和歌集』の最多入集歌人であり、後代に与えた影響は非常に大きい。「願はくは花の下（した）にて春死なむその如月の望月のころ」の歌のとおり、二月一六日に没したことでも知られる。

平清盛の父忠盛は崇徳院主催の『久安百首』の当初の選定歌人の一人であり（ただし死没のため詠進していない）、『金葉和歌集』以下の勅撰集に十七首入集、家集に『忠盛集』がある。また、清盛の弟の忠度が、平家の都落ちの際、引き返して歌の師である藤原俊成に自分の歌稿を託した話は有名（『平家物語』の忠度都落・忠度最期）。忠度の歌は「よみ人知らず」として『千載和歌集』に入集し、その歌を含め勅撰集に十首入集している。

以仁王と共に平家打倒を企て挙兵し、敗れた源三位頼政は、多くの歌合・歌会に出席し、当時有数の歌人と交流あった。『源三位頼政集』を自撰し、『詞花和歌集』以下に五十九首入集している。頼政の娘である二条院讃岐は『百人一首』の歌人。

藤原定家と後鳥羽院

源平の戦乱の後の和歌の世界

安徳天皇が壇ノ浦に崩じて、ようやく源平の争乱も終わりを告げる。源頼朝は鎌倉に幕府を開き、御家人達と共に、公文所（後に政所、政治実務一般）、問注所（裁判実務）など政治体制を整え、さらには、御成敗式目（貞永式目）に至る法制度の整備も目指した。頼朝は朝廷より日本国総追捕使・総地頭の地位を確認されて、「諸国守護」にあたったのである。

頼朝が征夷大将軍となったのは建久三年（一一九二）で、御成敗式目はその四十一年後、貞永元年（一二三二）の制定である。この間、鎌倉では御家人相互の凄惨な権力争いが続き、源氏の系譜も三代で途絶えてしまう。その後は、九条家や朝廷から形式的な将軍を招請して、執権として北条氏が百四十余年の政権を維持することになる。三代将軍実朝が和歌を愛する人で、都の藤原定家を師と仰いでおおらかな歌風の歌を詠んだことはよく知られている。

一方、平家滅亡の後、京都では元服したばかりの尊成親王（後の後鳥羽院）が即位していた。摂政は藤原（九条）兼実で、その娘の任子が親王の中宮となった。九条家は鎌倉に意を通じていた。しかし、九条家は土御門源家の策謀によって追い落とされ、後白河院政の流れを汲む反鎌倉政権が力を持つことになった。

後鳥羽院は十九歳にして院となった後は各種技芸に熱中したが、特に和歌に興味を持った。折から九条家を中心に、新しい和歌を追い求める各種企画が行われていたが、後鳥羽院はこの歌壇をそのまま引き継ぎ、歌合や百首歌に没頭してゆく。後鳥羽院は、治天の君として生きる事を求め、和歌も、その力によって日本を統べるという思想と結びつけた。それは『新古今和歌集』の撰集に結実することになる。後鳥羽院のもとで、定家や家隆、雅経ら、あるいは俊成卿女、宮内卿、鴨長明らが活躍した。これが新古今歌壇である。『新古今和歌集』も一応成ると、後鳥羽院は次第に和歌に情熱を失う。それに入れ替わるように、その子順徳天皇が詠歌に熱中するようになる。筆まめな順徳院は、自らの詠歌を『順徳院御集』にまとめたが、それによると、その歌会の頻度は父院をはるかに超えていた。この時期の歌壇を順徳院歌壇と名付けている。それは新古今の歌人より一世代若い歌人による歌壇であった。

後鳥羽院、順徳院は、鎌倉に移っていた政権の取り戻しを計画し、承久の乱を起こした。しかし、戦闘集団たる鎌倉武士の前にあっけなく敗北し、この両院と土御門院は隠岐や佐渡に島流しとなった。その後、京都では、九条道家らの鎌倉に近い公家によって百首などが企画され、後堀河院のもとで『新勅撰和歌集』が企画された。隠岐の後鳥羽院も『遠島歌合』『時代不同歌合』などを編み、『新古今和歌集』の選び直しも続けていた。『隠岐本新古今和歌集』などと言われる。都の歌人たちも時にこれらを意識することがあった。

一方、鎌倉のみならず宇都宮などでも、都から下向した歌人の指導のもとに、御家人たちによる歌会や連歌が行われていた。

一般事項	西暦	年号	天皇	和歌関連事項	没年など
七月二五日 平家一門安徳天皇を奉じ都落ち 七月二八日 源義仲入京 八月二〇日 後鳥羽天皇即位	一一八三	寿永二	後鳥羽	二月 後白河法皇、俊成に千載集撰進を命ずる 三月 盛房、三十六人歌仙伝（奥書） 五月 顕昭、守覚法親王の命により拾遺抄を註進 七月 顕昭、後拾遺抄註 八月 顕昭、詞花集註 一〇月 顕昭、散木集註 同月 撰集抄（跋文）	一月二日 藤原実国 44 一一月一九日 明雲 69

西暦	年号	天皇	事項	文学	没
一一八四	元暦元	後鳥羽	一月一〇日 義仲、征夷大将軍となる 二〇日 源義経ら、義仲を破り入京 一二日 頼朝に平家追討の院宣下る 二月七日 義経、一ノ谷に平家を破る 七月二八日 後鳥羽院、三種の神器のないまま即位	二月七日 顕昭、柿本朝臣人麿勘文を注する 三月二日 兼実家詩歌会 六月九日 元暦校本万葉集 九月 賀茂重保、賀茂社歌合を主催 一二月二九日 慈円自歌合に俊成加判 この頃、顕昭、万葉集時代難事	一月二〇日 源義仲 31 二月七日 平忠度 41、平経正、平敦盛 16 三月二八日 平維盛 27 四月二六日 清水義高 一〇月一七日 元性 この頃上西門院兵衛
一一八五	文治元		二月一九日 義経、平家を屋島に破る 三月二四日 平家壇ノ浦に滅亡 六月二三日 平宗盛らの首が獄門に懸けられ、重衡、東大寺衆徒により斬首 一〇月一八日 義経らに頼朝追討の宣旨降る 一一月二八日 頼朝、諸国に守護・地頭職任免を勅許	六月二五日 藤原長方、病により出家 九月六日 藤原良通家詩会・当座和歌会 一〇月 出家した建礼門院、大原寂光院に移る 一一月六日 良通、良経和歌会 同一七日 良通、良経、当座詩歌会 同日 守覚法親王の命により顕昭古今集註を成す 同二二日 五節舞の帳台試の折、藤原定家、殿上にて少将源雅行と闘諍。紙燭で打ちかかり、除籍となる（翌年三月一日まで） この頃、寂蓮少輔入道百首（無題百首）成るか	一月一一日 藤原隆季 59 三月二四日 安徳天皇 8、平知盛 34、平教盛 58、平経盛 62、平資盛 25
一一八六	文治二		三月一二日 九条兼実、摂政・氏長者となる 八月一五日 砂金勧進の旅の西行、鎌倉にて頼朝と会見	七月九日 兼実家にて連歌会 八月一五日 頼朝、鎌倉にて西行と面談。和歌・弓馬について尋ねる この年、西行、伊勢神宮法楽の為、二見浦百首を勧進、慈円・定家・家隆などが応ずる 鴨長明、伊勢記 長方集 殷富門院大輔集 実家集 とりかへばや物語この頃	四月五日 藤原頼輔 75
一一八七	文治三		二月 義経、平泉の藤原秀衡のもとに逃れる 八月一五日 頼朝、鶴岡八幡宮で初の放生会	春、殷富門院大輔 定家・家隆らに百首を勧進 九月二〇日千載和歌集奏覧（序） 一一月 定家・家隆、閑居百首。慈円、句題百首・厭離百首 俊成、西行の御裳濯河歌合に加判する 唐物語（一説）袖中抄このころ	三月一七日 藤原成範 53 一一月一日 藤原家通 45
一一八八	文治四		この年以後 藤原隆信、神護寺蔵、頼朝像・平重盛像・藤原光能像を描くと伝えられる	四月二二日 俊成、千載和歌集を奏覧 五月二二日 俊成、自詠二十五首を加えて、再撰進 八月二七日 藤原季経、俊成自筆の千載和歌集を書写 入道大納言資賢集 勝命、難千載（散逸）このころか	二月二〇日 藤原良通 22 同二六日 源資賢 76

すばやく歌を詠む（速詠の流行）

いわゆる文治建久期の歌壇では、九条家をパトロンとしてさまざまな試みがなされた。

藤原良経は定家に対し、月の美しい夜に「いろは」を歌頭に置いた四十八首を、また雪の降った朝に十首の詠歌を求める。上がり口に使者を待たせたまま、定家は即座に返歌を作るのである。

また、堀河百首題による速詠を競作したり、「花」の歌ばかり五十首、「月」の歌ばかり五十首を詠んで撰歌合とすることを企画したり（花月百首）、漢詩の一節を題にして百首を詠むことを試みたりした。詠歌だけでなく、自詠を結番する自歌合を試みるなど新奇な企画の立案も数多く、この企画力は和歌の世界を拡げていった。

このような試みを、若い歌人たちは緊張感と充実感をもってこなしていた。慈円は、『拾玉集』の中の速詠百首に、定家よりよほど早かったと得意げに書き付けていて、この頃の歌人にとっての和歌のあり方が偲ばれる。

こうした企画の最大の結実は『六百番歌合』である。俊成の充実した判詞の付された六百番・千二百首の偉容は、後の後鳥羽院の『千五百番歌合』とならんで和歌史上に聳え立っている。

一般事項	西暦	年号	天皇	和歌関連事項	没年など
二月一七日 頼朝、内裏を修造する 閏四月三〇日 藤原泰衡、源義経を衣川に攻め滅ぼす 七月一〇日 藤原実定、左大臣となる 一二月一四日 九条兼実、太政大臣となる	一一八九	文治五	後鳥羽	二月 藤原惟方、家集粟田口別当入道集を編む 春 定家早率露胆百首 三月 重早率露胆百首 一一月 藤原良経家雪十首歌会 この年 定家、西行の自歌合、宮河歌合に加判 西行、贈定家卿文を書く	二月二四日平時忠60 同二八日藤原経宗71 閏四月二二日 藤原宗家51 同三〇日 源義経31
一一月九日 頼朝、権大納言となる 二四日 頼朝、右近衛大将に任ず	一一九〇	建久元		一月一一日 兼実女・任子の入内料として、女御入内御屏風和歌成る 春、俊成五社百首を詠ず 四月八日 慈円、一日百首を詠ず 九月一三日 良経、花月百首 慈円・定家ら六名参加 披講の後当座歌会 同一三日 花月撰歌合 西行山家集、西行上人集、山家心中集、聞書集、残集このころ 勝命、難千載このころ	二月一六日 西行73◆ 八月三日 源雅頼64 この頃、勝命(藤原親重)
一月一五日 頼朝、政所を設置 七月 栄西、宋より帰国し臨済宗を伝える	一一九一	建久二		三月三日 源光行、六条若宮に若宮社歌合を勧進。判者顕昭 六月 定家 いろは四十七首 八月一三日 九条良経、作文管絃和歌会 閏一二月四日 良経、慈円、定家、寂蓮ら十題百首を披講 この年、顕昭古今集註を守覚法親王に進献する 俊成古今問答を著すか この年、玄玉和歌集成る(後に増補)	一月一二日 賀茂重保73 三月一〇日 藤原長方53 一〇月一三日 祝部成仲93 閏一二月一六日 藤原実定53◆
七月一二日 源頼朝、征夷大将軍に任ぜられる 一一月二五日 頼朝永福寺落慶供養に臨席	一一九二	建久三		九月一三日 良経家和歌会 この年、良経、百題の百首歌とそれによる撰歌合を計画 諸歌人は翌年秋までに詠進	三月一三日 後白河法皇66
五月二八日 曾我兄弟富士の巻狩にて仇工藤祐経を討つ 八月一七日 源頼朝、弟範頼を伊豆国修善寺に幽閉	一一九三	建久四		良経家の百題百首、歌合に結番され六百番歌合に 披講、難陳、俊成の判詞執筆が始まる	二月一三日 美福門院加賀(定家母)70か 同二二日藤原公衡36 三月一六日 藤原実家49
二月二七日 後鳥羽天皇即位後はじめて楽所を置く ▼セルジューク朝トルコ滅亡 詩人オマル・ハイヤームはこの王朝の人	一一九四	建久五		三月四日 良経家作文会 夏 良経家歌合 七月七日 良経家作文会 八月一一日 中宮和歌会 同月一五日 良経家和歌会 同月 良経と慈円、南海漁夫北山樵客百番歌合 一〇月三日 良経家歌合 六百番歌合成る	中原有安生存

夜鶴の消息

後鳥羽天皇の直接の庇護者源通親は、鎌倉の思惑と結び、策謀によって関白藤原(九条)兼実、その息良経、娘の中宮任子らを宮廷から一掃する。慈円も天台座主を罷免された。建久七年の政変である。

建久九年に天皇は退位し、通親の娘在子の生んだ土御門天皇が即位すると、後鳥羽院は天皇の政務から離れ、文武にさまざまな才能を開花してゆく。そのなかでとりわけて興味を持ったのが和歌であった。当初院を指導したのは土御門家に近い歌人である六条藤家の人々、季経や経家らである。

特に僧顕昭は博識であったが、当時の九条家の歌壇で試みられていたような新しさには否定的であった。

後鳥羽天皇が「百首」をプロデュースしようとしたとき、九条家に連なる藤原定家は、当初その歌人に加えられていなかった。そこで俊成は後鳥羽院に若手歌人排斥の非を訴える書簡を送る。正治和字奏状と呼ばれている。わが子定家に機会を与えるための深い愛、すなわち白楽天の詩に言う夜鶴の思いによるものであった。後鳥羽院はそれに感じて御子左家の歌人たちにも百首出詠の道を開いた。

後鳥羽院と藤原定家らの蜜月は、この百首がきっかけとなった。

一一九五	建久六	後鳥羽	三月四日 源頼朝、政子、大姫ら入京、同一二日の東大寺再建供養会に臨席	一月二〇日 民部卿藤原経房家歌合（俊成判）二月 良経家五首歌 三月以降、良経慈円百番歌合 一一月以前、万葉集時代考（奥書 良経の問いに俊成が答える）水鏡、これ以前に成るか	静縁生存
一一九六	建久七		一一月二五日 藤原兼実の関白・氏長者を罷免。源通親が実権掌握	三月一日 良経作文和歌会 同月四日 宇治にて兼実・良経詩歌会 七月二一日 良経家三首和歌会 九月一三日 良経家和歌会 同一八日 藤原定家、良経家にて韻歌百二十八首	
一一九七	建久八		七月一四日 源頼朝長女大姫死没	三月 式子内親王出家 七月二〇日頃 俊成、古来風体抄（初撰本）を式子内親王に奏覧 一二月五日 守覚法親王、俊成、定家らに五十首歌を召す	七月一四日 大姫 20
一一九八	建久九	土御門	一月一一日 後鳥羽天皇、為仁親王に譲位（土御門天皇）二月五日 平維盛の遺児六代、鎌倉幕府によって斬殺 一二月二七日 源頼朝、相模川の橋の造営供養の帰途に落馬（翌月に死亡）▼インノケンティウス三世、ローマ教皇になる（教皇権力全盛）	五月二日 良経、自歌合を作成（後京極殿御自歌合 俊成判）並行して漢詩を合わせた三十六番相撲立詩歌を作成か 五月上旬 上覚、後鳥羽院のために和歌色葉を作成、顕昭が校閲 年内に奏呈か 八月一六日 後鳥羽院最初の熊野御幸に出発 一二月以降正治元年三月まで、守覚親王家五十首を俊成ら一七名が詠進 慈円、良経に倣い自歌合を作成（慈鎮和尚自歌合 翌年までに成るか）	
一一九九	正治元		一月一三日 源頼朝没 同二六日 頼家に宣旨下り跡を継がせる 三月一九日 文覚佐渡に配流 六月 東大寺南大門上棟 八月八日 重源東大寺法華堂（三月堂）を修造	三月一七日 後鳥羽院鳥羽殿御幸・大内花御覧（明日香井和歌集 後鳥羽院の作歌活動の初見 源家長日記にも）八月一一日 良経家詩歌会 同月 後鳥羽院熊野御幸にて歌会（懐紙あり）一二月二日 兼実家詩歌合 同七日 良経作文会、当座詩会 同二三日 良経家連歌 冬、良経四字題の歌合を催行（左大臣家冬十首歌合）	一月一三日 源頼朝 53 七月二七日 平親宗 56

後鳥羽天皇の多面性

後鳥羽天皇はマルチな才能の持ち主として知られている。土御門天皇に譲位して院となったのが建久九年（一一九八）の冬。まだ十九歳の時であったが、その後のエピソードは多い。

後鳥羽院の「趣味」は、蹴鞠、相撲、水練、琵琶、絵画、造園、そして刀鍛冶と多彩で、どれも一流だったとされる。『増鏡』には、酒も強く、酒席の振る舞いも見事だったという姿が語られる。『古今著聞集』には、船上で、重い櫂を片手で振り回して、大盗賊交野八郎を搦め取る指図をした話が残る。

遠路をたどる熊野御幸も幾度も行っており、その旅宿では歌舞や和歌に精力的に興じたという。

和歌に没頭し、ついには勅撰和歌集をみずから撰んだ後鳥羽院だが、その後、エネルギーは打倒鎌倉政権へと向かった。承久の乱である。

乱に破れて出家し、隠岐に配流される前、後鳥羽院は藤原信実に命じて自身の肖像画を描かせた（『吾妻鏡』）。出家前の直衣姿である。また崩御の十三日前には遺言状を書き、朱の手形を押している。これらはいずれも国宝で、水無瀬神宮に現存する。

後鳥羽院は、準備の良い人でもあったらしい。

一般事項	西暦	年号	天皇	和歌関連事項	没年など
一月二〇日 梶原景時、駿河国清見関で討たれる 五月一二日 源頼家、念仏を禁止 七月九日 佐々木経高京都で挙兵	一二〇〇	正治二	土御門	二月五日 守覚法親王、御室撰歌合(諸本注記 諸説有り) 七月一五日 後鳥羽院、初度百首の作者選定開始 俊成の和字奏状などがあり最終的に、後鳥羽院、式子内親王、定家、寂蓮ら二三名に 九月二七日から一〇月五日 後鳥羽院仙洞十人歌合 同三〇日 後鳥羽院仙洞二十四番歌合(当座 定家判。鴨長明院歌壇初参) 一一月後鳥羽院熊野御幸にて歌会 多数の懐紙あり 同二二日 後鳥羽院中島宮にて初度百首を披講 冬、後鳥羽院、第二度百首を企画 作者は後鳥羽院、雅経、長明、宮内卿ら一一名 冬中に詠進・披講される この年、石清水若宮歌合(判者通親)	七月一三日 良経室 34 殷富門院大輔この頃まで生存 70前後◆ 三河内侍、祐盛生存
一月二三日 城長茂、源頼家追討の院宣を後鳥羽院に請うも許されず 二月二二日 城長茂吉野にて誅殺 七月、俊成卿女、後鳥羽院に出仕 一〇月五日 藤原定家、後鳥羽院の熊野御幸に供奉	一二〇一	建仁元		一月 古来風体抄(再選本)成る(五月とも) 二月一六・一八日 後鳥羽院老若五十首歌合 三月一六日 源通親家影供歌合 同二九日 新宮撰歌合 四月三〇日 後鳥羽院鳥羽殿影供歌合 六月頃まで 後鳥羽院、良経他計三〇名、百首歌を詠進(三度百首。後に千五百番歌合に結番) 七月二七日 後鳥羽院、和歌所を設置 寄人に藤原良経ら十四名、開闔(かいこう、事務長)に源家長を指名 八月三日 和歌所影供歌合 同一五日 和歌所撰歌合 九月一三日 和歌所影供歌合 九月以降後鳥羽院仙洞句題五十首 一〇月五日 後鳥羽院熊野御幸、定家御幸記を書く 一一月三日 後鳥羽院、勅撰集の撰集を下命(新古今和歌集)。撰者に源通具・藤原有家・藤原定家・藤原家隆・藤原雅経・寂蓮(中途にて没) 一一月ごろまでか 無名草子成る(俊成卿女作か) 一二月二八日 石清水社歌合 この年以降、式子内親王集、粟田口別当入道(藤原惟方)集	一月二五日 式子内親王 49(一説)◆ 一二月一五日 兼実室(良経母) 50 小侍従(八〇以上で生存か) 藤原惟方(この頃まで生存)
七月二三日 源頼家征夷大将軍となる この年、栄西、建仁寺を創建 ▼第四回十字軍	一二〇二	建仁二		三月二二日 和歌所三体和歌会 六月三〜一五日 後鳥羽院水無瀬釣殿六首歌合 九月六日 後鳥羽院、定家ら十名に三度百首の加判を命じる(千五百番歌合) 九月一三日 後鳥羽院水無瀬殿恋十五首歌合 同二六日 後鳥羽院若宮撰歌合 同二九日 後鳥羽院水無瀬桜宮十五番歌合 この年以降、守覚法親王集	七月二〇日ごろ 寂蓮 64◆(一説) 八月二五日 守覚法親王 53 一〇月二一日 源通親 54

深化する和歌の趣向

建仁二年、後鳥羽院は水無瀬の離宮にしきりと赴き、趣向を凝らした遊宴に興じた。この年の和歌会の企画もユニークなものが多く、ついには千五百番という空前の規模の歌合も企画された。

その中で、三月二二日に披講された『三体和歌』と、九月一三日『水無瀬殿恋十五首歌合』は、特に注目される。

前者は、春歌を「ふとくおほきに」、秋と冬を「からびほそく」、恋は「ことに艶に」と詠み分けることが歌人に求められた。後者では、恋歌が詠まれたが、四季の恋から暁恋、暮恋、あるいは海辺恋、河辺恋、寄雨恋、寄風恋といった十五の恋題が設定されている。

題詠で恋歌を詠むには短編小説が書けるほどの設定や構想が必要となることもある。歌人たちは、わずかな期間に十五の物語を紡がなければならないのである。

だから、『三体和歌』では有家や雅経のように、口実を作って不参とした者もいた。付き合いきれなかったのであろうか。

『三体和歌』では、題が届いてから歌会当日まで、あしかけ三日しかない。『恋十五首』では二週間あったが、追い立てられるように詠歌を求められる歌人たちの呻き声が聞こえるようである。

一二〇三	建仁三	土御門	五月二五日 源頼家、頼朝弟阿野全成を常陸国へ配流 九月二日 北条時政・政子、比企能員を謀殺 同七日 源実朝を征夷大将軍に補任 同二九日 北条時政、源頼家を伊豆国修善寺に幽閉　執権政治始まる 一〇月三日 運慶・快慶ら東大寺南大門金剛力士像を完成	春頃 千五百番歌合加判成る 二月二三日 和歌所影供歌合 同二四日 和歌所歌人ら大内の花見 四月二〇日頃、後鳥羽院に勅撰集のための撰歌が上進される　以後院が撰歌を精選 五月一三日 後鳥羽院、水無瀬にて六首歌会 六月一六日 和歌所影供歌合(後鳥羽院最後の和歌所影供歌合) 七月五日(一五日とも) 後鳥羽院八幡若宮撰歌合(最後の俊成判歌合) 同二七日 宜秋門院詩歌会 八月一日 良経家詩歌会 同月 良経ら、俊成九十賀のための屏風和歌を詠進 一一月二三日 後鳥羽院、藤原俊成の九十賀会を開催。俊成卿九十賀記(三種)	八月六日 澄憲78 源師光(生蓮)生存 73前後
一二〇四	元久元		七月一八日 源頼家伊豆国修善寺にて暗殺 一〇月一四日 結城朝光ら坊門信清女と源実朝の婚姻のために上洛	七月 後鳥羽院、さらに勅撰集の撰歌を精選　部類・配列も進行 七月ごろ 源光行源実朝に蒙求和歌を献ずる 八月一五日ごろより 藤原良経歌集を編む(秋篠月清集 一一月ごろ成る) 一〇月二九日 後鳥羽院石清水若宮撰歌合 一二月一〇日 和歌所春日社歌合(一三日 奉納 定家判) 同一一日 後鳥羽院北野社歌合	七月一八日 源頼家23 一一月三〇日 藤原俊成(釈阿)91◆
一二〇五	元久二		閏七月一九日 北条時政、妻牧氏、女婿平賀朝雅の将軍擁立を図って失敗　伊豆に隠棲 同二〇日 北条義時執権 八月五日 宇都宮頼綱謀反と摘発 同一六日 一族と共に出家して申し開き	春 和歌所老若歌合 三月二六日 新古今和歌集成る 同夜、竟宴あり 翌日にかけて院の弘御所にて竟宴和歌会 この後、後鳥羽院による新古今和歌集の改変・推敲(切継)が続く 六月一五日 後鳥羽院元久詩歌合 七月一八日(一九日とも) 後鳥羽院北野社歌合 九月二日 藤原定家、源実朝に新古今和歌集を献ずる この年以降藤原隆信集	二月二七日 藤原隆信64 五月一〇日 藤原範季76 後鳥羽院宮内卿 20前後か
一二〇六	建永元		高弁(明恵)後鳥羽院より栂尾の地を下賜され高山寺を創建 ▼テムジン、大カンとなりモンゴル帝国を開く	一月一一日 後鳥羽院高陽院にて歌会(拾遺愚草に初度御会、明日香井集に歌合) 七月一三日 和歌所当座歌会 同二五日 和歌所卿相侍臣歌合(判詞は後鳥羽院) 同二八日 和歌所当座歌会 八月一日 和歌所和歌会 同九日・一〇日 城南寺にて有心無心連歌	三月七日 藤原良経38◆

和歌所の慰労会

元久元年(一二〇四)秋、和歌所では後鳥羽院が精選した和歌を分類整理する作業が進められていた。すなわち、箱または袋に入れられた和歌の紙片を、春や秋、恋や雑などの部立に分ける。次にその歌をしかるべく配列してゆくという作業である。

この面倒な共同作業は朝から夜遅くまで続けられた。そこで、和歌所寄人たちは、回り持ちで「宴会」を設定して、慰労の機会とした。その宴会は「盃酌」と言われ、当番の歌人は、それぞれ趣向を凝らした(『明月記』)。

暑い季節にあたった源通具などは、氷を入手して手づから砕いて諸歌人に配ったりしている。

元久二年の春二月二三日、定家がその当番となったが、定家は全てのメニューを『伊勢物語』にちなんだものとして、「海松」「ひじき」「花橘」を用意し、それぞれにゆかりの歌を添えた。檀紙を手紙の形に折って箸入れにして、そこに「武蔵鐙」と書くなど、たいへんな凝りようで、しかも寄人たちにはその趣向をぎりぎりまで隠して、当日のサプライズとしていたらしい。

『伊勢物語』の本歌取は、和歌の世界だけでもなかったということだろうか。

一般事項	西暦	年号	天皇	和歌関連事項	没年など
二月一八日 幕府、専修念仏を禁じ、源空(法然)・親鸞を流罪とする	一二〇七	承元元	土御門	一月二二日 和歌所御会始 三月七日 後鳥羽院鴨御祖社歌合、賀茂別雷社歌合 四月藤原定家ら後鳥羽院のために最勝四天王院の名所和歌と障子絵の準備を開始 五月二〇日 顕昭日本紀歌注を進上 六月に諸歌人詠進 一一月二九日 に落慶供養	四月五日 藤原兼実 59
閏四月一五日 京都大火	一二〇八	承元二		一月二四日 水無瀬殿詩歌会 閏四月四日 和歌所和歌会 五月二九日 後鳥羽院住吉社歌合 六月一四日 藤原道家家初度作文和歌会	宜秋門院丹後生存 95以上か
▼ローマ教皇、英王ジョンを破門	一二〇九	承元三		春ころ 長尾社歌合 三月 藤原定家五代簡要 七月五日 源実朝夢想により和歌二十首を住吉社に奉納 八月一三日 源実朝の使者内藤知親京より鎌倉へ帰参、実朝の和歌に定家が合点を付したものと、詠歌口伝(近代秀歌)を実朝に献ずる 同一五日 飛鳥井雅経家和歌会 この年 明恵、遣心和歌集を自撰 この年以降、藤原経家集、藤原隆房集	九月一九日 藤原経家 61 一一月一日 藤原光範 84 この年、藤原隆房 62 顕昭生存 80前後か
一一月二五日 土御門天皇、守成親王に譲位(順徳天皇) 一二月五日 後鳥羽院伊勢神宮の神剣を草薙剣とする	一二一〇	承元四	順徳	五月六日 源実朝、中原(大江)広元家にて歌会、三代集を贈られる 八月一一日 後鳥羽院河崎にて当座歌会 九月一〇日 後鳥羽院小御所にて当座歌会 同一三日 源実朝営中和歌会 同二二日 後鳥羽院粟田宮歌会 一一月二二日 源実朝営中歌会	
閏一月二二日 後鳥羽院蹴鞠装束の法式を定める 七月二〇日 後鳥羽院公事竪義を開始 一一月一七日 法然・親鸞赦免される ▼ローマ教皇、パリ大学を正式に大学と認める	一二一一	建暦元		閏一月三〇日 後鳥羽院熊野御幸 三月順徳天皇五十首歌(それまでの歌の集成か)その頃、順徳天皇内裏内々歌会、また当座歌会 七月 順徳天皇内裏当座歌会(二度 これ以降の内裏歌会・歌合の最初の催しか) 八月一〇日 内裏当座歌会 一〇月一三日 鴨長明、頼朝の忌日により法花堂にて詠歌 このころ長明、藤原雅経の斡旋により鎌倉に下向し実朝に会見すること数度(吾妻鏡) 同二〇日 鴨長明三井寺参拝。これ以降無名抄成る 一一月三〇日 後鳥羽院熊野御幸 ※順徳院御集に見える順徳天皇の歌会・歌合(以下順徳院御会とする)は、この年計五回	六月二一日 藤原季能 59

最勝四天王院と夢の空間

建永二年(一二〇七)十一月、諸事情で延び延びとなっていた新しい御堂の完成供養が行われた。

この御堂は、後鳥羽院が精魂込めたもので、全国の名所絵に、このために詠ませた当代歌人の名所和歌を配していた。その配置にも趣向が凝らされ「堂舎はさながら帝王後鳥羽が中核にいてその時空を統率する幻想の王国」(渡邉裕美子『最勝四天王院名所障子和歌全釈』)となっていた。造営のマネージメントは藤原定家に任され、定家はそのために絵師に指示をしたり奔走をしている。しかし、完成の後、その内部はその定家でさえ足を踏み入れることのできない秘密の世界となった。後鳥羽院の「夢殿」とでも言うべきだろうか。

『新古今和歌集』が成った後、和歌の冊子という形態にあきたらなかった後鳥羽院が、その立体化を企図したのがこの殿舎かもしれない。

承久元年(一二一九)、鶴岡社頭にて源実朝が公暁に斬殺された。するとその半年後、この御堂は破壊されてしまった。

そのためか、この御堂最勝四天王院は源実朝調伏のための祈願所だったという噂が古くからある(『承久記』など)。

西暦	年号	天皇	歌壇・和歌	没年	一般事項
一二一二	建暦二	順徳	二月二五日 後鳥羽院紫宸殿花下三首 三月二一日 道家家詩歌合（判者有家） 三月 鴨長明方丈記 四月二二日 七条殿行幸当座歌会 五月一一日 順徳天皇内裏詩歌合（順徳天皇の内裏詩歌合の初度） 同一四日 内裏詩歌合 八月二四日 後鳥羽院熊野御幸 九月二日 源頼時藤原定家の消息並和歌文書などを鎌倉の源実朝に届ける 九月以降、後鳥羽院御口伝か 一二月一〇日 後鳥羽院有心無心連歌（二五日、二八日にも） ※順徳院御会この年計三十三回	一月二五日 法然80 一二月八日 藤原実宗64	五月 後鳥羽院藤原秀能を西海に派遣し宝剣を探索させる ▼フランスから少年十字軍出発
一二一三	建保元		一月一〇日 順徳天皇内裏歌会　同日後鳥羽院連歌 同一七日 後鳥羽院、藤原定家に生涯の詠歌二十首を撰進させる　続いて二二日 なお百首を撰進させる 二月一日 幕府和歌連歌会 同月二六日 内裏詩歌合 五月 内裏恋十首 七月一三日 内裏歌合 同一七日 後鳥羽院松尾社歌合 八月七日 内裏歌合 同一二日 内裏歌合 九月一三日 内裏歌合、当座歌合 閏九月五日 後鳥羽院有心無心連歌 閏九月一九日 内裏歌合（判者定家） 一一月七日 藤原定家相伝の万葉集を実朝に送る 一二月一四日 後鳥羽院水無瀬殿当座歌会 同一八日 定家、源実朝の家集金槐和歌集を完成（奥書） ※順徳院御会この年計五十三回	四月五日 藤原範光60 五月三日 和田義盛67 一二月一三日 建礼門院（平徳子）59	二月二日 源実朝、学問所番に芸能ある近侍十八名を任用 五月二日 和田義盛挙兵するも翌日敗死（和田合戦） 同一六日 藤原定家内裏にて蹴鞠の流行することを嘆じる 一〇月一五日 京都、大風・大火
一二一四	建保二		七月二日 順徳天皇内裏歌合 八月一六日 内裏七十五番歌合 八月二七日 後鳥羽院仙洞秋十首歌合（水無瀬殿撰歌合 後、源実朝これを入手し賞翫） 九月二五日 内裏月卿雲客歌合 同三〇日 内裏月卿雲客妬歌合、当座歌会（難題による　定家出題） ※順徳院御会この年計二十五回		二月四日 栄西、源実朝に茶を進め『喫茶養生記』を献進
一二一五	建保三		五月一五日 後鳥羽院柿下栗下連歌（一九日にも。増鏡） 六月二日 後鳥羽院和歌所四十五番歌合（七月六日に後鳥羽院は実朝に下賜） 六月一一日 順徳天皇月卿雲客妬歌合（当座） 八月二二日 内裏有心無心連歌、狂歌合 九月一一日 順徳天皇、名所百首詠進下命 同一三日 藤原道家家百首披講 一〇月一六日 内裏菊下会（古今著聞集に説話） 同八日 後鳥羽院熊野御幸 同二六日 藤原定家名所百首を献ずる 一一月二八日 内裏連歌（国名・源氏を賦す） この頃定家八代抄成る この頃まで、源顕兼の古事談 ※順徳院御会この年計四十回	一月六日 北条時政78 二月 源顕兼56 七月五日 栄西75	▼英王ジョン、マグナ・カルタ（大憲章）に署名

順徳天皇と近臣たちの歌会

建暦元年（一二一一）、順徳天皇は即位して二年目、まだ十五歳である。父後鳥羽院は三十二歳、ちなみに藤原定家は五十歳であった。

家集『順徳院御集』（『紫禁和歌草』とも）は丹念に大小の歌合・歌会の自歌を記録している。厳密な数え方はむずかしいのだが、この年の「御会」は五回のみであるものの、翌建暦二年は三十三回、以下年ごとに五十三、二十五、四十、十三、十九回を数える。

たとえば、建保元年の秋八月には、七日に有家、定家ら錚々たる作者を集めた内裏歌合、十日に恋十首を名所歌で詠む催し、十五夜には「月前露」など三首、さらに同日当座で三首、翌日に四字題の二首という具合で、残された歌のみ数えてもこの月だけで都合四十首が確認される。

内裏では連日のように歌会があり、そこでは趣向の凝らされた当座題の歌の詠作が求められるという状況である。その多くは同世代の近臣のみで行われたが、時に定家や家隆も出詠を求められた。

まだ若年の天皇とその近臣たちの歌壇は、成熟して新しい歌風を生み出す前に、戦乱に飲み込まれてゆくことになる。

西暦	年号	天皇	一般事項	和歌関連事項	没年など
一二一六	建保四	順徳	一一月二四日 源実朝渡宋を計画し陳和卿に造船を命じる	二月ごろ 後鳥羽院春日百首 二月 藤原定家、百番自歌合を編む(定家卿百番自歌合初稿本 これに連動する形で家集の拾遺愚草が編まれる) この頃までに三宮惟明親王家十五首 三月 土御門院御百首 閏六月九日 順徳天皇内裏百番歌合 八月二二日 内裏当座歌合 八月二四日 内裏当座歌合 ※順徳院御会この年計十三回	四月二日 殷富門院 70 同一一日 藤原有家 62 閏六月八日(九・一〇日とも) 鴨長明 62か
一二一七	建保五		四月一七日 陳和卿の作った船進水せず源実朝渡宋を断念 六月二〇日 源頼家の子公暁、鶴ヶ岡八幡宮別当になる 一一月八日 西園寺公経、後鳥羽院の院勘を受け籠居	三月一〇日 源実朝、妻とともに永福寺に花見 続いて二階堂行村邸にて和歌会 四月二〇日 順徳天皇内裏北野宮歌合 六月一三日 藤原定家百番自歌合一旦成るか 八月一五日 源通光家歌合 八月 藤原定家家 金峰山三首歌合 九月 藤原道家家歌合 一〇月一九日 順徳天皇内裏四十番歌合 一一月四日 内裏歌合 一二月二五日 実朝永福寺僧坊にて歌会 ※順徳院御会この年計十九回 ※鵜鷺系偽書群多くこの年を成立とする	一一月二九日 行意 41 このころ二条院讃岐 77前後◆
一二一八	建保六		一二月二日 源実朝右大臣に任じる	八月一三日 順徳天皇中殿御会 一〇月一三日 後鳥羽院熊野御幸 この年、道助法親王家五十首 藤原光家家集(浄照坊集)成る この頃まで、藤原定家 詠歌大概 ※順徳院御会この年計十二回。作文など三回	一一月一一日 九条良輔 34
一二一九	承久元		一月二七日 源実朝鶴ヶ岡八幡宮にて公暁に殺される 閏二月一日 北条政子の使者上洛し、後鳥羽院皇子を将軍にすることを奏請 三月一五日 北条時房一千騎を率いて上洛 六月三日 九条道家の子三寅(藤原頼経)に鎌倉下向の宣旨 七月一九日 三寅鎌倉着、政所始▼チンギス・カン大西征に出発	一月二七日 内裏和歌御会 二月一一日 内裏当座歌会 同月一二日 内裏当座歌会 三月三日 建春門院中納言日記(たまきはる) 三月八日 後鳥羽院水無瀬殿歌会(承久の乱前の最後の歌会) 四月二三日 続古事談(跋文) 七月二日 藤原定家、毎月抄を某人に与える(奥書) 七月二七日 内裏百番歌合 九月七日 順徳天皇、定家ら日吉社歌合 一〇月一〇日 後鳥羽院最勝四天王院行幸、定家供奉し詠歌 同一六日 後鳥羽院熊野御幸 この年、藤原定家、順徳院のもとに定家卿百番自歌合(二次本)を天覧に供し順徳天皇が加判 愚管抄の記事この年まで ※順徳院御会この年計十六回	一月二七日 源実朝 28◆ 同日、公暁 20

鴨長明の文学散歩

後鳥羽院の和歌所の寄人に抜擢されてすこぶる精勤した長明は、後鳥羽院に引き立てられること尋常でなかった。歌人として脚光をあびる機会もあり、俊成が判詞を書いた『建仁元年八月十五夜撰歌合』では、左方の歌人として定家らを相手にして、四番すべてを勝としている。

長明は下鴨社の神官であったが、官途はめぐまれていなかった。それが院の推挙で父所縁の河合社禰宜に任用されかかるも反対に遭って頓挫するという事件を起こす。この事件をきっかけに長明は「現世」と決別し、出家して「隠者」となることを選んだ。

承元二年(一二〇八)ごろに、京都の南の日野に落ち着くと、有名な方丈の庵を結び、行い澄ました生活を気取る。

六十歳近い長明は健脚で、天気の良い日には峰伝いに東の笠取山に向かったり、北東に歩を進めてかの石山寺、あるいは逢坂山の蝉丸翁の跡を問い、また田上の猿丸太夫の墓と伝えられる地をおとずれている。「桜を狩り、紅葉を求め」ながらの小旅行で、今で言えば、文学散歩のようでもある。

年	年号	天皇	事項	文学関係	没年
一二二〇	承久二	順徳	四月 源頼家の子禅暁、京都で誅殺される 一二月八日 内裏殿舎新造成る	三月五日 後鳥羽院熊野御幸 このころ以降数年にわたり、藤原為家、修学のために百首歌を詠む 慈円勧進により定家、家隆四季題百首 このころ、慈円、愚管抄 この年 順徳天皇朗詠題百首、道助法親王家五十首成る ※順徳院御会、作文連句等計九回	
一二二一	承久三	仲恭 後堀河	四月二〇日 仲恭天皇践祚 五～七月、承久の乱※後鳥羽院・順徳院らによる反幕府の挙兵。北条政子の督励により鎌倉御家人ら京に攻め上り、両院らを捉える 六月一六日 北条義時、六波羅館に入る 七月一日 乱の首謀者を断罪 同九日 後堀河天皇受禅 同一三日 後鳥羽法皇を隠岐に配流 同二一日 順徳院を佐渡に配流 閏一〇月一〇日 土御門院、土佐に配流	二月四日 後鳥羽院熊野御幸 三月二一日(二八日とも) 顕註密勘(奥書) 四月ごろまで 順徳院、禁秘抄を成す 四月二〇日 順徳天皇、第一皇子懐成親王に譲位(仲恭天皇) 七月八日 藤原信実後鳥羽院画像を書く(水無瀬神宮所蔵) 七月九日 仲恭天皇退位、鎌倉の指示によって高倉天皇の孫の茂仁が即位(後堀河天皇) 閏一〇月一〇日 土御門院土佐に還幸 これ以前に土御門院歌合 この年、藤原定家藤川百首を詠ずる(一説) この年以前、順徳天皇、禁秘抄、八雲御抄第一次稿本を成す 宇治拾遺物語このころまでに成るか ※順徳院御会この年計二回	三月一一日 飛鳥井雅経 52 ◆五月三日 惟明親王 43 閏一〇月四日 藤原季経 91
一二二二	貞応元		四月二六日 幕府、守護・地頭の所務を定める	三月中旬 慶政、閑居友(跋文) 四月二九日 家隆勧進日吉社三首 九月七日 藤原定家、三代集之間事この年(奥書) 成実石清水社三首歌合この年	
一二二三	貞応二		二月 道元入宋 五月 土御門院、土佐国から阿波国へ遷御	三月一七日 光俊勧修寺にて詩歌会 四月四日 海道記(京都出発の記事) 六月一九日 勧修寺和歌会 八月藤原為家、堀河院題により詠千首和歌 冬、家隆家歌合 この年藤原定家三代集を書写	二月二〇日 藤原資実 62 五月一四日 後高倉院 45 一二月一一日 運慶 同月 藤原顕家 71

院の近臣、藤原秀能

承久の乱は、後鳥羽上皇の天皇方が、本来その軍勢である鎌倉政権に対して起こしたという、不思議な反乱である。

後鳥羽院は、ひとたび院宣を発したら、鎌倉に寄る武士よりも天皇方に付く武士の方がはるかに多いと楽観していた。実戦の必要さえないと考えていたらしい。ところが院の思惑どおりには行かず、鎌倉の軍勢は、あっという間に十九万騎に膨れあがったという(『吾妻鏡』による)。

対する院の勢力を束ねたのは藤原秀康だった。北条政子が、天皇に対して弓を引くのを躊躇する御家人たちを叱咤した有名な演説でも、秀康は君側の大逆臣とされた。その弟に藤原秀能がいる。

秀能は建仁元年に和歌所の寄人とされている。後鳥羽院の近臣の中でも信頼厚く、和歌行事にあっても、各所の遊宴にあっても、傍にあったのである。『新古今和歌集』にも十七首が撰歌された。

乱後秀能は一命を取り留め、鎌倉幕府の命で熊野に追放されて出家し、如願と名乗ることになる。

『新古今和歌集』を担ったのは藤原定家や家隆ら撰者だけではない。この秀能のような院の近臣たちの存在も無視できないだろう。

一般事項	西暦	年号	天皇	和歌関連事項	没年など
六月二八日 北条政子、北条泰時・時房を三寅の後見とする（執権・連署の始まり） 一二月二日 藤原公経北山に御堂を建立し、西園寺と号す	一二二四	元仁元	後堀河	一月二七日 基家家和歌会 三月 基家家和歌会 三月 光俊家当座十五首 五月二・三日 勧修寺和歌会 夏 基家家庚申和歌会 七月ごろ 藤原為家、藤川百首題の百首を詠ずる 続歌仙落、書貞応元年一〇月以降この年までに成るか この頃、六代勝事記成るか	六月一三日 北条義時 62
六月ごろ 幕府、西園寺公経らを禁裏に近侍させる 一二月二〇日 幕府、三寅の新御所を、宇都宮辻子に移転 一二月二一日 評定衆、鎌倉大番の制	一二二五	嘉禄元		三月二九日 基家家三十首和歌会・連歌会 春 道助法親王家花五首和歌会 四月二五日 道助法親王家十首和歌計画される 八月 家隆勧進弥陀四十八願和歌会 四月以降、藤原定家消息断片（粟田口大納言基良卿許被注遣之草）※この年、実氏、基家らにより連歌会盛行	五月一六日 藤原忠良 62 六月一〇日 大江広元 78 七月五日 藤原頼実 71 同一一日 北条政子 69 八月一七日 三条実房 79 九月二五日 慈円 71◆
一月二七日 藤原頼経（三寅）征夷大将軍に 一一月八日 平泉毛越寺焼亡	一二二六	嘉禄二		二月一〇日 基家家和歌連歌会 三月二九日 道家家三首和歌会 同日 頼資家当座十首和歌会 四月二一日 隠岐にて後鳥羽院御自歌合。家隆が加判 六月四日 基家家和歌・連歌会 七月七日 基家家和歌会 同二〇日 経光家和歌・連歌会 八月 藤原定家僻案抄一応成る 九月一六日 藤原長綱百首（定家合点・評）この頃、藤原定家、秀歌大体成るか	
四月二二日 造営中の内裏焼亡 この年、道元宋より帰朝 加藤景正、宋より帰国し瀬戸焼を始める	一二二七	安貞元		二月一〇日 定家家和歌・連歌会 二月一九日 定家家連歌会 三月一七日 基家家百首会 同二〇日 公経家影供和歌会・連歌会 閏三月二九日 実氏家連歌会・当座和歌会 同月 成茂勧進日吉社和歌会 同月 道助法親王家十五首歌会 七月 経光家詩歌会（二度、九月にも） 九月一三日 頼経、和歌御会を中止	一月三〇日 徳大寺公継 53 九月二日 源通具 57
	一二二八	安貞二		七月頃 日吉社和歌会 八月一〇日頃 俊成卿女、嵯峨中院に移り住み嵯峨の禅尼、中院の尼と呼ばれるようになる 冬 定家家和歌会 この頃 蓮阿、西行上人談抄	
▼オゴタイ・ハン即位	一二二九	寛喜元		三月一七日 知家家和歌・連歌会 三月二三日 教実家初度作文和歌会 春、四月一三日、五月一四日、六月二三日、七月二一日 定家、和歌連歌の会を五度開催 六月一四日 女御竴子入内屏風和歌選定 同二八日 公経家和歌会 七月二九日 藤原定家、藤原家隆、宇都宮大神宮神宮寺の堂の障子色紙のために名所歌を詠む この年、藤原為家、家隆ら二十五名に百首歌を勧進 定家、部類万葉集、源氏物語を書写	八月一六日 藤原兼子（後鳥羽院乳母）75

後鳥羽院のたたり

鶴岡八幡宮は鎌倉を代表する観光名所だが、その北西の裏手、建長寺に抜ける道の傍らにひっそりと佇んでいる神社がある。その社は「今宮」または「新宮」と呼ばれ、後鳥羽院、順徳院らが祭られている。創建は宝治元年（一二四七）。明治時代になって、土御門院も併せて祀られた。

創建のきっかけは、延応元年（一二三九）に遡る。この年、鎌倉の街の方々で喧嘩や争いごとが起き、特に五月二五日の騒ぎは大きかったという。同年の二月二二日に、後鳥羽院が、流された隠岐の島で崩御していて、人々は異変の原因を後鳥羽院の死に求めた。（『吾妻鏡』『新編相模國風土記稿』『新編鎌倉志』などによる）

この年の三浦義村や翌年の北条時房の死を、院の怨霊の仕業と考える者もいた（平経高『平戸記』）。

はるか隠岐島に流された後鳥羽院は、京や鎌倉で祟る神として怖れられた。『明月記』の嘉禄元年六月一三日条では、青黒く足が四本もある水鳥が琵琶湖の志賀の浦に群れていて、人が取ろうとすると死んでしまう。その鳥を、「隠岐の掾という名の鳥だ」と言う者があったという。そしてこの鳥は、後鳥羽院の臨終にも隠岐島をおおう大群となって現れたのだという。

社会	西暦	年号	天皇	文学	没
この年、六月の降雪、七月の遅霜、八・九月の大風雨など気候不順	一二三〇	寛喜二	後堀河	一月二七日 公経家和歌・連歌会 閏一月一六日 定家家連歌会 三月一九日 将軍頼経、船上にて連歌 六月 藤原道家、教実の百首を計画(洞院摂政家百首)	一二月二八日 藤原基房86 この年 鑁也82
この年、諸国大飢饉(寛喜の飢饉) 五月二二日 京都飢民の富家襲撃を六波羅に停止させる ▼モンゴル、高麗に侵入を始める	一二三一	寛喜三		二月二五日 藤原経光家和歌・連歌会 三月三日 藤原頼資家詩歌・連句会 同月一七日 藤原兼経家歌会 同日経光家詩歌会 五月一八日 経光家和歌・連歌会 六月五日 経光家和歌・連歌会 八月一七日 頼資家詩歌・連歌会 九月一三日 幕府和歌会 一〇月以降か、土御門院御集(家隆点) この年、定家、伊勢物語・拾遺集などを書写	二月一三日 吉田定経74 一〇月一一日 土御門上皇37
二月二六日 朝廷、飢饉により麦わらを牛馬飼料とすることを禁止 八月一〇日 北条泰時、御成敗式目(貞永式目)五十一条を公布 一〇月四日 後堀河天皇、鎌倉の反対を押し切り四条天皇に譲位 ▼グラナダ王国、アルハンブラ宮殿の造営開始	一二三二	貞永元	四条	一月一八日 基家家和歌会 三月一四日 日吉社撰歌合奉納 同二五日 石清水若宮歌合(判者定家) 四月 洞院摂政家百首ほぼ完成 六月一三日 後堀河天皇、定家に勅撰集の撰集を下命 同二〇日 道家家和歌会 七月二日 道家家和歌会 同四日 内裏当座和歌会 同一一日 道家家七首歌合 同 道家家歌合(判者定家) 八月六日 道家家和歌会 同一五日 道家家歌合 一〇月二日 新勅撰和歌集仮名序・部立目録を奏覧 この年 順徳院佐渡にて百首(順徳院百首) このころ、建礼門院右京大夫集、範宗集を自撰(郁芳三品集とも)か 明恵上人集このころ	一月一九日 明恵60 一〇月二五日 猷円72
一月 このころ京都で猿楽が流行	一二三三	天福元		五月 仙洞和歌会、幕府和歌会 六月一六日 蓮生、藤原定家の山荘を訪れ、新勅撰和歌集を見る 七月 寂延、私撰集御裳濯和歌集 俊成卿女、家集を自撰	六月一八日 藤原範宗63 九月一八日 藻璧門院25
六月三〇日 朝廷、念仏を専修した藤原教雅を配流 この年か、幕府京都大番役について定める ▼モンゴル、金を滅ぼす	一二三四	文暦元		六月三日 定家新勅撰和歌集草本を奏覧 八月六日 後堀河院崩御 七日 定家新勅撰和歌集草本を焼却 九月 定家八代集秀逸(別本には後鳥羽院、家隆の撰者名注記もある) 一一月一〇日 定家新勅撰和歌集草本より後鳥羽院・順徳院らの歌百余首を除いた本を藤原道家に進上 冬頃後鳥羽院時代不同歌合を撰ぶか	五月二〇日 仲恭上皇17 八月六日 後堀河上皇23 この年 源家長60余りか

庭で燃やされた新勅撰和歌集

天福二年(一二三四)八月七日の朝、藤原定家は自邸の南の庭に出ていた。一昨年より手塩にかけて編纂していた『新勅撰和歌集』の草本を焼くためである。草本はたちまちに「灰燼」となったという(『明月記』)。

この前日、定家に撰集を下命した後堀河天皇は、持明院にあって急病となりそのまま帰らぬ人となった。定家の悲嘆は深く「いささかといえども眠るあたわず」という一夜を過ごしていた。

結局、前関白でこの勅撰集のプロデューサーであった藤原道家が、かつて定家が天皇のもとに届けていた草本を探し出し、それをもとにして撰集作業が再開されることになった。

しかし、定家は道家の目の前でそこから百余首の歌を切り出すことを余儀なくされる。後鳥羽、順徳両院の歌も切り出されることになったのである。

目録だけでも形式的に奏覧していれば、その時点で撰集は成ったとみなされるのが通例で『新勅撰和歌集』の場合、すでにその手続きは済んでいた。もし定家が勅撰集の単独撰者という呼称を得たいのであったら、それはすでに成就していたのであり、そのために痛哭する必要はない。

南庭の定家は、わが子同然の撰歌が、改竄されるだろうことを予想していたのかもしれない。

西暦	年号	天皇	一般事項	和歌関連事項	没年など
一二三五	嘉禎元	四条	三月～五月 鎌倉で地震続く 五月 鎌倉幕府、後鳥羽、順徳天皇両院の還京を拒否 六月二九日 鎌倉五大堂明王院落慶供養 この年京畿で疱瘡流行	一月二六日 親実家庚申和歌会 二月九日 基綱家和歌会 三月一二日 定家、新勅撰和歌集の清書本を道家に進上 五月一日 蓮生、定家を嵯峨中院山荘に招き歌仙色紙染筆を依頼 五月二七日 定家、障子和歌色紙を蓮生に送る(百人一首の原形か) 一二月二四日 藤原知家、自歌合を日吉社に奉納(定家判、日吉社歌合) この頃 類題集、撰集佳句部類成る(撰者未詳、散逸)	三月二八日 藤原教実25
一二三六	嘉禎二		八月四日 頼経、若宮大路に新造の新御所に移る	春 公経家和歌会 七月以降延応元年以前、後鳥羽院判の遠島御歌合 七月 後鳥羽院時代不同歌合(再撰本) 九月一三日 通方勧進石清水社五首歌合 一〇月一二日 聖護院宮覚恵法親王和歌会 この頃以降 歌学書、色葉和難集	二月三〇日 藤原頼資55 三月五日 藤原具定37
一二三七	嘉禎三		三月八日 朝廷、慈円に慈鎮の諡号を贈る このころ孤雲懐奘、正法眼蔵随聞記を著す	三月九日 頼経新御所始庚申和歌会 夏 秀能・隆祐、後鳥羽院の召しにより十首歌 六月五日 素俊、私撰集楢葉和歌集 八月一五日 幕府当座和歌会 一〇月 順徳院、佐渡より貞永元年詠出の百首を後鳥羽院・定家に送る。定家、合点・判詞を付して佐渡に返進(後に後鳥羽院も合点、順徳院百首) この年、右大臣二条良実家初度和歌会、公経住吉社二十首和歌	四月九日 藤原家隆80◆ 信生(塩谷朝業)60余か 八条院高倉60前後で生存
一二三八	暦仁元		二月一七日 将軍藤原頼経入洛、二三日参内	七月 粟田口若宮和歌会 九月一三日 道家、法性寺にて作文会、和歌会 一一月一三日以前 為家六百番歌合題百首 同一七日 幕府和歌会	一月一二日 藤原定高49 一二月二八日 宜秋門院66 同日 土御門通方50
一二三九	延応元		五月 隠岐院(後鳥羽院)に顕徳院を追号	九月三〇日 頼経家三首歌会 この年、公経家三十六首歌会 この頃まで、後鳥羽院御集、後鳥羽院御口伝、定家家隆両卿撰歌合(後鳥羽院撰) この頃以降、藤原長綱の前権典厩集、藤原信実の説話集、今物語	二月二二日 後鳥羽上皇60◆ 一一月六日 藤原兼高61
一二四〇	仁治元		▼アフリカ、マリ帝国このころまでに成る	五月一二日 幕府和歌会 九月一三日 公経、月十首会 一一月二七日 右大臣一条実経家初度作文和歌会 この年、如願法師集	三月一七日 九条良平57 五月一二日 如願(藤原秀能)57
一二四一	仁治二		二月七・八日 鎌倉地震 四月三日 鎌倉大地震・津波 ▼ハンザ同盟始まる	二月 公経家西園寺和歌会 八月一五日 頼経観月当座和歌会 九月一三日 頼経柿本影供管絃和歌会 同一三日 左大臣二条良実家十三首和歌会	八月二〇日 藤原定家80◆

阿弥陀信仰の時代

嵯峨中院の蓮生法師の山荘といえば、その障子色紙和歌の染筆が藤原定家に依頼され、それが後に『百人一首』となったことが知られている。この中院山荘は現在の厭離庵の一帯の地で、今も定家の塚とされる五輪塔や為家の塚という石塔が残る。この山荘は侘びた庵などではなく、蹴鞠のできる庭があったり、船を浮かべることのできる池に小島さえある広壮な邸宅であったらしい。

その蓮生は、嵯峨山荘に先だって京の本宅にも堂を作っていたが、そこには大和国の名所障子があった。蓮生は定家と藤原家隆に新作の和歌を詠ませ、藤原行能に清書させて色紙にし、堂を荘厳している(『明月記』)。

この蓮生の「堂」は何を祀った堂かわからない。しかし、蓮生は極楽浄土を厚く信じている僧であるから、まずは阿弥陀如来の堂かと思われる。

この時代、日本各地に浄土庭園が造られ、阿弥陀堂が建立されている。平泉中尊寺の二階堂を模した鎌倉永福寺(こちらも二階堂)、遅れて北条実時の持仏堂も金沢称名寺阿弥陀堂となる。いずれも、池に望んだ堂で、趣向を凝らして美しく荘厳されていたと思われる。

蓮生の堂が披露された翌年から、寛喜の大飢饉が始まる。

百人一首の歌人たち

十四世紀の末、足利義満が権力を握った応永の頃から、歌人や連歌師たちの間で『百人一首』が流行してゆく。藤原定家撰小倉百人一首と言う名も広まり、数多くの注釈が作られて、和歌や連歌を学ぶ者の基本的教養のひとつとされるようになった。

江戸時代になると、この『百人一首』をもとにしたカルタが作られた。それによって、市井の人々も、この『百人一首』の歌を諳んじるほどになった。川柳の中では、若い嫁女が百人一首カルタ取りの名人で、乳母はやっと一枚だけ取るなどと語られる。

結果として、『百人一首』の歌人たちは、万葉の時代から王朝、鎌倉初期にかけての〈和歌の名人たち〉であると思われるようになり、現在に至っている。

しかし、この『百人一首』の中には喜撰法師や猿丸大夫、蝉丸のような、実像が分からない伝説の人の姿もあり、陽成院や三条院、また、後鳥羽院、順徳院のように、時の権力者に宮中から追放された悲劇の人の姿も混じる。乱暴な殺人者だった藤原道雅の姿さえある。日本国に祟りをなすという菅原道真や崇徳院も選ばれている。

鎌倉の三代将軍源実朝の姿もあるけれど、実朝は暗殺された人だった。

『百人一首』の草稿とされる『百人秀歌』には、お産で亡くなった中宮定子や、若くして亡くなった堀川院の近臣源国信、平清盛に直言したという藤原長方の姿もある。

『百人一首』の歌人すべてが、名歌を数多く残した大歌人というわけではない。

そこには、苦難の人生を生きた歌人たちの姿が、数多く織り込まれているのである。

年表では歌人の没年に記号◆を付した。

百人一首　作者一覧

天智天皇
持統天皇
柿本人麿
山辺赤人
猿丸大夫
中納言家持
安倍仲麿
喜撰法師
小野小町
蝉丸
参議篁
僧正遍昭
陽成院
河原左大臣
光孝天皇
中納言行平
在原業平朝臣
藤原敏行朝臣
伊勢
元良親王
素性法師
文屋康秀
大江千里
菅家
三条右大臣
貞信公
中納言兼輔
源宗于朝臣
凡河内躬恒
壬生忠岑
坂上是則
春道列樹
紀友則
藤原興風
紀貫之
清原深養父

文屋朝康
右近
参議等
平兼盛
壬生忠見
清原元輔
権中納言敦忠
中納言朝忠
謙徳公
曾禰好忠
恵慶法師
源重之
大中臣能宣朝臣
藤原義孝
藤原実方朝臣
藤原道信朝臣
右大将道綱母
儀同三司母
大納言公任
和泉式部
紫式部
大弐三位
赤染衛門
小式部内侍
伊勢大輔
清少納言
左京大夫道雅
権中納言定頼
相模
大僧正行尊
周防内侍
三条院御製
能因法師
良暹法師
大納言経信
祐子内親王家紀伊

権中納言匡房
源俊頼朝臣
藤原基俊
法性寺入道関白太政大臣
崇徳院御製
源兼昌
左京大夫顕輔
待賢門院堀河
後徳大寺左大臣
道因法師
皇太后宮大夫俊成
藤原清輔朝臣
俊恵法師
西行法師
寂蓮法師
皇嘉門院別当
式子内親王
殷富門院大輔
後京極摂政太政大臣
二条院讃岐
鎌倉右大臣
参議雅経
前大僧正慈円
入道前太政大臣
権中納言定家
従二位家隆
後鳥羽院御製
順徳院御製

百人秀歌のみの歌人
一条院皇后宮
権中納言国信
権中納言長方

新編国歌大観（書陵部蔵 堯孝筆本百人一首、書陵部蔵本百人秀歌）による

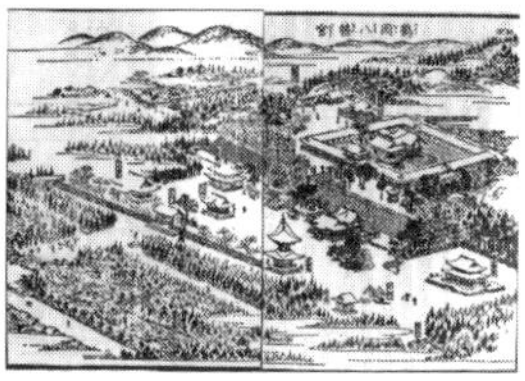
鶴岡八幡宮
東海道名所図絵より

後嵯峨院の時代と両統迭立と和歌

四条天皇の早逝により即位し、治天の君となった後嵯峨院の時代、比較的安定した社会背景もあり、歌壇は藤原為家を中心に活況を呈する。九条家・西園寺家などの貴顕の庇護のもと、和歌の催しは頻繁に行われ、後嵯峨院の命を受けた為家は第十番目の勅撰集『続後撰和歌集』を単独で撰進する。また後嵯峨院の皇子・宗尊親王が宮将軍として鎌倉に入り、その和歌の指導的立場を得た真観（葉室光俊）およびその仲間たちがリードした関東歌壇には新しい風が吹く。彼らは為家を中心とする御子左家に対抗して新たな活動を展開し、それは為家・真観ら複数撰者による十一番目の勅撰集『続古今和歌集』へと結実した。

都では、後嵯峨院の皇子が相次いで天皇となり、皇統は後深草院（持明院統）と亀山院（大覚寺統）の二つに分かれる。宗尊親王と為家・真観が相次いで没した後、為家の子の為氏が亀山院の厚い信任を受け十二番目の勅撰集『続拾遺和歌集』を撰進する。

御子左家は嫡流の為氏・為世（二条）に対し、庶流の為教・為兼（京極）、さらに晩年の為家と阿仏との間に生まれた為相（冷泉）が加わって、それぞれ関東の歌壇ともつながりつつ鼎立し、二条・京極・冷泉の三家は相互に切磋しながら活発な和歌活動を展開してゆく。大勢として、為世と二条派は亀山院・後宇多院の大覚寺統との関係が深く、京極為兼を中心とした一派は持明院統の伏見院と永福門院に強く支持された。その結果として、十三番目の『新後撰和歌集』を二条為世が、十四番目の『玉葉和歌集』を京極為兼が撰進、そして、為世と二条派が中心となった十五番目の『続千載和歌集』、十六番目の『続後拾遺和歌集』と、この時期、勅撰和歌集が立て続けに成立することになった。

鎌倉時代が幕を閉じて、南北朝期を迎えても、御子左家の二条・京極・冷泉の三家分立はしばらく続いた。新たに武士の棟梁となった足利氏とその配下の武家たちも和歌を好み、彼らの動向は次第に宮廷の歌壇にも影響を与えるようになる。十七番目の『風雅和歌集』は京極為兼の流を継いだ花園院の監修の下、光厳院を中心とした京極派の手により成立するが、観応の擾乱により北朝（持明院統）にあった京極派の流れが消滅すると、嫡流である二条家とその一派は再び指導的な役割を果たすようになる。しかし、十八番目の『新千載和歌集』からは、勅撰とはいいながら、その発起は「武家執奏」という形を取るようになり、それは後に成立した『新拾遺和歌集』『新後拾遺和歌集』へと続いてゆく。

また、後醍醐を中心とした南朝に従った人々の詠はこれら勅撰集には採られないが、後醍醐の皇子・宗良親王により撰せられた、准勅撰の『新葉和歌集』が今に遺り、それらを伝えている。

一般事項	西暦	年号	天皇	和歌関連事項	没年など
一月二〇日 四条天皇の薨去に伴い、後嵯峨天皇践祚	一二四二	仁治三	後嵯峨	順徳院御集、八雲御抄これまでに成立 東関紀行このころ成る	一月九日 四条天皇 12 六月一五日 北条泰時 60 九月三日 藤原兼宗 80 同一二日 順徳院 46 ◆

一二四三	寛元元	後嵯峨	六月一六日 鎌倉大仏開眼供養	一一月一七日 藤原信実、河合社歌合 この年、為家勧進十五首和歌会	
一二四四	寛元二		四月二一日 将軍頼経息、頼嗣元服 四月二八日 頼嗣将軍となる	源光行、水源抄の草稿をなす（一一月一七日以前） 新撰和歌六帖このころ成るか	二月一七日 源光行 82 八月二九日 西園寺公経 ◆74
一二四五	寛元三			冬、藤原家隆の家集壬二集、藤原基家により撰ばれる	
一二四六	寛元四	後深草	一月二九日 後嵯峨院譲位、後深草院践祚 三月二三日 北条時頼、執権となる 七月一一日 前将軍頼経、京都へ送還 八月二七日 九条道家、関東申次を罷免 一〇月一三日 西園寺実氏、関東申次となる	三月 法勝寺花下連歌 八月二二日 梁塵秘抄口伝集巻十書写 一二月 春日若宮社歌合催行 この年 為家勧進日吉社五十首和歌会 この年以降、中古三十六人歌合	閏四月一日 北条経時 23
一二四七	宝治元		六月五日 宝治合戦	後嵯峨院、百三十番歌合（一説宝治二年） 信実朝臣集	
一二四八	宝治二		▼ケルン大聖堂、建設開始	一月一八日 後嵯峨院、宝治百首を見る 三月八日 明恵上人歌集編纂 七月二五日 後嵯峨院より藤原為家に勅撰集撰進の院宣下る 九月 蓮性（藤原知家）百三十番歌合の為家判を不服とし蓮性陳状を著すか 万代和歌集初撰本 この頃、信成法師集	一月一八日 源通光 62 この年 信生（塩谷朝業）
一二四九	建長元		二月一日 閑院内裏焼亡	八月一五日 仙洞連歌御会 九月一三日 仙洞五首和歌御会 一二月一八日 日吉社禰宜成茂宿禰七十賀算和歌、ほかに屏風和歌あり	一月一五日 道助法親王 55 七月二七日 平親宗 56
一二五〇	建長二			四月一八日 秋風抄序記される 八月一五日 後嵯峨院、鳥羽殿三首歌合 九月 後嵯峨院、仙洞詩歌合 この年、古葉略類聚鈔書写される	一月一一日 道覚法親王 47 一二月二四日 源通忠 35
一二五一	建長三		二月一〇日 鎌倉大火	九月一三日 仙洞影供歌合 閏九月二九日 真観・信実、閑窓撰歌合を著す 一〇月二七日 為家、続後撰集を後嵯峨院に奏覧（一説に一二月二五日） 俊成女、為家に越部禅尼消息を贈る この年 真観、難続後撰を著す 真観、秋風和歌集を撰ぶ	この年 真昭 53 同 中原師員 67 同 藤原隆祐生存
一二五二	建長四		二月二〇日 将軍頼嗣を廃す 四月一日 宗尊親王、征夷大将軍として鎌倉着	一〇月、十訓抄成る 藤原俊成女、俊成卿女集	二月二一日 九条道家 60 この年以降、俊成女 82
一二五三	建長五		道元、正法眼蔵を著す	三月以降、翌年三月頃 藤原基家、雲葉和歌集を選ぶ この年、藤原為家、二十八品幷九品詩歌を編むか	八月二八日 道元 54
一二五四	建長六		一月一〇日 鎌倉大火	九月一三日 亀山殿五首歌会 一〇月一七日 橘成季、古今著聞集を著す	二月二四日 結城朝光 87 この年 祝部成茂 75
一二五五	建長七			この年、藤原顕朝、続千首会	二月一〇日 雅成親王 56 四月二八日 藤原教家 62 後鳥羽院下野、この年生存

西暦	年号	天皇	一般事項	和歌関連事項	没年など
一二五六	康元元	後深草	一一月二三日 北条時頼、執権を辞し出家 二月二九日 為家出家、融覚を名乗る ▼神聖ローマ帝国大空位時代へ	五月一四日 姉小路中納言（顕朝か）家に続百首会を催す 九月一三日 藤原基家、百首歌合 一〇月 中臣祐茂、祐茂百首	六月九日 藤原為経 47 八月一一日 藤原頼経 39 九月 藤原頼嗣 18 一一月二八日 後藤基綱 76 この年 仏師湛慶 84
一二五七	正嘉元		八月二三日 鎌倉大地震	二月一一・一五日 藤原為家ら、宇都宮入道頼綱（蓮生）八十賀月次屏風歌、同釈教歌	
一二五八	正嘉二		この年 北条実時、武蔵国金沢の自邸に持仏堂を供養（後の称名寺）	一一月一日から翌年八月一五日ごろまで 藤原為氏、新和歌集を撰ぶ この年までに藤原知家、明玉集	一一月 藤原知家（蓮性）77
一二五九	正元元	亀山	三月五日 大宮院、実氏の北山第で一切経供養 一一月二六日 後深草天皇、皇太弟恒仁親王に譲位	三月六日 後嵯峨院・後深草天皇、西園寺実氏北山第（西園寺）に管絃・和歌会（北山行幸和歌） 三月一六日 後嵯峨院、為家に続古今集撰進を下命 秋冬頃、藤原時朝、家集前長門守時朝入京田舎打聞集を撰ぶか 一一月以降弘安元年一二月二七日までの間に弁内侍日記成る	五月四日 近衛兼経 50 一一月八日 藤原道良 26 同一三日 蓮生（宇都宮頼綱）88
一二六〇	文応元		七月一六日 日蓮、北条時頼に、立正安国論を進呈	二月五日 新三十六人撰 五月 真観、簸河上を著す 九月以降翌年一月ごろ 藤原為家七社百首か 一〇月六日以前 宗尊親王文応三百首	四月一七日 藤原実有 58
一二六一	弘長元			三月二五日 宗尊親王、近習に宿直の際輪番で和歌を詠ませる 七月七日 宗尊親王家百五十番歌合催行 七月二二日以降文永二年以前か 後藤基政、東撰和歌六帖を撰ぶ 秋から冬頃にかけて 為家・西園寺実氏ら弘長百首（七玉集）	一一月一日 宇都宮泰綱 59 同三日 北条重時 64
一二六二	弘長二		二月二七日 叡尊、鎌倉へ赴く	九月 藤原基家・家良・行家・光俊続古今集撰者に追加される 三十六人大歌合	この年 源具親生存か 一一月二八日 親鸞 90 一二月二七日 藤原伊平 63
一二六三	弘長三		一一月一〇日 時頼死去に従う御家人の出家を停止する	二月八日から一〇日 北条政村、家に続千首を催す 三月 為家住吉社歌合玉津島歌合を勧進 七月二九日 宗尊親王、第一家集初心愚草（散佚）を自撰 この年大納言典侍、秋夢集	三月二一日 藤原公宗 23 秋頃か 大納言典侍（為家女為子）31 一一月二二日 北条時頼 37
一二六四	文永元		五月二日 延暦寺衆徒、園城寺を焼き払う	六月一五日 為家、古今序抄 一二月九日 光俊、宗尊親王の命で瓊玉和歌集を撰 この年以前 藤原家良、衣笠内大臣集	七月六日 実瑜 64 八月二九日 修明門院重子 83 九月一〇日 藤原家良 73 一二月一五日 行遍 84
一二六五	文永二		四・五月 京人、華美を競い祇園社に参詣 ▼シモン・ド・モンフォール議会を招集	七月七日 白河殿七百首（禅林寺殿七百首） 八月一五日 後嵯峨上皇、十五夜歌合を催行 九月一三日 上皇、亀山殿五首歌合を催す 一二月二六日 続古今集撰定完了	二月九日 藤原時朝 62 五月二〇日 藤原為継 60 一二月一五日 藤原信実 89

事項	西暦	年号	天皇	文学	没年
七月四日 宗尊親王、将軍を廃され京に戻る 七月二四日 宗尊息惟康、将軍となる	一二六六	文永三	亀山	三月一二日 続古今集竟宴、竟宴和歌 五月一五日 真観（光俊）、続古今集目録 八月一八日 仙覚、万葉集を校訂 この年 宗尊親王、柳葉集を自撰か この年以降 撰集抄か	四月八日 藤原教定 九月九日 藤原定親 67 同二〇日 藤原顕朝 55
	一二六七	文永四		春 道玄、日吉社に二十一首和歌を勧進する 内裏に詩歌合催行 この年 行家、住吉社に十首歌合を勧進	六月二三日 後藤基政 54 一〇月一二日 西園寺公相 45
三月五日 北条時宗執権となる 八月二五日 亀山天皇皇子世仁（後宇多）立太子	一二六八	文永五		九月一三日 後嵯峨上皇、白河殿で五首歌合を催す この年、飛鳥井雅有、飛鳥井雅有日記のうち「無名の記」を記すか この年まで 藤原基平深心院関白集	一〇月六日 慶政 80 一一月一九日 近衛基平 23
この年 蒙古・高麗の使、対馬に来る ▼モンゴル、パスパ文字を制定	一二六九	文永六		一月二八日 為家、家に「六帖題続五十首和歌会」を催行 四月二日 仙覚、万葉集注釈 九月一七日～一一月二七日 為家、嵯峨で源氏物語を講じ、飛鳥井雅有「嵯峨のかよひ」に記す	六月七日 西園寺実氏 76
	一二七〇	文永七		源承、類聚歌苑を著す 一条実経、円明寺関白集成るか	一月二七日 北条時茂 30 一一月二九日 二条良実 55
幕府、日蓮を捕縛して佐渡に配流、門弟を弾圧 ▼モンゴル、国号を元とする	一二七一	文永八		七月から一〇月の間 藤原行家、人家和歌集を撰す 一〇月 大宮院姞子の命により風葉和歌集撰される（撰者は未詳）	二月五日 小田時家 72 六月七日 二階堂行氏 50
二月一七日 後嵯峨法皇 53崩御	一二七二	文永九		この年後半 藤原基家、和漢名所詩歌合を詠作	この年 仙覚 70で存 六月二六日 藤原定嗣 65 八月三日 源雅忠 50 同九日 京極院佶子 28
▼ハプスブルグ朝、成る	一二七三	文永一〇		七月七日 内裏に七首歌会 七月一〇日 内裏に詩歌会 この年から翌年八月までの間に宗尊親王、竹風和歌集を自撰	二月一四日 徳大寺実基 73 五月二七日 北条政村 69 八月二日 嘉陽門院 74 同一六日 洞院実雄 57
文永の役 モンゴル・高麗軍、対馬を経て博多湾に侵入 日蓮を赦免 ▼トマス・アクィナス没	一二七四	文永一一	後宇多	この年 為家、巻頭の好士十二人の自讃歌三十首を番えた百八十番歌合に隠名で加判・加点 為家、広本詠歌一体を著すか 一条実経、円明寺関白集を自撰か これまでに 藤原顕氏、顕氏集	四月一五日 広橋経光 62 五月七日 藤原経平 62 八月一日 宗尊親王 33 九月一〇日 源実朝室（坊門信清女）82 一一月八日 藤原顕氏 68 この年まで 藻璧門院少将生存
一一月五日 後深草上皇皇子、熙仁親王（伏見）立太子 ▼マルコ・ポーロ、元の大都に到着、フビライに仕える	一二七五	建治元		六月五日 阿仏、阿仏仮名諷誦を記す 九月一三日 藤原家経、摂政家月十首を催す 藤原為家、為家集、万葉集佳句を著す	一月一一日 藤原行家 53 二月一一日 鷹司院長子 58 五月一日 藤原為家 78 六月九日 藤原忠家 47 同二五日 大佛時広 この年 荒木田氏忠

一般事項	西暦	年号	天皇	和歌関連事項	没年など
この年以前 北条実時、武蔵称名寺内に金沢文庫の基を開く	一二七六	建治二	後宇多	閏三月 北条時宗、藤原伊信に絵を描かせ、詩を日野資宣に、和歌を真観に撰ばせ現存三十六人詩歌を為す 七月二二日 亀山上皇、藤原為氏に勅撰集の撰進を下命 この年か 住吉社三十五番歌合催行 この年まで 真観、閑放集を撰す	二月一二日 藤原経朝 62 五月四日 藤原通雅 44 六月九日 藤原光俊(真観) 74 一〇月二三日 金沢実時 53 一二月二三日 藤原基良 90
	一二七七	建治三		この年以降、弘安二年頃までに 和漢兼作集 この年以降、永仁二年以前、本朝書籍目録か この頃、藤原為氏、現葉集を撰す	五月二日 北条時盛 81 一二月九日 藤原重氏 43
	一二七八	弘安元		この年、弘安百首詠進される 第十二番目の勅撰和歌集、続拾遺和歌集奏覧 これ以後まもなく 寂恵法師文か 建治新式(二条為世か) 成るか	一一月一〇日 荒木田延成 九月二日 藤原雅平 50
六月二五日 元使、来日 七月二九日 朝廷、元の牒状を審議、判断を幕府に委ねる 幕府、元使を博多にて斬殺	一二七九	弘安二		一〇月一六日 阿仏、訴訟のため関東に下向 阿仏、この年から翌年にかけ十六夜日記を記すか また弘安六年までに夜の鶴を著すか 無住、沙石集を起筆する(弘安六年成)	五月二四日 京極為教 53 九月六日 藤原隆親 77 一二月一三日 忠成王 59
一二月八日 幕府、鎮西御家人に外寇に備えるよう指示する	一二八〇	弘安三		一〇月六日 源具顕、弘安源氏論義を筆録、序を記す この年、春宮(伏見天皇)の下で、歌合・歌会など頻りに催される(飛鳥井雅有・春の深山路)	七月一一日 藤原基家 78 八月二三日 48 一一月一一日 浄助法親王 28
六月 元・高麗軍、対馬・壱岐、九州に来寇 七月 元・高麗軍船、大風雨により漂し、撤退する(弘安の役)	一二八一	弘安四		春頃、飛鳥井雅有、飛鳥井雅有日記のうち、「春の深山路」成る 阿仏(安嘉門院四条)安嘉門院四条五百首 この年 閑月集か(正応元年頃までに増補か)	四月九日 花山院師継 60 閏七月一五日 道宝 68 一〇月二三日 公豪 86 一一月二七日 北条義政 40
一二月八日 北条時宗、円覚寺を創建	一二八二	弘安五			六月二四日 荒木田延季 83 一〇月一三日 日蓮 61、定済 一一月一六日 園基氏 72 一二月一九日性助法親王 36
	一二八三	弘安六		八月、無住、沙石集を著す　この年までに阿仏、うたたね、安嘉門院四条五百首	四月八日 阿仏(安嘉門院四条) 60余 八月一五日 隆弁 76
四月四日 北条時宗 34没する	一二八四	弘安七		九月九日 亀山院三首歌合 この年まで 資平集	七月一九日 一条実経 62 九月二三日 源資平 62
一一月一七日 安達泰盛以下、一族滅ぼされる(霜月騒動) 一二月二二日 亀山上皇、弘安礼節を編纂させる	一二八五	弘安八		一〇月一四日 亀山院住吉御幸、和歌会あり この年以前、藤原為顕、竹園抄を著す この年から弘安一〇年の間 京極為兼、為兼卿和歌抄を著し春宮に献ず	三月二七日 津守国平 78 六月一〇日 安達時盛 45 同二八日 道慶 81

	一二八六	弘安九	後宇多	七月二日 後深草上皇、御所で歌会 九月九日 内裏作文会 同二三日 連歌連句会 閏一二月一五日 鳥羽殿で当座の詩歌会あり	九月一四日 藤原為氏66 一二月二三日 中院通成65
一〇月一二日 幕府使者、譲位のことで関東申次・西園寺実兼を来訪 一〇月二一日 後宇多から伏見に譲位（後深草院〈持明院統〉の治世に）	一二八七	弘安一〇	伏見	九月一三日 後深草院、御所で歌会を催す 一二月二五日 伏見天皇、実兼邸に行幸、歌会あり この頃、撰集抄成るか	七月四日 藤原良教64 一一月七日 源具顕28 一二月一六日 花山院長雅52
	一二八八	正応元		三月三日 伏見天皇、詩歌会を行う この頃までに 閑月集増補完成か 建治年間以降この頃までに、慶融、追加（慶融法眼抄）を記す	
四月二五日 伏見天皇皇子、胤仁親王、皇太子となる 九月七日 亀山院出家 一四日 惟康親王、将軍を廃され帰京 一〇月九日 後深草院皇子久明親王、征夷大将軍として関東へ	一二八九	正応二		三月二四日 後深草院、鳥羽殿で歌会を行う 一〇月一三日 伏見天皇、歌合を行う	一月二三日 藤原資季83 四月二八日 澄覚法親王71 八月二三日 一遍51 一二月二一日 憲実
二月一一日 後深草院出家 三月一〇日 浅原為頼内裏に乱入し、天皇暗殺を企てるも失敗して自害	一二九〇	正応三		一月二〇日 伏見天皇、内裏歌会 九月一三日 天皇、内裏で詠三首和歌会を行う	三月一三日 実勝 八月二五日 叡尊90
亀山法皇、南禅寺を創立	一二九一	正応四		一月二〇日 伏見天皇、内裏にて歌会	二月二四日 四条隆康43
	一二九二	正応五		三月まで 中務内侍日記の記事あり、この後 成立か 八月一〇日 厳島社頭和歌が藤原親範により奉納される この年 朗詠要抄	四月七日 日野資宣68 九月九日 大宮院姞子68
四月一三日 鎌倉大地震 死去二万人余りに及ぶ この頃 蒙古襲来絵詞か	一二九三	永仁元		八月一五日 伏見天皇、内裏にて月五首和歌会を行う 八月二七日 伏見天皇、二条為世・京極為兼・飛鳥井雅有・九条隆博に勅撰集撰進を下命する（永仁勅撰の議） 大江茂重、茂重集、宇都宮景綱（蓮愉）、沙弥蓮愉集を自撰か	九月一一日 聖兼51 一二月一一日 一条家経46
▼元世祖フビライ、没す	一二九四	永仁二		春頃、飛鳥井雅有、家祖・雅経の明日香井和歌集を編む 四月以降、京極派の家集、兼行集（楊桃兼行）権大納言典侍集（源親子）藤大納言典侍集（京極為子）等成るか 冬頃伊勢新名所絵歌合（二条為世判）か	二月三〇日 花山院定雅77
	一二九五	永仁三		この年、飛鳥井雅有、隣女集成るか 八月二六日 伏見天皇、内裏にて歌会を行う 九月 野守鏡	二月三〇日 憲静 七月二七日 慈助法親王42 一一月一七日 豊原政秋68 一二月三日 藤原康能

一般事項	西暦	年号	天皇	和歌関連事項	没年など
二月三日 明空、真曲抄（早歌）を編む これ以前、宴曲集・宴曲抄を編む	一二九六	永仁四	伏見	六月 慶融、俊成卿百番自歌合を編す 一一月二四日以前 和歌肝要（俊成仮託）か 正応四年以前よりこの頃までの間に伏見院宸筆判詞歌合成る	一月二二日 新陽明門院 35 六月一九日 近衛家基 36 一二月五日 四条隆良
三月、一山一寧、来日する	一二九七	永仁五		八月一五日 十五夜歌合行われる	一月一九日 中御門経任 65 八月二六日 花山院家教 37
三月一六日 京極為兼、佐渡に配流 七月二二日 伏見天皇譲位、後伏見天皇践祚 八月二二日 後宇多上皇皇子、邦治親王立坊	一二九八	永仁六	後伏見	五月一五日 万葉集抄（藤原盛方著か）書写される 一一月二〇日 大嘗会和歌、悠紀方を日野俊光が、主基方を九条隆博が詠む	五月一日 宇都宮景綱 64 一二月五日 九条隆博
▼オスマン帝国、興る	一二九九	正安元		三月 五種歌合行われる 三月以降嘉元二年五月以前 伏見院 仙洞十八番歌合催される 永仁年間頃 源承、源承和歌口伝	三月一九日 津守国助 58 五月五日 二条為道 29
▼インカ族、クスコに定住	一三〇〇	正安二		四月、高階宗成、遺塵和歌集を編む この年以降嘉元元年頃 伏見院等による三十番歌合	五月三日 室町院 73 一〇月二六日 源雅言 74
一月一八日 幕府使者、西園寺実兼に譲位を伝達 一月二二日 後伏見天皇譲位後二条天皇践祚 八月二四日 後伏見上皇弟富仁親王立坊	一三〇一	正安三	後二条	六月八日 内裏で詩歌会行われる 一一月二三日 後宇多院、二条為世に勅撰集撰進の勅を下す	一二月一一日 飛鳥井雅有 61
一二月一一日 鎌倉大火	一三〇二	乾元元		六月一一日 当座十二番歌合 六月二八日 内裏にて三首歌合 九月一三日 後宇多院、伏見殿に御幸 この年から嘉元二年頃 冷泉為相、拾遺風体和歌集を編む	八月二二日 二階堂行藤 57 一〇月一日 今林准后 107
▼ローマ教皇ボニファティウス8世、フランス国王フィリップ4世に捕らわれる	一三〇三	嘉元元		四月一一日 定為法印申文 閏四月二九日 仙洞五十番歌合催行 五月四日 歌合（三十番） 秋頃 嘉元仙洞百首披講か 一二月一九日 第一三番目の勅撰集、新後撰和歌集奏覧 この年、金玉歌合	源承、この年生存（定為法印申文）
七月一六日 後深草院崩御 62	一三〇四	嘉元二		この年の秋までに、仙洞十八番歌合か 内裏十首歌合 近衛経忠家百首 後撰集正義か この年 八幡愚童訓成るか	一月一日 頼瑜 79 同二一日 東二条院 73 一一月一三日 道玄 68 一二月一七日 一条内実 29
九月一五日 亀山院崩御 57	一三〇五	嘉元三		一月四日 永福門院歌合 一月二一〜二九日 度会延明、古今集秘説を伝授する 九月 後二条院、愚藻を自撰する 一二月吠若暦・嘉宝暦、続門葉集を編む	七月一二日 徳大寺公孝 53
	一三〇六	徳治元		四月二八日 二条為世、古今和歌集（貞応本）を書写 五月一三日 久明親王歌会 この年 後宇多院三十首歌 とはずがたりの記事ここまで（後深草院二条四十九歳、これ以降に）	九月二六日 覚円 63
七月二六日 後宇多上皇、出家	一三〇七	徳治二		三月 冷泉為相、長秋詠藻を書写 嘉元から徳治頃 伏見院二十番歌合か この頃 亀山院御集か	七月二四日 遊義門院 38

西暦	年号	天皇	一般事項	和歌関連事項	没年など
一三〇八	延慶元	花園	七月 久明親王、将軍を解任され八月に帰京 九月 守邦親王(久明男)新将軍となる 八月、後二条天皇崩御24、花園天皇即位 九月、後宇多皇子尊治親王(後醍醐)立太子	八月以前 為信集 閏八月一七日 冷泉為相、定家筆の拾遺集を書写 この年以前、伏見院二十番歌、懐紙巻成る	一月二〇日 広橋兼仲 65 八月一四日 花山院家雅 32 同二三日 憲淳 51
一三〇九	延慶二		▼クレメンス五世、アビニョンに教皇を幽閉(バビロン捕囚)	一一月二四日 大嘗会屏風和歌、悠紀方日野俊光・主基方九条隆教が詠む	七月二日 道瑜 54 一二月二日 北条貞房 38
一三一〇	延慶三		▼オゴタイ・ハン国滅亡	一月二四日～七月一三日 勅撰集撰者をめぐり、二条為世と京極為兼の間で訴陳が行われる 三月以降九月の間に 柳風抄か この年頃 夫木和歌抄か	一〇月八日 朔平門院 24 一二月四日 坊城俊定 60
一三一一	応長元			五月三日 伏見院、京極為兼に勅撰和歌集撰進を下命 この年 頓阿百首を詠む	三月二〇日 大炊御門信嗣 76 同二九日 了遍 89 一二月四日 高階重経 60
一三一二	正和元		三月二日 北山第で田楽行われる	三月二八日 一四番目の勅撰集玉葉和歌集、京極為兼により奏覧(完成は翌年一〇月の為兼の出家以前)	六月一二日 北条宗宣 54 九月ごろ 贈従三位為子
一三一三	正和二		一〇月一七日 伏見院出家	一〇月一七日 伏見院の出家に従い、京極為兼出家	七月七日 鷹司基忠 67 八月一二日 道珍 40
一三一四	正和三			一月二七日 持明院殿三首歌合	六月一五日 聖雲 44 一一月二六日 隆勝 51
一三一五	正和四		四月 京極為兼、宿願を果たすためとして南都へ下向、興福寺・春日社頭において、盛大に法会および歌鞠の奉納を行う	三月五日 花十首寄書催される 四月二八日 春日社頭で京極為兼主催による「法華経和歌」披講 八月 歌苑連署事書成るか	六月三日 三善康衡 75 七月一八日 北条熙時 37 九月二五日 西園寺公衡 52 一二月二三日 成恵 73
一三一六	正和五		一月 京極為兼、鎌倉方に捕縛され、土佐に配流	八月一五日 二条為藤、家に十五首歌合を催す この頃、高峰顕日、仏国国師和歌集、藤原為理、従三位為理家集か	一月一九日 堀川具守 68 同二四日 大中臣定忠 45 一〇月二〇日 高峰顕日 76 一二月一五日 藤原為理 49

玉葉和歌集と京極派

「ことばにて心をよまむとすると、心のままに詞のにほひゆくとは、かはれる所あるにこそ」―京極為兼『為兼卿和歌抄』の一節。

第十四番目の勅撰集『玉葉和歌集』は「京極派」による撰集として知られる。「京極派」とは為兼の理念に従い、自らの心を重んじた新しいことばの表現による和歌を詠み出した歌人たちのグループのこと。最大の支持者で最高の実作者でもあったのが、持明院統の領袖・伏見院。春宮時代に二人は出会い、互いに切磋琢磨し、新しい和歌を詠むことを目指した。

天皇となった伏見は、永仁元年(一二九三)に勅撰集撰進を思い立つが、為兼の佐渡配流や様々なことが重なり計画は頓挫。その後、ほぼ二十年の時をへて、上皇になった伏見の再度の下命により、ようやく形となった。撰者はもちろん京極為兼。勅撰和歌集史上最大、二八〇〇首の入集数を誇り、他とはひと味違った清新な歌風を示して秀歌に富む。正和元年(一三一二)に奏覧、翌年に最終的に完成、その直後に伏見院と為兼は出家。為兼はその後、僭上の振る舞いにより捕縛され土佐に配流、後に赦されるも再び京に戻ることはなかった。

一般事項	西暦	年号	天皇	和歌関連事項	没年など
四月 幕府より京に使者、文保の和談 九月三日 伏見院崩御 53	一三一七	文保元	花園	この頃までに 東北院職人歌合成るか またこの年までに伏見院御集	七月一〇日 洞院公守 69
三月九日 後二条院皇子邦良親王、立太子	一三一八	文保二	後醍醐	一〇月三〇日 後宇多院、二条為世に続千載集の撰進を命ずる 一一月二二日 大嘗会和歌 一二月 後宇多院、文保百首の詠進を下命	四月二五日 今出川院 67 六月二四日 近衛経平 32 八月一八日 良助法親王 51 一二月二六日 園基顕 81
	一三一九	元応元		四月一九日 為世、続千載集四季部奏覧 この年までに他阿上人歌集	一月二七日 他阿 83 四月三日 堀川基俊 59 七月二日 六条有房 69 一一月一五日 談天門院 52
	一三二〇	元応二		春の頃、鎌倉で花下一日万句連歌 七月一六日 為世、頓阿に古今集伝授 八月四日 二条為世、続千載集を奏覧	五月二四日 北条時敦 40 六月七日 九条師教 48 同一七日 津守国冬 51
一二月九日 後醍醐天皇親政開始	一三二一	元亨元		一月二〇日 花園院御所に歌合あり、歌会・歌合頻繁に催される 冬頃、外宮北御門歌合（判者、小倉公雄）催される	二月八日 今出川公顕 48 六月二三日 菅原在兼 73 九月五日 凝燃 82 一一月一日 花山院師信 48
八月一六日 虎関師錬、元亨釈書を撰す	一三二二	元亨二		六月八日 為藤、浄弁に古今集家説を授ける 一一月二四日 為世、五社奉納歌合 この年までに 実兼公集	一月一三日 北畠師重 53 九月八日 実超 55 同一〇日 西園寺実兼 74 同一五日 中院通重 53
一二月五日 京都に大火	一三二三	元亨三		七月二日 後醍醐天皇、二条為藤に勅撰集を下命 七月七日 亀山殿七百首催行 この年、為世撰、続現葉集か	六月三〇日 大仏宣時 86 聖戒 63
六月二五日 後宇多院崩御 58	一三二四	正中元		二月二八日 石清水社歌合（判者・為世）催行される 七月一七日 為藤没し、勅撰集撰集はその男為定が後継	五月一五日 近衛家平 43 七月一七日 二条為藤 50
二月七日 資朝佐渡配流 俊基、放免される	一三二五	正中二		一〇月二五日以降 飛月集か 一二月一八日 二条為定、続後拾遺集、四季部を奏覧 この年 一条内経、内経公百首成る	四月九日 藤原実香 65 一〇月二日 一条内経 35 一二月一八日以前 長舜 60余 この年以降 小倉公雄 80余
七月二四日 後伏見院皇子、量仁（光厳院）が立太子	一三二六	嘉暦元		六月九日 続後拾遺集返納され完成 六月一八日 二条為世、和歌庭訓 この年までに、俊光集成る	五月一五日 日野俊光 67 一〇月三〇日 惟康親王 63 一一月一八日 西園寺実衡 37

二条為世と勅撰集

「あたらしきをもとむとて、さまあしくいやしげなる事どもを、もとめよむ事あるべからず」―二条為世『和歌庭訓』。

為世は京極為兼より四歳年長、二条家の嫡男として、ことさらに新しさを狙って奇を衒った表現を用いるのではなく、伝統的な歌ことばの範囲内で和歌を詠むことを旨とした。新味はないが、平明温雅な歌風を示す。その教えに従った門人は多数にわたり、歌壇における主流派の位置を占めた。

為世は生涯に二つの勅撰集の撰者となっている。ひとつは、第十三番目の『新後撰和歌集』で、もうひとつは第十五番目の『続千載和歌集』である。共に下命者は大覚寺統の後宇多院。間に『玉葉和歌集』があることでわかるように、為世と京極為兼は相競い合う関係にあった。両者は互いに意識し影響し合い、結果としてそれぞれの独自性を強化してゆくことにもなった。

『新後撰和歌集』『玉葉和歌集』『続千載和歌集』の三集は、読み比べてみると非常に面白い。和歌の内容的な詠みぶりの違いはもちろんのこと、単純に歌数を比べてみても、一六〇七首・二八〇〇首・二一四三首、という増減に、両者の対抗意識が看て取れて興味深い。

一般事項	西暦	年号	天皇	和歌関連事項	没年など
	一三二七	嘉暦二	後醍醐	九月一五日 内裏五首歌合 二〇日 良宋、新浜木綿集を撰す	一月一九日 鷹司冬平 53 三月一三日 九条房実 38 八月一五日 洞院実泰 58 九月七日 大仏維貞 42
▼元の帝室に内紛が起こり、南北に分裂する フランスにヴァロア朝、興る	一三二八	嘉暦三		拾玉集（慈円家集）五巻本、この年までに成る 冷泉為相、藤谷和歌集 行乗、六巻抄成る 邦省親王家五十首 津守国道、詠百首和歌	三月一日 良暁 74 七月一七日 冷泉為相 66 八月二五日 津守国道 52 一〇月一四日 久明親王 54 一一月八日 冷泉為守（暁月坊）64
八月 夢窓疎石、円覚寺住持となる	一三二九	元徳元		三月一五日 徳大寺家三首会あり 三月三〇日 内裏三首会 七月七日 内裏当座和歌	二月九日 良信 53 六月二六日 三条実重 70 七月一六日 京極宗氏 76 八月三〇日 玄輝門院 84 一二月一一日 久我通雄 73
二月 花園院、量仁親王に誡太子書を贈る	一三三〇	元徳二		一月六日 忠房親王、北野宝前五十首を催し、奉納 七月七日 内裏和歌会 この頃までに、兼好法師徒然草成るか	二月一一日 禅助 84 七月一一日 吉田定資 56 九月一七日 世良親王 19か
八月 元弘の変 九月 後醍醐捕えられる	一三三一	元徳三（北）／元弘元（南）	光厳	頓阿注、自讃歌抄成るか 三月三〇日 内裏三首和歌 四月以降、臨永集・松花集成るか	二月一二日 長井貞重 60 同一八日 中院光忠 48
三月 後醍醐を隠岐に配流 一一月 大塔宮護良親王、吉野に。楠木正成千早城に挙兵	一三三二	正慶元／元弘二		尊良親王、百首和歌 小倉公雄百首和歌	三月二一日 京極為兼 79 一〇月 花山院師賢 32 一二月六日 九条忠教 85
閏二月 後醍醐隠岐より脱す 五月二二日 鎌倉幕府滅ぶ 六月四日 後醍醐帰京 同月一三日 護良親王、征夷大将軍となる	一三三三	正慶二／元弘三	後醍醐	七月一一日 立后屏風和歌 八月一五日 内裏探題和歌 九月一三日 内裏三首会	五月二七日 名越時元 七月二日 五条為実 68 八月一六日 守邦親王 32 一〇月一二日 後京極院 31
建武新政 二条河原落書	一三三四	建武元		八月五日 内裏五首会 九月一三日 内裏続歌合 一二月二五日 公順、拾藻抄を撰する 道我集 度会朝棟、歌会を催す	この年 北条英時 この年以降 公順
七月二三日 中先代の乱 一一月足利尊氏・直義、朝廷と対立し挙兵	一三三五	建武二		一月一三日 中殿御会行われる 五月七日 朝棟亭歌会、写される 七月七日 内裏で七夕七首会 後醍醐天皇、人々に千首歌を召す	二月四日 二条道平 49 八月二日 西園寺公宗 26 一二月一一日 二条為冬

室町時代前期の和歌

武家と和歌と連歌と

洛中洛外図帖の中の金閣寺

鎌倉幕府の滅亡から建武の新政を経て、新しい時代が幕を開ける。しかし社会はすぐには安定せず、三種の神器を擁して吉野に下った後醍醐を中心とした南朝方と、京の都に光厳を中心とした北朝方の勢力が国内に並立する、いわゆる南北朝の時代が到来する。そして足利氏を中心とした室町幕府が成立するが、内部抗争による観応の擾乱を経た後、北朝の皇統は急遽擁立された後光厳による新北朝の時代となる。一方、崇光と伏見宮につながる持明院統嫡流も存続し、北朝の内部にも分裂が生じる事態となる。これら『太平記』などにも語られる、戦乱による社会的混乱の中でも和歌は脈々と読み継がれていった。社会の小康を得ては勅撰集も成立するが、その担い手は各皇統を中心とした堂上公家たちはもちろんのこと、新たに権力の中枢の座を占めた武家の多くが、前時代にも増して積極的に参加するようになる。三代将軍・義満の時代となり室町幕府の全盛期が訪れると、南北朝の合一も成って、時代は安定の時期を迎える。そして和歌の世界もいっそう活況を呈するようになる。

和歌の家としての御子左家は、二条・京極・冷泉の三家のうち、『風雅和歌集』の成立後、観応の擾乱により京極派が解体消滅し、『新後拾遺和歌集』の成立後、二条為右が不祥事から誅殺されて二条家は断絶、冷泉家のみが存続する。そして武家との関係性で重きをなした飛鳥井家が、和歌と蹴鞠をもって台頭する。勅撰集の掉尾を飾ることとなった『新続古今和歌集』は六代将軍義教の執奏により、飛鳥井家の雅世を中心に、二条派を継承する常光院尭孝の助力により成ったものである。

この時期を代表する重要な人物としては、二条良基と今川了俊が挙げられる。良基の公武に渉る活躍は特筆すべきであり、和歌のみならず連歌や和漢聯句の隆盛にも寄与し、さまざまな散文作品も残している。了俊は武家出身で鎮西探題として活躍しながら、歌道では冷泉家とその一流を支え、多数の歌書の書写・伝来に関わり、自らも多数の著作をものした。またこの流れを継いだ招月庵正徹の活躍も、見逃せない。

一般事項	西暦	年号	天皇	和歌関連事項	没年など
二月 尊氏軍、九州下向の後、東上 五月湊川の合戦、楠木正成 六月一四日 尊氏、光厳上皇を奉じて入京 一二月 後醍醐、神器を奉じ吉野へ潜幸	一三三六	建武三／延元元	光明（北）	四月三日 足利尊氏以下、続観世音経偈三十三首和歌を奉納 九月一三日 尊氏、月題五首、住吉社法楽和歌を奉納 一一月以降 北野社百首和歌	二月一三日 顕親門院 72 四月六日 後伏見院 49 六月二六日 昭訓門院 64 九月二日 近衛兼教 70 同九日 小倉季雄 48 同一一日 三条公明 55 同一七日 覚助法親王 87 一〇月一〇日 章義門院
三月六日 越前金崎城陥落、尊良親王自殺、新田義貞敗走する	一三三七	建武四／延元二		七月六日 元盛、勅撰作者部類（第一次）を編む この年以降 慈道親王集成るか 九月一三日 南朝、採題三十首歌会を催す	一月二六日 鷹司冬教 43 二月一七日 富小路公脩 44 八月一七日 中御門冬定 56 一二月二二日 宗峰妙超 56

八月一一日 足利尊氏、征夷大将軍となる	一三三八	暦応元／延元三		二条為世、和歌用意条々を著す この年以後、暦応元年頃までに、光厳院、光厳院御集	一月二三日 吉田貞房 65 三月二一日 坊門清忠 五月二日 日野資名 54 八月五日 二条為世 89 一二月三日 三条実任 75 同二七日 六条有忠 58
八月一六日 後醍醐天皇崩御 52 秋 北畠親房『神皇正統記』を著す ▼英仏百年戦争始まる	一三三九	暦応二／延元四	後村上（南）	六月二七日 持明院殿にて、三席歌会始 一二月 春日法楽七首和歌催される	一月一六日 今出川兼季 54 二月二二日 土岐頼貞 69 一二月一九日 小串範秀
二月 北畠親房、職原抄を著す	一三四〇	暦応三／興国元		六月二七日 北朝にて和歌会 八月一五日 持明院殿にて和歌会	五月六日 中御門経宣 62 同二九日 慈慶 45 六月一九日 覚円 64
一二月二三日 天龍寺船、計画される	一三四一	暦応四／興国二		この年、今川了俊、和歌に志す	一月一四日 二条師忠 88 二月五日 西園寺実俊 82 四月一一日 慈道 60 六月四日 二条為親 八月一七日 度会朝棟 77 一二月二三日 園基成
三月二〇日 法勝寺焼亡する 四月二三日 幕府、五山十刹の序列を定める	一三四二	康永元／興国三		三月二〇日 法勝寺焼亡、西行自筆山家集、頓阿所蔵の後鳥羽院御口伝焼失 一一月四・二一日 持明院殿で歌合行われる この頃 永福門院百番御自歌合 中臣祐臣、自葉和歌集成るか	四月二八日 花山院家定 60 五月七日 永福門院 72 八月二一日 今出川実尹 25 九月二三日 細川和氏 47 一一月二二日 中臣祐臣 68
一一月二日 親鸞上人絵伝成る	一三四三	康永二／興国四		八月以後 五十四番詩歌合成るか この年、花園院、院六首歌合を催す 道我、権僧正道我集	四月一八日 平惟継 78 五月四日 飛鳥井経有 一〇月一九日 道我 60 一二月二〇日 中院通顕 53
	一三四四	康永三／興国五		一〇月八日 高野山金剛三昧院短冊奉納 一〇月 光厳院、勅撰集の撰進を準備、直義より執奏あり 一二月以降翌年にかけて 小倉実教、藤葉和歌集を撰する	三月一二日 慈快 40 この年、浄弁90歳ほどで生存か
二月六日 光厳院、幕府要請により、全国に安国寺・利生塔設置を命じる	一三四五	貞和元／興国六		三月 二条良基、僻連抄を著す この年頃 慶運百首 兼好法師家集成るか	六月二日 向阿 81
▼イブン・バトゥータ、元の大都に来訪 西アジアでペスト流行	一三四六	貞和二／正平元		四月二六日 光厳院、百首歌（貞和百首）の詠進を命ずる 一一月九日 光厳院撰風雅和歌集和漢序・春部の竟宴が行われる この年、冷泉為秀撰、三百六十首和歌成るか	五月二五日 大宮季衡 58 七月二四日 上杉頼成 69 九月八日 中御門経季 48

一般事項	西暦	年号	天皇	和歌関連事項	没年など
	一三四七	貞和三／正平二		三月 栄海、釈教三十六人歌仙を撰する 九月二五日 西園寺公衡三十三回忌、永福門院内侍生存 一二月九日 風雅和歌集四季部奏覧 この年、北畠親房、古今集序註を著す	一月四日 三条実忠 44 五月二六日 小笠原貞宗 56 八月一六日 栄海 70 この年 忠房親王
一〇月一一日 花園院 52崩御	一三四八	貞和四／正平三	崇光（北）	七月二四日 風雅和歌集雑・釈教・神祇部成る	一一月一五日 九条隆教 80 同二日 達智門院 63
一一月七日 正平一統	一三四九	貞和五／正平四		二月 風雅和歌集この頃までに完成か 七月一七日 二条良基、連理秘抄成るか 八月九日 光厳院三十六番歌合催行される この年までに 二八明題和歌集・二八要抄成るか 日野資名女、竹向きが記、成るか	二月一三日 平宗経 56 七月六日 九条道教 35 九月七日 小倉実教 86
観応の擾乱（〜文和元年）	一三五〇	観応元／正平五		四月 足利直義、玄恵法印追善詩歌を勧進する 八月五日 二条為定、為世十三回忌和歌	一月一一日 世尊寺行尹 二月二三日 吉田隆長 74
五月 南朝、北朝との和合を拒否 一二月二五日 北朝の三種神器を賀名生に接取 ▼ヨーロッパでペスト流行 元、紅巾の乱起こる	一三五一	観応二／正平六		この年まで、夢窓国師集、夢窓国師百首成る 宗久、都のつとの旅 慕帰絵、成る 九月一一日 松尾社奉納神祇和歌成る	一月一七日 正親町実明 77 同一九日 覚如 82 二月二六日 高師直 八月二九日 度会家行 96 九月六日 恒明親王 49 同三〇日 夢窓疎石 77
二月二六日 直義 47、鎌倉にて死去 閏二月 北朝上皇（光厳・光明・崇光）を拉致、その後、南朝・賀名生に遷される	一三五二	文和元／正平七	後光厳（北）	八月 二条良基、後普光園院殿御百首を編み、頓阿、慶運、兼好らの点を加える この年までに、守遍詩歌合成るか	二月四日 洞院公敏 61 閏二月二〇日 細川頼春 54 五月一二日 四条隆資 61 七月五日 細川顕氏 八月一二日 近衛経忠 51 同二八日 兼好 70 九月二八日 惟宗光吉 79 一〇月九日 菅原在成 55 この年 千鳥祐殖 78
六月 南朝方京都に攻め入り、足利義詮、後光厳を奉じ美濃小島に退く 七月 義詮、京都を奪還 九月二一日 尊氏、後光厳を奉じて入京	一三五三	文和二／正平八		九月 二条良基、小島のすさみを著す 南朝、後村上天皇内裏千首、探題百首を催す	五月一一日 津守国夏 65 同一七日 飛鳥井雅孝 73 七月二七日 柳原資明 57 八月六日 鷹司師平 44 同二七日 久我長通 74 九月二五日 二階堂行朝
三月 光厳・光明・崇光三上皇、賀名生から河内金剛寺へ移る 一二月 足利直冬、京都侵攻、尊氏、後光厳を奉じ近江へ退く	一三五四	文和三／正平九		一一月一一日 光厳院、花園院七回忌に法華経要文和歌を召す この年前後、連歌会盛んに催される	四月八日 近衛基嗣 50 同一七日 北畠親房 62 閏一〇月二五日 能信 65 一二月二一日 静伊

一般事項	西暦	年号	天皇	和歌関連事項	没年など
三月 直冬敗れ、北朝京都を奪還、後光厳天皇還幸	一三五五	文和四／正平一〇		四月二五日 良基、文和千句張行 七月 仙洞御文書目録成る 一一月一五日 経旨和歌（尊氏勧進）成る この年までに代々集目録成るか	三月 五条為嗣65 一〇月二日 頼仲90 一二月一四日 九条隆朝65 同二二日 道昭75
	一三五六	延文元／正平一一		三月二五日 二条良基、菟玖波集を撰する 六月一一日 後光厳院、足利尊氏の執奏により、二条為定に勅撰集撰進を下命する 八月二五日 後光厳、百首歌（延文百首）を召す	三月一日 恵鎮76 九月二三日 尊円親王59 一〇月二〇日 宇都宮公綱55 一一月一七日 道意62
二月 光厳・光明・崇光三上皇、京に還幸	一三五七	延文二／正平一二		閏七月一一日 菟玖波集、勅撰に准ぜられる この年頓阿法師詠	四月 六条有光 閏七月一六日 賢俊59 同二二日 広義門院66
四月 義詮、征夷大将軍となる	一三五八	延文三／正平一三		七月七日 南朝に七夕歌会 七月 二条良基、撃蒙抄を起筆 この年 吉野拾遺成るか	二月二三日 日野資名女 四月二日 徽安門院41 同三〇日 足利尊氏54 八月一九日 洞院実世51
	一三五九	延文四／正平一四		四月二八日 二条為定、新千載和歌集四季部を奏覧する 秋冬頃、頓阿北朝に乞巧奠 草庵集（正続）成るか 風雅集以後新千載集成立の間に勅撰名所和歌要抄	四月二九日 新待賢門院49 五月二日 尊胤法親王54 七月一三日 武田信武
九月 義詮と細川清氏の争い	一三六〇	延文五／正平一五		この年までに、二条為定、為定集 洞院公賢、中園相国集句題百首成る、頓阿の井蛙抄、成るか	三月一四日 二条為定68 四月六日 洞院公賢70 六月八日 徳大寺公清49 一〇月一七日 正親町公蔭64
一二月 南朝方、最後の京都占領	一三六一	康安元／正平一六		前年よりこの年にかけて、近衛道嗣邸において歌会連句会等頻繁に催される	
七月 清氏、敗死	一三六二	貞治元／正平一七		三月 後光厳天皇、二条為明より古今集秘説を受ける この頃、義詮の命により、四辻善成、河海抄を編する	五月七日 宣政門院48 同二〇日 寿成門院61
春 大内弘世、周防・長門守護となる	一三六三	貞治二／正平一八		二月一四日 覚誉法親王、五十首歌を召す 同二九日 幕府要請により、二条為明に勅撰集の撰進を命ずる 三月以前二条良基・頓阿、愚問賢注成るか 五月一一日 二条良基、内裏蹴鞠会をきぬかづきの日記に記す	八月二日 三条公秀79

和歌四天王―法体歌人の活躍

二条為世には数多くの門弟がいたが、出家遁世したいわゆる法体歌人の中に優れた人たちがいた。頓阿・浄弁・慶運・兼好、がそれで、彼らを為世門の和歌四天王と呼ぶ。

今では兼好が『徒然草』の作者としてあまりにも有名で、近年研究も進みさらに注目が集まっているが、生前、歌人として最も名があったのは、頓阿であった。二条良基『近来風体』の中で「かかり幽玄に、姿なだらかに、ことごとしくなくて、しかも歌ごとにひとかどめづらしく、当座の感もありしにや」と高く評価され、良基が設けた二十九箇条の質問に頓阿が答えるという問答体の歌論書『愚問賢注』もある。

また『井蛙抄』という歌論書も著しており、非常に有益な内容を含む。『新拾遺和歌集』は撰者の二条為明が撰集の業半ばで急逝したが、その後を承けてこれに助力し、完成させることもしている。その交際範囲は幅広く公武にわたり、仁和寺の寺域に「蔡花園」という和歌にちなんだ景物を集めた雅園を経営し、多くの人々と交流した。家集『草庵集』『続草庵集』は二条派和歌の模範と仰がれ、その声望は江戸時代まで続いた。

一般事項	西暦	年号	天皇	和歌関連事項	没年など
七月七日 光厳院崩御52	一三六四	貞治三／正平一九		二月 頓阿、十楽庵記を著す 四月二〇日 為明、新拾遺和歌集四季部を奏覧する(為明没後、頓阿が助力し一二月に完成か) 夏頃、一万首作者催行か この年以降 由阿、六華和歌集	五月一二日 桓豪53 一〇月二七日 二条為明70
	一三六五	貞治四／正平二〇		この年、内裏探題七百首、南朝三百六十首和歌催される この頃 一花抄成る	一月二六日 二条師基49 三月一〇日 一条経通49 四月一九日 邦世親王44 九月一三日 千葉氏胤31
	一三六六	貞治五／正平二一		五月 由阿上洛、二条良基に万葉集を講じ、その内容を詞林采葉抄として著す 一二月二二日 二条良基、冷泉為秀を判者として年中行事歌合を催行	二月二二日 正親町忠季45 六月二三日 花山院家賢37 一二月二七日 一条房経21
二月 高麗王、使者を遣し、倭寇禁圧を要請 一一月二五日 義詮、細川頼之を執事とし、義満後見を託す	一三六七	貞治六／正平二二		二月二一日 後光厳天皇歌会始 三月二三日 足利義詮により新玉津島社歌合催行される・同二九日 中殿歌会 二条良基、雲井の花を著す 四辻善成、河海抄を撰す	四月二六日 足利基氏28 五月二八日 五条頼元78 六月一日 洞院実夏53 九月三日 西園寺公重51 同二五日 日野時光40 一一月 花山院長賢 一二月七日 足利義詮38
三月一一日 後村上天皇崩御41 一二月 足利義満、征夷大将軍となる ▼朱元璋、明を建国	一三六八	応安元／正平二三	長慶(南)	この年頃、頓阿、続草庵集成るか	
	一三六九	応安二／正平二四		前年よりこの年にかけて 大山祇神社三首和歌成るか 六月一三日以前、愛代丸(興雅)安撰和歌集を編む この年以前、慶運、慶運歌集、慶運法師百首、慶運法印集	春まで、二条為世女・大納言典侍、六月まで 慶運、生存
▼ティムール、サマルカンドに帝国を建国	一三七〇	応安三／建徳元		この年又は翌年 崇光院、仙洞歌合を催行する	六月七日 六角氏頼45 九月二七日 聖尊法親王67
二月 今川了俊、鎮西探題として九州へ下向	一三七一	応安四／建徳二	後円融(北)	二月 南朝三百首歌合催行される 一二月 宗良親王、李花集成るか 今川了俊、道ゆきぶり著されるか(永和四年、再稿)	三月一五日 中山定宗55 七月一四日 久我通相46 一一月二九日 赤松則祐55
八月 了俊、大宰府を攻略する	一三七二	応安五／文中元		三月以前 三十番歌合、頓阿勝負付歌合 一二月 二条良基、応安新式を制定する	三月一三日 頓阿84 四月一一日 洞院実守59 六月一一日 冷泉為秀70余
八月 長慶天皇、吉野へ遷る	一三七三	応安六／文中二		一月 後光厳院、歌会を催す 二条良基、おもひのままの日記を著す	一月五日 勧修寺経顕76 八月二五日 佐々木道誉(高氏)78 一二月一八日 二条為忠64

准勅撰ということ
—菟玖波集と新葉集

『菟玖波集』は延文二年(一三五七)頃に成った連歌撰集。二条良基が連歌師の救済などの助力をもって撰定し、後光厳天皇の綸旨をもって勅撰に准じ、初の「准勅撰」とされた。

ちょうど同時期に『新千載和歌集』も成立に向けて撰集作業が進められていたが、完成が危ぶまれており、良基は連歌の文学的・社会的地位向上を狙うと同時に、仮名序(良基)真名序(近衛道嗣)を持つ体裁から、その前に成立した『風雅和歌集』を襲い、後光厳の御代になんとか「勅撰集」を遺そうとした、という見解がある。室町時代後期、後土御門天皇の命により『新撰菟玖波集』が准勅撰とされるが、その先蹤ともなった。

そしてもうひとつ「准勅撰」とされるのが『新葉和歌集』である。元々は宗良親王の私撰になり、南朝の人々の和歌が北朝の撰には入集せず、このまま知られることもなく埋もれてしまうであろうことを惜しんで撰ばれたものだが、のちに長慶天皇より「勅撰になずらふべき由の詔をこうぶりて」改撰し、奏覧して成立した。こちらは世が世なら、という面もあろうが、成立の順・形式の上から「准」とされる。

一般事項	西暦	年号	天皇	和歌関連事項	没年など
一月二九日 後光厳院崩御 37 九月 今川了俊、九州の大勢を制する	一三七四	応安七／文中三		秋頃 由阿、某人の依頼により青葉丹花抄を著す 二条良基、息・師良の為に知連抄を著す 宗良親王、この頃までに李花集を編む	この年 四条隆俊
	一三七五	永和元／天授元		一月 二条良基、万葉詞成るか 五月二七日 以降 五百番歌合行われる 六月二六日 後円融天皇、義満の執奏により二条為遠に勅撰集撰進の下命あり 一〇月 百首歌（永和百首）を召す この年以降 松田丹後守・平貞秀集成るか	九月一七日 邦省親王 74 一一月二五日 由阿 85にて生存
倭寇の高麗への侵掠激化する	一三七六	永和二／天授二		夏頃、長慶天皇および春宮熙成により、千首和歌（天授千首）が企画される 八月二〇日 二条良基九州問答 応安三年からこの年までに 百番歌合（崇光院等）増鏡成るか 南朝内裏百番歌合	三月八日 救済 95
	一三七七	永和三／天授三		春、宗良千首・耕雲千首詠進される 七月一三日 嘉喜門院御集成る この年 熱田本日本書紀紙背懐紙和歌、成る	四月九日 承胤法親王 61 同一一日 中院親光 70 五月一二日 松殿忠嗣 81 九月四日 東氏村
三月 義満、室町第（花の御所）へ遷る ▼アヴィニョンとローマの教会大分裂始まる	一三七八	永和四／天授四		三月一八日 今川了俊、道ゆきぶり再稿 この頃 永徳百首（永和百首）詠進される 南朝に百番歌合あり	一月一五日 今出川公直母 66か
	一三七九	康暦元／天授五		五月 二条良基、足利義満に連歌十様を与える 康暦頃、元可入道薬師寺公義 元可法師集（自撰）成るか	一一月一九日 柳原忠光 46 同二二日 浄阿 63 閏四月二二日 光済 54
閏四月 義満、細川頼之を罷免、斯波義将管領となる（康暦の政変） 六月二四日 光明院崩御 60	一三八〇	康暦二／天授六		二月五日 二条良基、雲井の御法（後光厳院七回忌法華懺法会の様子）を著す 四月二八日 了俊下草成る この頃 師兼千首成るか 大慈八景詩歌成る	一一月一四日 土岐直氏 50 この年以降 宗久
▼イギリス、ワット・タイラーの乱	一三八一	永徳元／弘和元		三月一一日～一六日 室町第行幸詩歌、良基、さかゆく花を著す 一〇月一三日 新葉和歌集勅撰に擬される 同二八日 後円融天皇、為遠死去により二条為重に新後拾遺和歌集撰進を再度下命する 一一月二七日 和歌所始 一二月一三日 新葉和歌集奏覧される 冬頃、長慶天皇、仙源抄を著す	八月二七日 二条為遠 41 九月二六日 広橋兼綱 67 世尊寺行忠 70 この頃 元可
一月二六日 義満、左大臣となる	一三八二	永徳二／弘和二	後小松（北）	二月一〇日 二条良基、女房官品事を著す 三月一七日 二条為重、新後拾遺和歌集四季部を撰進する 六月一三日 安撰和歌集、後円融上皇の叡覧に供される この年、二条良基、後普光園院御抄を著す 南京八景詩経成るか	五月一日 二条師良 38 同二八日 覚誉法親王 63 一〇月二六日 寛尊法親王 81
六月二六日 義満、准三宮となる	一三八三	永徳三／弘和三	後亀山（南）	二月九日 斯波義将、竹馬抄を著す 三月 成阿、和歌集心体抄抽肝要を編するか 一〇月二八日 二条為重、新後拾遺和歌集を奏覧する 同二九日 二条良基、十問最秘抄を大内義弘に与える	西園寺実衡女 56 三月一一日 三条西公時 45 同二七日 懐良親王 七月 北畠顕能
五月一九日。観阿弥没 52	一三八四	至徳元／元中元		三月 朝山梵灯庵、梵灯庵袖下袖成るか 一二月 二条為重、新後拾遺和歌集を返納する	一二月二四日 三条公忠 59 五月一九日 今川範国 90 同 小倉実遠 64
	一三八五	至徳二／元中二		一〇月一八日 石山寺にて石山百韻催行される（二条良基以下） この年まで 二条為重、為重卿集	二月一五日 二条為重 61 八月一〇日か 宗良親王 75 この年 飛鳥井雅家

一般事項	西暦	年号	天皇	和歌関連事項	没年など
七月一〇日 幕府、京都・鎌倉の五山の座位を定め、南禅寺を五山の上とする	一三八六	至徳三／元中三		七月七日 後円融院七首歌会 一一月七日 二条良基、嵯峨野物語を著す この年まで 細川経氏、経氏集	六月六日 北畠顕統 同一九日 鷹司冬通 57 細川経氏 この年まで生存か
	一三八七	嘉慶元／元中四		六月頃 高田明神百首成るか 七月七日 後円融院十首歌会 九月一三日 百首歌会あり 一一月二二日 二条良基、近来風体抄を著す 北野社法楽十首和歌	三月一七日 近衛道嗣 56 一二月二五日 土岐頼康 70
	一三八八	嘉慶二／元中五		六月一三日 四辻善成、珊瑚秘抄成るか この年まで二条良基、思ひのままの日記・異名証歌集	六月一三日 二条良基 69 同二四日 三条実継 76
▼オスマン帝国、コソヴォの戦いでセルビア等の連合に勝利	一三八九	康応元／元中六		三月 今川了俊、足利義満の安芸厳島参詣に随行、厳島詣記を著す 一一月 京極（佐々木）高秀、古今漢字抄を著す	四月 東常顕 七月六日 西園寺実俊 56 八月一三日 庭田重資 85
	一三九〇	明徳元／元中七			八月一〇日 日野資康 43
一二月 山名満幸・氏清挙兵するも、鎮圧される（明徳の乱）	一三九一	明徳二／元中八		二月一一日 足利義満、北野法楽一日万句連歌を張行 八月二五日 今川了俊、懐紙式	四月一五日 深守法親王 68 六月 新宣陽門院 49 中御門俊顕 九月一九日 法守法親王 84 一〇月一一日 佐々木高秀 64
閏一〇月 南朝後亀山天皇、嵯峨に入り、北朝後小松天皇に三種の神器を渡す（南北朝の合一）▼李成桂、李氏朝鮮を建国	一三九二	明徳三		室町前期、後葉和歌集成るか	三月二日 細川頼之 64 四月二六日 頼印 70 六月一五日 東坊城長綱 80 この年 松田貞秀 72
四月二六日 後円融院崩御 36	一三九三	明徳四		二月二七日 宮中詩歌会始 明徳年間、耕雲歌巻成るか	三月一二日 花山院師兼 45
三月一日 長慶院崩御 52 一一月六日 一条経嗣、関白左大臣となる 一二月一七日、足利義満、将軍を辞し二五日 太政大臣となる	一三九四	応永元	後小松	一二月一二日 後小松院御独吟、後小松天皇が和漢連句 伏見殿名所百首	この頃まで存 祝部成光 この年 東常顕没か
足利義満、九州探題今川了俊を罷免し、京都に召還 ▼ティムール朝、西アジア統一	一三九五	応永二		三月六日 詩歌始	
▼ニコポリスの戦いでオスマン帝国が十字軍を退け、バルカンを征服	一三九六	応永三		九月九日 一条良忠が百日聯句を興行 隆源五十首成るか	
四月一六日 足利義満が北山第（鹿苑寺金閣）造営 ▼北欧三国、カルマル同盟により連合	一三九七	応永四		この頃に津守和歌集成るか（～永享二年）	五月七日 細川頼元 55 八月二一日 良瑜 68 一〇月九日 津守国久 40 一二月一〇日 九条忠基 53
一月一三日 崇光院崩御 65 三月九日 二条師嗣、関白左大臣に任ぜられる 大内義弘、九州に出陣	一三九八	応永五		三月一一日 内裏で詩歌会 七月五日 内裏の泉殿造営に際し歌会 七月七日 乞巧奠の歌会	

一三九九	応永六	後小松	四月一九日 一条経嗣、再び関白左大臣となる 陸奥、出羽が鎌倉府の管轄となる 応永の乱、大内義弘が敗死 ▼英、ランカスター朝	八月一五日 宮中で観月歌会 九月三〇日 内裏歌会	一月一七日 杲尊法親王 45 一二月二一日 大内義弘 45
一四〇〇	応永七		足利義満、応永の乱に関する疑いにより、今川了俊討伐の命を発し、了俊が降伏	九月一六日 後崇光院百番自歌合 この頃、菊葉集成るか 一一月 二条為右誅殺 二条家（御子左家嫡流）断絶する この頃までに 練玉和歌抄成るか	この年 阿野実為 二月一五日 綾小路敦有 79 五月二一日 九条経教 70 一〇月七日 津守国貴 61 一一月二二日 二条師嗣 45
一四〇一	応永八		二月二九日 土御門東洞院殿で火災	二月九日 義満が北野社で一日千句連歌を張行 九月尽 五十首歌会	九月七日 京極高詮 50
一四〇二	応永九		一一月一九日 後小松天皇、室町殿から土御門内裏に還御 ▼アンカラの戦い 明永楽帝即位	一月一五日 吉田社法楽卅首 四月二七日 斯波義将、住吉社法楽歌を勧進 これ以前に伏見宮家歌合	一月二七日 津守国量 65 九月三日 四辻善成 77 八条為敦 58 冷泉為邦 生存
一四〇三	応永一〇		朝鮮で活字鋳造開始	一月 二言抄 五月三〇日 伏見宮で歌会 九月 和歌灌頂秘抄	七月五日 尊道親王 72
一四〇四	応永一一		六月二九日 幕府の調停により島津家が和睦		二月二七日 徳大寺実時 67 小倉実名 90
一四〇五	応永一二		▼鄭和、第一次遠征	七月七日 伏見宮で七夕歌会 八月一五日 義満が連歌会を張行 九月一三日 伏見宮で歌会、義満連歌会を張行	四月五日 絶海中津 70 七月一一日 日野素子 55
一四〇六	応永一三		▼郭居敬、二十四孝を印行	五月 言塵集 閏六月五日 伏見宮貞成王が三十六番歌合、五十番歌合、柿本影供和歌会 九月 貞成王らにより名所百番歌合 了誉、古今序註を著す	六月二四日 三条公豊 74 一二月二七日 通陽門院 55
一四〇七	応永一四		▼鄭和、第二次遠征	内裏で後小松院御百首など百首歌詠進、勅撰集企画のためか 一一月二七日 後小松天皇、足利義満などが内裏九十番歌合 一二月一四日 紀俊長らの和歌会に義持が和歌を詠ず この頃、飛鳥井雅縁、諸雑記を著す	
一四〇八	応永一五		三月八日 後小松天皇が北山第に行幸 四月二〇日 近衛忠嗣が関白左大臣に任ぜられる	三月八日 北山邸に天皇が行幸し三船御会が行われる 同月 耕雲口伝 了俊、師説自見集、源氏六帖抄を著す	五月六日 足利義満 51
一四〇九	応永一六		四月二四日 一条経嗣邸で火災	三月九日 義嗣、歌会を開催 七月 了俊一子伝 八月十五夜 菊亭歌合	七月二二日 足利満兼 33
一四一〇	応永一七		一一月二七日 後亀山院、嵯峨から吉野へ潜幸 一二月三〇日 一条経嗣が三度関白となる	了俊歌学書 一月五日 白川忠資王邸歌会 三月 三月尽菊亭歌合 七月七日 伏見宮貞成王、七夕歌会を行う 八月一九日 三〇年ぶりに三席御会 一〇月一二日 庚申歌合	五月七日 斯波義将 61 一二月二七日 二条満基 28 この年以前 二条為衡
一四一一	応永一八		閏一〇月一五日 興福寺五重塔、雷火により焼失	了俊、歌林 三月八日 和歌并御遊記、内裏で歌会・御遊 四月から伏見宮で月次歌会、以降活発に和歌活動	八月六日 東坊城秀長 74 この年 三条実冬 58
一四一二	応永一九	称光	三月一六日 細川満元が管領となる 八月二九日 称光天皇即位、後小松院政開始	二月 了俊日記 三月八日 歌会・御遊 三月二〇日 内裏で歌会 一二月九日 仙洞三席御会が復活、永徳元年以来 この年梵灯庵、年中日 発句	この年 堯尋

西暦	年号	天皇	一般事項	和歌関連事項	没年など
一四一三	応永二〇	称光	▼メフメト一世、オスマン帝国を再統一	これ以前に 落書露顕 一〇月 仙洞両席御会 冬 万葉詞百首詠進	一月二四日 義仁親王
一四一四	応永二一		九月 北畠満雅が明徳の和約不履行を不服とし、挙兵	二月 義持が北野社で参籠し、為尹、耕雲、宋雅らが北野社に詠十五首和歌を奉納 四月 細川道観、頓証寺法楽千首を勧進 一二月 細川道観、頓証寺法楽百首を勧進 冬 義詮邸にて七百番歌合 この頃、耕雲百首	この頃 今川了俊 89か
一四一五	応永二二		四月七日 幕府、北畠満雅を討伐させる 八月一九日 説成親王の調停により、幕府と北畠満雅和睦 ▼宗教改革者フス、処刑される	耕雲、七百番歌合序を著す 一二月 梵灯庵十五番歌合 一二月一八日 足利満詮が観梅の宴を行い、続歌を張行する 一〇月八日 為尹卿千首	
一四一六	応永二三		九月 後亀山院、大覚寺へ帰京 一〇月二日 上杉禅秀の乱 足利満隆、上杉氏憲ら鎌倉方が挙兵、足利持氏が駿河へ逃れる 同三〇日 足利義嗣、山城へ逐電 一二月二三日 持氏方が鎌倉方を破る	この頃から 今川範政が万葉集の書写校合をはじめる 三月二七日 仙洞両席御会 六月一九日 正徹詠五十首 八月 為尹千首、成る 九月 宝密、詠法華経和歌成る 一一月一二日 栄仁親王、大通院御集(散逸)	一一月二〇日 栄仁親王(伏見宮) 66 八月三日 高倉永行 同一六日 斯波義重 48
一四一七	応永二四		一月一〇日 足利満隆、上杉氏憲ら、持氏方に敗れ自害 六月一九日 東洞院御所造営、後小松院が遷幸 ▼コンスタンツの公会議(教会大分裂終結)	閏五月一八日 梵灯庵主返答書 八月 義持が奈良へ下向、細川道観が春日社に百首を奉納	一月二五日 冷泉為尹 57 為定女 80余か
一四一八	応永二五		一月二四日 足利義嗣、幕府により殺害される 一二月二日 九条満教、関白左大臣となる	二月二五日 北野社法楽連歌 三月 正徹、美濃下向、なぐさめ草 九月 耕雲紀行、義持が伊勢参宮	一月二四日 足利義嗣 25 五月一四日 足利満詮 55 一〇月一五日 小槻兼治 79 一一月一七日 一条経嗣 61 一二月二三日 二条冬実 66
一四一九	応永二六		六月二六日 応永の外寇、対馬で合戦 ▼ボヘミアでフス戦争	三月一六日 内裏歌会 三月二八日 仙洞歌会 九月十三夜 伏見殿歌会 一〇月 後小松院御百首 一〇月 今川範政家にて正徹、一夜百首	
一四二〇	応永二七		六月二七日 京都で大地震 この年旱魃、餓死者多数にのぼる	二月 正徹、詠百首和歌 一〇月 宋雅千首(翌年にも)	九月二七日 了誉 80
一四二一	応永二八		飢饉、疫病の流行 明が北京に遷都	九月二四日 玉津島社頭法楽歌会、この年法楽和歌多数詠まれる 一〇月 為相卿千首 一二月 慕風愚吟集	
一四二二	応永二九		一月一二日 一条兼良、公事根源	道観、北野社法楽百首 一二月 義持、宋雅や為之ら廷臣一三名に名号和歌を詠じさせる	七月一五日 小倉宮
一四二三	応永三〇		三月一八日 足利義持が辞し、足利義量が将軍となる 四月二五日 足利義持出家	三月五日 後小松院が義持に百首和歌を賜う 一〇月 義持が、宋雅や為之ら廷臣十五名に七首和歌を詠じさせる	三月三日 惟成親王
一四二四	応永三一		四月一二日 後亀山院崩御 75(78)	一月七日 仙洞御所で連歌会、この年から仙洞で連歌会が盛行 二月 貞成王ら和漢連句会	四月一二日 後亀山院
一四二五	応永三二		二月二七日 足利義量没 19、将軍位が空位に	二月 貞成王ら法楽連歌会 九月一四日 義持、北野社で連歌	二月一六日 小川宮 22

六月二七日 興福寺五重塔上棟	一四二六	応永三三	称光	九月十三夜 院連歌会・歌会	三月二九日 隆源 84 一〇月八日 満仁親王 73 同一六日 細川満元 49 この年 東師氏 84
一〇月二六日 赤松満祐、義持が守護職を赤松持貞に与える動きに怒り、播磨へ下国、翌日 追討の命が下る 一一月一三日 赤松持貞、醜聞により切腹 同二五日 義持赤松満祐を赦免	一四二七	応永三四		三月 宗雅、道すがらの記 この頃、宗砌が初心求詠抄を著す この頃までに沙玉集	五月二〇日 崇賢門院 89 八月一二日 三条公雅 44
一月一七日 義持が後継を指名しないため、管領らが石清水八幡宮で籤引きにより将軍を指名することを決定、出家していた義教(青蓮院義円)が指名される 七月二〇日 称光天皇崩御 28、二八日に後花園天皇即位 八月 正長の土一揆、畿内一帯で徳政令を求める一揆が起こる 一二月二一日 小倉宮を奉じ挙兵した北畠満雅が敗死	一四二八	正長元		四月二九日 幕府歌会始 五月一五日 永和元年以来、幕府月次歌会が復活する、飛鳥井雅世、尭孝ら参会	一月一八日 足利義持 43 五月一日 日野資教 73 一〇月二日 飛鳥井宋雅 71 この年 津守国豊 30
琉球で中山の尚巴志が三山統一 播磨、丹波で土一揆 ▼フランスでジャンヌ・ダルク活躍	一四二九	永享元	後花園	二月 義宣、北野社で夢想千句連歌 三月から六月まで百日間、後崇光院千首和歌が詠まれる	七月一〇日 耕雲 83か 一〇月一五日 道意 76
▼クリミア汗国独立	一四三〇	永享二		四月二〇日 義教、二条持基邸の連歌会に発句を与える 六月一一日 義教、金蓮寺で連歌会 一二月二三日 仙洞御所で連歌会	四月二一日 尭仁法親王 68
▼ルーアンにてジャンヌ・ダルク処刑	一四三一	永享三		六月二五日 飛鳥井雅世邸で当座十五首歌会、足利義教など参会	六月二八 大内盛見 56
八月一三日 一条兼良が摂政となる 九月一〇日 足利義教の富士遊覧 一〇月二六日 二条持基が摂政となる	一四三二	永享四		一月二九日 義教、聖護院で連歌会 四月二日 正徹の草庵で火災、二万以上の歌稿が燃える 九月一〇日 義教ら富士遊覧に際し歌会行われる	
一〇月二〇日 後小松院崩御 57	一四三三	永享五		二月 足利義教らが北野社奉納百首を奉納 八月二五日 飛鳥井雅世に勅撰和歌集編纂の命が下る(新続古今和歌集) 一〇月 尭孝、伊勢紀行を著す この年頃、正徹詠草	五月二七日 今川範政
五月四日 世阿弥が佐渡に配流される 一〇月四日 延暦寺衆徒、強訴 ▼メディチ家がフィレンツェを支配	一四三四	永享六		一〇月一日 飛鳥井宋雅七回忌歌 一一月二九日 新玉津島社造営に際し義教が法楽歌勧進、新玉津島社三十首歌など この年 持為卿詠	
二月四日 足利義教、延暦寺の使節を殺害 同五日 延暦寺衆徒二十四人が中堂に火を放ち焼死	一四三五	永享七		四月以降 勅撰集編纂のための永享百首が詠進される 五月二二日 赤松満政母三十三回忌歌 飛鳥井雅世により北野社法楽百首続歌	七月四日 山名時熙 69
▼明で金花銀(税の銀や綿花による納入)開始	一四三六	永享八		三月九日 義教、貞成親王を室町第に招待し、当座歌会	
七月一一日 義教の弟義昭出奔	一四三七	永享九		三月一五日 義教、住吉社に百首和歌奉納、ついで二一日には北野社で一万句法楽連歌 この年、持和詠草	二月一〇日 永助親王 76

西暦	年号	天皇	一般事項	和歌関連事項	没年など
一四三八	永享一〇	後花園	八月一四日 足利持氏が諫言を聞き入れなかったため、上杉憲実が上野に退去、一六日、憲実討伐のため持氏出陣 八月二五日 義教、持氏討伐の綸旨を求める	五月 秘蔵抄(古今打聞)成るか 八月 十五夜月百首(石清水社奉納百首) 北野社法楽和歌 九月 飛鳥井雅世、飛鳥井中納言家二十首続歌を催す 一〇月一六日 細川満元十三回忌歌 この年以前、十二類歌合成る	
一四三九	永享一一		二月一〇日 永享の乱 憲実に攻められ持氏自害	六月二一日 新続古今和歌集成立 一一月二六日 後花園天皇により石清水賀茂松尾法楽和歌 この頃、別歌百首成るか	閏一月一五日 冷泉為之 47
一四四〇	永享一二		春、結城氏朝、持氏の子春王・安王を擁立し反乱を起こすが、翌年四月陥落	この頃まで、一条兼良、歌林良材集 正徹、住吉社法楽百首	七月六日 聖聡 75 同二三日 武田信栄 28
一四四一	嘉吉元		五月一六日、春王・安王、護送中に誅殺される 六月二四日 嘉吉の乱足利義教が赤松満祐らに殺害される 九月一〇日 山名持豊らに攻められ、赤松満祐が自害	義教、松尾社法楽百首を勧進	四月三日 東益之 66 六月二四日 足利義教 48 七月二八日 大内持世 48
一四四二	嘉吉二		一一月七日 足利義勝、八歳で将軍職を継ぐ 伊豆大島噴火	四月 法華経序品和歌 六月 足利義教一回忌三十三首歌	八月四日 細川持之 43
一四四三	嘉吉三		七月二一日 足利義勝死去、弟義政が次の将軍となることが決まる 九月二三日 南朝の遺臣らが三種の神器のうち神璽と宝剣を奪い、延暦寺に籠る(禁闕の変)▼朝鮮の世宗、ハングルを広める	二月一〇日 一条兼良らにより前摂政家歌合 新続古今和歌集正本焼失す	五月七日 小倉宮 七月二一日 足利義勝 10 このころ 世阿弥 81か
一四四四	文安元		下学集(辞書)成立	前年より嘉吉文安御会和歌 秋、尭尋三十三回忌追善和歌	
一四四五	文安二		四月二四日 細川勝元、管領に 一一月二三日 近衛房嗣、関白に		一一月三日 二条持基 56
一四四六	文安三		一二月一三日 内裏の再建はじまる	文安三年詩歌合 八月 内裏で続歌百首 七月以降、続現存和歌六帖 尭孝法師日記成る	二月二二日 道朝法親王 69
一四四七	文安四		六月一五日 一条兼良、関白に		
一四四八	文安五		七月一九日 京で大雨洪水、死者多数出る	一月二六日 冷泉為尹三十三回忌、名号和歌百首を勧進 六月 宗砌が北野連歌会所奉行となる 七月 尭孝、桂明抄を著す 一一月、畠山匠作亭詩歌 このころ 雅親詠草 正徹物語 成立か	五月一二日 蜷川親当(智蘊)
一四四九	宝徳元		一月 鎌倉公方再興、持氏の子成氏が鎌倉公方となる 四月二九日 足利義政が元服し、将軍となる 一〇月五日 畠山持国が管領となる	一一月二八日 幕府歌会、義教死後以来の開催	五月四日 九条満家 56
一四五〇	宝徳二		四月二一日 長尾景仲らが足利成氏を襲撃、一〇月に和睦 浅間山噴火▼このころ、グーテンベルク活版印刷術を発明	一一月 仙洞歌合	

一四五一	宝徳三	後花園	一〇月二九日 足利義政が学問所を開く	八月 宝徳三年八月一一日百番歌合	
一四五二	享徳元		一二月二三日 細川勝元が管領となる 諸国で大雨洪水	この頃 宝徳和歌集、六花集注成るか	二月一日 飛鳥井雅世 63
一四五三	享徳二		三月三〇日 宝徳の遣明船、明へ向かう 四月二八日 二条持通が関白となる ▼東ローマ帝国滅亡 英仏百年戦争終結	飛鳥井雅親集 禁中御会和歌	九月一〇日 承道法親王 46
一四五四	享徳三		七月一日 鷹司房平が関白となる 一二月二七日 足利成氏が関東管領上杉憲忠を殺害、享徳の乱勃発	細川勝元、細川持之十三回忌品教歌を勧進 持為（持和）卿詠草	九月一日 冷泉持為 54
一四五五	康正元		閏四月 足利成氏が上杉房顕らの城を陥落させる 六月五日 二条持通が関白となる 同一六日 今川範仲らにより鎌倉制圧、成氏が古河へ移る ▼英で薔薇戦争勃発	一二月 内裏歌合	一一月一六日 宗砌 七月五日 尭孝 65
一四五六	康正二		七月二〇日 後花園天皇が土御門内裏に遷御	一〇月 八十番内裏歌合 この頃、東野州聞書成るか	八月二九日 後崇光院 85
一四五七	長禄元		四月一八日 太田道灌により江戸城築城 五月一四日 蝦夷でコシャマインの乱勃発 一二月一九日 成氏対抗のため、義政の弟政知が関東へ送られる（堀越公方）	三月 内裏詩歌会、義政参会する 八月、忍誓百首 九月、正徹ら武家歌合	二月一六日 中原康富 59 この年 飛鳥井雅永、生存
一四五八	長禄二		八月三〇日 赤松家遺臣が南朝方から神璽を奪回する 一二月五日 一条教房、関白	一〇月 細川満元三十三回忌歌 室町殿月次 秋、道興百首 一二月 後花園院百首	一〇月二〇日 三条西実連 17
一四五九	長禄三		二月二二日 義政が花亭（花の御所）を改築し、ここに移る 九月一〇日 鴨川洪水	この頃まで、草根集、月草成る	五月九日 正徹 79 同二一日 三条公冬 69 九月一七日 中山定親 59
一四六〇	寛正元		一〇月二一日 幕府により足利成氏追討令 飢饉起こる		一月二八日 三条西公保 63 五月二七日 斎藤利永 70？
一四六一	寛正二		二月 後花園天皇、義政の贅沢を戒める 大飢饉起こる、京都で死者多数		
一四六二	寛正三		京で土一揆、一〇月二八日 鎮圧される	この年、内裏で月次百首続歌催行される	
一四六三	寛正四		四月三日 二条持通、関白	五月 心敬、ささめごと 一〇月二日 寛正歌合 心敬、寛正百首	八月二一日 畠山義忠 74
一四六四	寛正五	後土御門	七月一九日 後土御門天皇即位、後花園院による院政開始 一一月一三日 畠山政長が管領となる 一二月二日 義政の後継となるため弟義視が還俗	五月 心敬、ささめごとを改訂 一二月 仙洞三席御会詩歌催行される	
一四六五	寛正六		一月一〇日 延暦寺衆徒が本願寺を襲撃 一一月二三日 義政の子義尚誕生	二月二二日 飛鳥井雅親に第二十二代勅撰和歌集の院宣下る（実現せず） 一一月二七日 内裏両席御会 一二月 伏見宮貞常親王、六十番歌合を催行	九月三日 大内教弘 46

一般事項	西暦	年号	天皇	和歌関連事項	没年など
九月五日 義政、義視を殺害しようとし、義視は細川勝元のもとへ逃れる 九月六日 文正の政変、伊勢貞親・斯波義敏らが出奔	一四六六	文正元	後土御門	一月 足利義政、山名持豊・細川勝元それぞれの邸で発句を与える 二月 文正百首を詠進の命下る 心敬、三月に所々返答第一状を書き、四月に心玉集 一〇月 宗祇、長六文	
五月二六日 義視の後見人細川勝元(東軍)が義尚を推す 山名持豊を攻撃(西軍) 応仁の乱勃発 京、戦火に	一四六七	応仁元		一月一六日 例年行われていた踏歌節会、騒乱により停止 六月 戦乱によって飛鳥井邸におかれた和歌所焼失、前年の百首歌など燃える これにより第二十二代勅撰和歌集の計画途絶える この年多くの僧が戦乱を避け地方へ逃れる	九月三日 三条実雅 59
八月一九日 一条兼良など公卿ら、戦乱を避けるため奈良に移る 一一月一三日 義視、義政との対立により西軍に移る	一四六八	応仁二		前年から 東山殿御時度々御会歌 四月 心敬、ひとりごと 八月一九日 一条兼良、避難先の奈良で南都百首 一〇月二二日 宗祇、白河の関で百韻連歌	一〇月二日 義賢 70 同七日 細川持賢 66
七月一〇日 兵火、清水寺や建仁寺に及ぶ	一四六九	文明元		三月 応仁三年三月百首 五月 飛鳥井雅親ら、比叡山で百首続歌 一二月 後花園院、一条兼良に和歌を与えて帰京を促す この年 為広詠草	一一月二二日 町資広 80
三月八日 小倉宮の王子を奉じる南朝方が挙兵 六月一四日 兵火、下賀茂神社などに及ぶ 一一月二七日 後花園院崩御 52	一四七〇	文明二		一月一〇日から一二日 河越で河越千句が興行される 二月 雑秘抄 東常縁、新古今集聞書を著す	
六月二四日 足利成氏、古河を追われる 八月二六日 小倉宮の王子が西軍に擁立される	一四七一	文明三		五月九日 心敬百首 八月一一日 崇徳院奉納千句連歌が行われる 一〇月 厳宝准后集成る 一一月二五日 内裏で二十首続歌、義政が参会する	五月八日 東氏教
春 足利成氏が古河城を奪回 一一月一五日 山名持豊が和議を持ちかけるが、成らず	一四七二	文明四		五月二八日 飛鳥井雅康邸で玉津島社法楽当座歌会 八月一三日 後土御門天皇、自作和歌を甘露寺親長に編纂させる 一二月 美濃千句興行される この年から 和歌・連歌の会が活発になる	
六月二五日 一条兼良出家 一二月一九日 義政、義尚に将軍職を譲る	一四七三	文明五		五月 兼良、藤河の記 一一月 按察使親長卿家歌合 この年、内々に宮中月次歌会 秋、正広日記	三月一八日 山名持豊 70 五月一一日 細川勝元 44
三月三日 義政が小川殿に移る 四月三日 山名政豊と細川政元が和睦	一四七四	文明六		二月 萱草 五月二七日 内裏十六観御続歌(散逸) 太田道灌らが江戸歌合	七月三日 貞常親王 50
一月一日 四方拝復活、応仁二年以来	一四七五	文明七		秋、公武歌合 七月七日 一条兼良、奈良で七夕百首歌会 この年、正広詠歌、歌林良材集成る	四月一六日 心敬 70
五月一三日 九条政基が関白となる 九月一二日 桜島大噴火 一一月一四日 後土御門天皇、室町第焼失により北小路第に移る	一四七六	文明八		三月 甘露寺親長らに勅撰佳句を部類する命下る 七月 竹林抄 この頃太田道灌の花月百首が詠まれる 一二月 承顕、三帖名寄略頌歌成る	三月二〇日 専順 66
一一月一一日 西軍諸将帰国、応仁の乱終息	一四七七	文明九		七月七日 七首歌合 この年、五月七日の大神宮法楽百首など、社寺への和歌奉納が多く行われる この年 紅塵灰集	
一月五日 足利成氏が上杉顕定らと講和	一四七八	文明一〇		二月三日 内裏で北野社法楽続歌 九月二日 歌合 九月尽歌合 この年から文明一三年頃まで 勅撰和歌集の組織的書写が続く(文明補充本)	九月二七日 飯尾為信 45

一四七九	文明一一	後土御門	二月三〇日 近衛政家、関白 閏九月一八日 一条兼良帰京 一二月七日 後土御門天皇が土御門内裏に還御 ▼スペイン王国統一	三月 宗祇、老のすさみ 四月二六日 崇徳院法楽百首 六月三日 御霊社法楽和歌 九月一七日 宮御方月次歌会	五月一日 広橋兼顕 31
一四八〇	文明一二		▼モスクワ大公国独立	八月一二日 庚申和漢連句会	二月二一日 斉藤妙椿 70
一四八一	文明一三		一月六日 義政、小川第から長谷へ移り閉居	正式に宮中月次歌会が復活 この年から 義尚の常徳院殿御詠草が詠まれる 一一月二〇日 三十番歌合 この年 文明易然集	四月二日 一条兼良 80 一一月二一日 一休宗純 88
一四八二	文明一四		二月四日 義政が東山山荘造営開始 一一月二七日 義政と成氏が和睦	六月一〇日 将軍家歌合 八月 将軍家千首 一二月 後花園院十三回忌結縁経和歌	一二月一七日 烏丸資任 66
一四八三	文明一五		二月二四日 鷹司政平が関白となる 六月一九日 義尚が母日野富子と不和となり、伊勢貞宗邸へ移る 六月二七日 義政、東山山荘に移る	一月 義政自歌合 一月一三日 詩歌合 二月一日 義尚、和歌集編纂を企て自ら打聞に乗り出す 九月二日 将軍家百首 一〇月までに 義尚が新百人一首をまとめる	一二月一九日 三条実量 69
一四八四	文明一六		六月 義尚、小川第へ帰る	万葉集宗祇注 自讃歌註 古今集宗祇略抄 六月 義尚が大神宮奉納百首を奉納 八月七日 五首題和歌	このころ 東常縁
一四八五	文明一七		▼イギリス、薔薇戦争終結	三月八日 義尚により水無瀬法楽三十首 五月二五日 水無瀬御影堂奉納五十首 七月宮中で七夕和歌会 この年以前に、地下歌合	一一月二八日 杉原宗伊 68
一四八六	文明一八		七月二六日 太田道灌、上杉定正に殺害される	聖護院道興が廻国雑記の旅に出る 春 太田道灌、隅田川に船を浮かべて詩歌会 一月一二日 神道百首 三月一六日 殿中十五番歌合	七月二六日 太田道灌 55
一四八七	長享元		二月九日 九条政忠が関白となる 九月一二日 長享・延徳の乱 義尚が六角高頼討伐のため近江に出陣	二月 石山寺奉納源氏巻題和歌 七月二九日 諏訪貞通により諏訪社法楽五十首 一一月二五日 竹内僧正家句題和歌、成る 閏一一月二八日 江州御陣三十首和歌	
一四八八	長享二		六月九日 加賀一向一揆 八月二八日 一条冬良が関白となる ▼ポルトガル人のバルトロメウ・ディアスが喜望峰に到達	一月二一日 水無瀬三吟 三月二八日 宗祇が北野連歌会所奉行となる 七月八日 北白川亭和歌	六月二九日 海住山高清 54 一〇月一九日 近衛房嗣 87
一四八九	延徳元		三月二六日 義尚、陣中で死去 四月一一日 足利義視と子の義稙上京	義尚の死により文明十五年からの和歌集編纂計画が立ち消えになる 五月 三条西実隆、宮中で万葉集を部類	三月二六日 足利義尚 25
一四九〇	延徳二		七月五日 足利義稙、将軍となる	宗長歌話 閏八月九日 新編和歌類句	一月七日 足利義政 55 一二月二二日 飛鳥井雅親 74
一四九一	延徳三		八月二七日 六角高頼討伐のため義稙が近江に出陣 北条早雲、堀越公方の茶々丸を攻め追放	三月 竹馬抄か 五月 肖柏、源氏花錦抄を著す 一一月 飛鳥井秘伝集 この年 万葉類葉抄 これ以前に 若衆短歌	一月七日 足利義視 53 四月三日 足利政知 50
一四九二	明応元		一二月一四日 義稙が近江を鎮定 この年、諸国で疫病流行 ▼コロンブスが新大陸を発見 スペインでレコンキスタ完了	五月一九日 人丸影前五十首続歌 八月 宗祇が三条西実隆に内外口伝歌共を与える 一〇月 竹内僧正鎮五十五番歌合 一〇月二六日 尭恵、古今和歌集の注釈書、古今集延五記 飛鳥井雅俊、園草、このころ	

西暦	年号	天皇	一般事項	和歌関連事項	没年など
一四九三	明応二	後土御門	二月一五日 足利義稙、畠山基元討伐のため河内に出陣 三月二八日 近衛尚通が関白となる 四月二二日 明応の政変、細川政元らが足利政知の子義高を擁立し、義稙に背く 六月二八日 義稙が京都を脱出、越中に向かう	金言和歌集、明応の政変に関する狂歌集 和歌深秘抄 四月 一条兼良十三回忌孝経和歌 同一六日 義稙の出陣のため御陣祈祷千首続歌 同二一日 近衛政家邸で人丸法楽続五十首 この頃までに 西林和歌集 この年以降か、徳大寺実淳集	この年 正広 82
一四九四	明応三		五月七日 京都・奈良で大地震 九月二一日 義稙が越中で挙兵 一二月二七日 足利義高、将軍に ▼羅貫中、三国志演義（序）	新撰菟玖波集編纂の計画がおこる 四月 和歌深秘抄	六月二二日 中院通秀 67
一四九五	明応四		八月一五日 鎌倉で大地震、津波 九月 北条早雲が大森藤頼を破り、小田原城を得る ▼レオナルド・ダ・ヴィンチ 最後の晩餐の制作を開始	狂歌独吟歌合 六月 一条冬良・宗祇らにより新撰菟玖波集完成 一二月 長門住吉法楽百首を勧進、翌年三月奉納 これ以後 兼載雑談	六月二日 飛鳥井雅種 17 九月一八日 大内政弘 50
一四九六	明応五		五月二〇日 日野富子死去	後土御門院御詠草	
一四九七	明応六		一月七日 足利義高、六角高頼を赦免 六月一八日 二条尚基が関白となる 一〇月二三日 一条冬良が関白となる	この頃 釣舟（歌学書） 一月二九日 兼載、後土御門天皇の連歌に点をつける	九月三〇日 足利成氏 64 一一月二〇日 冷泉為富 73
一四九八	明応七		九月二日 足利義稙が上京を計画 ▼ヴァスコ・ダ・ガマ、インド航路を発見	三月 一条冬良が春日法楽百首を勧進 七月一八日 下葉和歌集 閏一〇月一八日 内侍所法楽歌 この頃 為広卿詠	この年 尭恵 69
一四九九	明応八		一一月二二日 義稙、六角高頼の攻撃により潜伏 ▼スイス、神聖ローマ帝国から独立	いその玉藻 かりねのすさみ 宋世百首 五月三日 飛鳥井宋世、東国旅行し富士歴覧記を著す	三月二五日 蓮如 85
一五〇〇	明応九	後柏原	三月五日 大内義興の招きにより、義稙が周防へ入る 七月二八日 京都で大火 九月二八日、後土御門天皇崩御 59、一〇月二五日、後柏原天皇即位 ▼四月、カブラル、ブラジルを発見	紅塵灰集 後土御門院御詠草	八月一七日 甘露寺親長 77 一二月一二日 滋野井教国 66
一五〇一	文亀元		二月二九日 細川政元の被官赤沢宗益が大和の寺領を横領したことを訴え、興福寺が神木を動座 六月一三日 義稙が上洛を計画 六月二九日 九条尚通が関白となる 閏六月九日 大内義興追討の綸旨	古今十口抄 この年以前 雅康詠草	九月二三日 道興 72 この年以後 正般
一五〇二	文亀二		七月一八日 赤沢宗益、大和寺社領へ出兵	宗祇終焉記 一月 春日社法楽詩歌 九月二日 飛鳥井宋世、住吉法楽二十首奉納	七月三〇日 宗祇 82 この年以後 木戸孝範
一五〇三	文亀三		大干魃、飢饉	文亀三年三十六番歌合 七月 三条西実隆が宗祇一回忌五十首を勧進 一〇月 肖柏、九代抄を編出	五月二八日 山科言国 52 七月一〇日 二階堂政行 62

四月 宗長が柴屋軒を結ぶ	一五〇四	永正元	後柏原	七月 三条西実隆、宗祇三回忌和歌を勧進 同二八日 愛宕法楽和歌勧進 この年以降、政基公旅引付 この年以前、和歌大綱	一月一日 四辻春子 四月二三日 姉小路基綱 64
一一月二七日 細川政元の命により、赤沢宗益が畠山義英を攻撃	一五〇五	永正二		歌連歌之法、六家抄成る	三月一六日 小倉実澄 67 六月一九日 近衛政家 62
七月一五日 加賀・能登・越中の一向一揆が越前に及ぶ、九月一九日、一向一揆により長尾能景敗死	一五〇六	永正三		三月 蹴鞠百首 六月 勅撰名所和歌抄出 この年以降、徳大寺実淳集成る	
六月二三日 永正の錯乱、細川政元が養子の澄之に殺害される 六月二七日 赤沢宗益殺害される 八月一日 澄之、細川高国に殺害される 同七日 長尾為景が主君上杉房能を殺害 ▼新大陸がアメリカと命名される	一五〇七	永正四		一〇月 伊勢の荒木田守則の句集、神路山 この年までに 松緑集	四月八日 三条公敦 69 六月二三日 細川政元 42 この年 春芳院（冷泉持為の娘）
四月九日 細川高国挙兵、細川澄元が近江に下向 同一六日 足利義高、近江に逃れる 七月一日 足利義稙、入京し将軍に復任する	一五〇八	永正五		一月二日 狂歌合 四月以前に 武家歌合 常和集	
一〇月二六日 義稙、刺客を退け、暗殺未遂に終わる ▼エラスムス、愚神礼賛	一五〇九	永正六		三月 尭智、古今集読人不知考を著す 秋冬 宗長が関東旅行し、東路のつとを著す この頃 後妙華寺殿御詠草か	一〇月二六日 飛鳥井宋世 74 同二八日 伊勢貞宗 66 この年以降 桜井基佐
二月二九日 義稙、義高追討の令を出すが失敗に終わる 四月四日 三浦の乱 朝鮮三浦の日本人が釜山で暴動	一五一〇	永正七		四月 元長卿勧進和歌 一一月 慈元抄 兼載雑談、閑塵集	二月一日 忠富王 83 六月六日 兼載 59
八月一四日 足利義高死去 同二四日 船岡山で義稙が細川澄元の軍を破る	一五一一	永正八		二月以前 雅俊百首 六月 伊勢貞頼家集、下つふさ集成立 一二月 高国自歌合 都の富士の詠成る	二月一九日 吉田兼倶 77 八月一四日 足利義澄 32 九月一二日 細川成之 78
八月一三日 北条早雲が岡崎城を攻略、相模をほぼ獲得 一〇月七日 近衛尚通が関白となる	一五一二	永正九		二月一三日 三条西実隆、独吟百首 九月 尊海百首 為孝百首 飛州黄門百首 基綱百首和歌 道堅百首	

一般事項	西暦	年号	天皇	和歌関連事項	没年など
三月一七日 大内義興・細川高国と険悪となった義稙、近江に出奔 六月二七日 蝦夷が松前の大館城を破る ▼バルボア太平洋を発見 マキャベリ、君主論	一五一三	永正一〇	後柏原	一月一四日 春日社法楽和歌 同二〇日 実隆、道堅が名所百首和歌	三月五日 富小路俊通 70?
八月二九日 鷹司兼輔が関白となる	一五一四	永正一一		四月 雲玉和歌集	三月五日 蒲生智閑 71 同二七日 一条冬良 51
六月二二日 松前光広、蝦夷の乱を鎮圧	一五一五	永正一二		七月 宗長、越前に下向し朝倉孝景と和漢会 八月 続五明題集	
一二月二七日 足利政氏が武蔵へ移る ▼トマス・モア、ユートピア	一五一六	永正一三		この頃までに 一人三臣和歌、前大納言為広卿詠草成立か 三月以後 肖柏の歌集、春夢草	
一月一日 小朝拝等の復活、文亀以来 一〇月二二日 毛利元就、有田城で武田元繁を下す ▼ルター、九五ヶ条の論題 宗教改革へ	一五一七	永正一四		この年まで 宇津山記が記される 月村斎宗碩、月村抜句（連歌） この年以前 姉小路基綱、卑懐集	一〇月四日 中山宣親 60
三月三〇日 二条尹房が関白となる 宗教改革、スイスに及ぶ	一五一八	永正一五		閑吟集（歌謡集、編者未詳） この年以降 済継集	五月三〇日 姉小路済継 49
五月一一日 三好之長が細川尚春を殺害 一一月 細川澄元と細川高国の対立激化 ▼マゼラン、世界一周に出発	一五一九	永正一六		三月 内裏着到和歌	八月一五日 北条早雲 88
二月三日 細川澄元が細川高国の越水城を破る 五月五日 細川高国が三好之長を破り、之長切腹	一五二〇	永正一七		夏 永正日記 この頃 古今伝授聞書泰昭 品経和歌	六月一〇日 細川澄元 32

勅撰和歌集一覧（新葉和歌集含む）

名称　下命者
成立年次　撰者　巻数　歌数　備考など

・平安時代

一　古今和歌集　醍醐天皇
延喜五（九〇五）年頃　※九〇五年下命九一三～九一四年成立とも
紀友則、紀貫之、凡河内躬恒、壬生忠岑
二〇巻　一一〇〇首

二　後撰和歌集　村上天皇
天暦五（九五一）下命、九五七～九五九年成立
大中臣能宣、清原元輔、源順、紀時文、坂上望城
二〇巻　一四二五首

三　拾遺和歌集　花山院
寛弘三（一〇〇五）年頃
花山院、藤原公任ら
二〇巻　一三五一首
藤原公任撰の『拾遺抄』を増補改訂して成る

四　後拾遺和歌集　白河天皇
応徳三（一〇八六）年
藤原通俊
二〇巻　一二一八首

五　金葉和歌集　白河院
天治元（一一二四）年初奏　※四七〇首
天治二（一一二五）年再奏　※六六五首
大治元（一一二六）年頃三奏　※六五〇首
源俊頼
一〇巻　※六六五首の再奏本が世上に流布した

六　詞花和歌集　崇徳院
仁平元（一一五一）年頃
藤原顕輔
一〇巻　四一五首　※歌数は勅撰和歌集中最少

七　千載和歌集　後白河院
文治三（一一八八）年
藤原俊成
二〇巻　一二八八首

・鎌倉時代

八　新古今和歌集　後鳥羽院
元久二（一二〇五）年
源通具、藤原有家、藤原定家、藤原家隆、飛鳥井雅経、寂蓮（中途で没）※撰者たちが撰歌、部類した歌稿をもとに後鳥羽院が親撰
二〇巻　一九七八首
※成立直後から後鳥羽院の手により改変（切継と呼ばれる）が続けられ、承久の乱後には、院の配流先の隠岐で大幅な削除が行われた。隠岐本と呼ばれる。

九　新勅撰和歌集　後堀河天皇
文暦二（一二三五）年
藤原定家
二〇巻　一三七四首　※一五〇〇首を予定
※完成直前に下命者堀川院の死に逢い、後鳥羽院や順徳院らの歌の削除が命じられた

一〇　続後撰和歌集　後嵯峨院
建長三（一二五一）年
藤原為家
二〇巻　一三七一首

一一　続古今和歌集　後嵯峨院
文永二（一二六五）年
藤原為家、藤原基家、藤原行家、藤原光俊、藤原家良（中途で没）※当初は為家単独、他の四名は追加
二〇巻　一九一五首（精選本）

一二　続拾遺和歌集　亀山院
弘安元（一二七八）年
二条為氏
二〇巻　一四五九首

一三　新後撰和歌集　後宇多院
嘉元元（一三〇三）年
二条為世
二〇巻　一六〇六首（吉田兼右筆本）

一四　玉葉和歌集　伏見院
正和元（一三一二）年奏覧
京極為兼
二〇巻　二八〇〇首　※歌数は勅撰和歌集中最多

一五　続千載和歌集　後宇多院
元応二（一三二〇）年
二条為世
二〇巻　二一四三首（新編国歌大観）

一六　続後拾遺和歌集　後醍醐天皇
嘉暦元（一三二六）年　※奏覧は前年
二条為定　※二条為藤死没により為定が引継ぐ
二〇巻　一三五三首

・室町時代

一七　風雅和歌集　花園院
貞和五（一三四九）年ごろ　※貞和二（一三四六）年に披講、竟宴が行われた
光厳院
二〇巻　二二一一首

一八　新千載和歌集　後光厳天皇
※足利尊氏執奏。武家の執奏による勅撰和歌集の嚆矢
延文四（一三五九）年
二条為定
二〇巻　二三六五首

一九　新拾遺和歌集　後光厳天皇
※足利義詮執奏
貞治三（一三六四）年
二条為明　頓阿が助成　※為明没後頓阿が引継ぐ
二〇巻　一九二〇首

［准勅撰和歌集］
新葉和歌集　長慶天皇
弘和元（一三八一）年
宗良親王
二〇巻　一四二六首（内閣文庫本）
※宗良親王が推進し、一応の完成をみた後、長慶天皇が綸旨によって准勅撰とし、さらに整備の上奏覧された。南朝の君臣とそれに与する歌人の作を収める。

二〇　新後拾遺和歌集　後円融天皇
※足利義満の執奏により後円融天皇が為遠に撰集下命をしたのは、永和元（一三七五）年で、新葉和歌集に先んじる
至徳元（一三八四）年
二条為遠、二条為重　※為遠が没し、為重が引継ぐ
二〇巻　一五五四首

二一　新続古今和歌集　後花園天皇
※足利義教執奏
永享一一（一四三九）年　※その後補訂作業が続く中焼失して、文安四（一四四七）年に再奏覧
飛鳥井雅世
二〇巻　二一四四首

室町時代後期の和歌

広がる和歌 ―京から地方へ―

洛中洛外図屏風の中の南蛮人一行

応仁・文明の乱を画期として室町時代後期の社会は混迷を深めてゆく。勅撰和歌集も、この戦乱による中絶を最期にその歴史に幕を閉じる。さらに明応の政変以降は、足利将軍は武家全体への統率力を失い、その時々に有力な守護大名の庇護の下、各地を転々とするようになると、もはや室町幕府による政治体制は、実質的には有効に機能しなくなる。そして、かつて在京した守護大名たちはそれぞれ分国へと戻り、各地を武力で実効支配し統治する、いわゆる戦国時代が到来する。中央集権的国家体制から地方分権的なあり方へと、時代は転換していった。

それに伴い、朝廷は財政が逼迫して徐々に困窮の度を増してゆき、十分な朝儀を執り行うことも困難な状況に陥る。中には即位の礼を行えないまま、在位期間の大半を過ごす天皇も出てくる。しかしそのような状況下にも関わらず、和歌の営為は絶えることなく、着到和歌や法楽和歌、月次の和歌会などが定期化し、間断なく継続して行われた。また古今伝授などの和歌の秘儀化も、この時期に盛んになる。

一方、廷臣である公家たちも生活の困窮などから都を離れて、地方の所領地へと下向しそのまま在国する者が増えていった。そしてその地の支配者である大名から庇護を受け、そこでさまざまな文化的交流が行われるようになった。特に蹴鞠や連歌などが盛んに催されたが、和歌もまた、典型的な京の文化の象徴として、大名及びその被官や国人などの幅広い富裕層の人々から強く希求され、『百人一首』や『古今和歌集』、『伊勢物語』や『源氏物語』などを中心とした作品の講釈や歌会などが催された。またそれに付随して典籍の授受や書写が行われ、能筆の公家の流麗な筆跡による、古歌などをしたためた美麗な料紙の短冊や色紙などがもてはやされた。これらは、京文化の地方伝播と大衆化・一般化の一環と見ることができるであろう。

一般事項	西暦	年号	天皇	和歌関連事項	没年など
三月七日 将軍義稙、突如出奔、和泉堺を経て淡路へ 七月六日 足利義晴、管領細川高国に擁立され上洛 一二月二五日 足利義晴将軍となる	一五二一	大永元	後柏原	一月一九日 御会始 二〜一二月 内裏月次 九月九日 公宴 一二月三日 内裏三十首続歌	一一月一三日 玄清79
三月 大内義興の将、陶興房ら、安芸に尼子経久の兵と交戦(夏まで)	一五二二	大永二		一月 御会始 五月〜宗長手記著す 六月二六日 大乗院(経尋)御在京於三条西殿御会 七月八日 実隆の伊勢物語講を清原宣賢が聞書した伊勢物語惟清抄に識語を付す 七月下旬〜九月一〇日 守武千句 八月二五日 宮中月次 九月四日 内裏恋五十首会 一一月 実隆・道堅合点五十首歌 この年(一二月か)宮中春日法楽百首	四月 足利義稙58 七月二八日 勧修寺政顕71 飛鳥井頼孝 この年まで生存
四月 細川高国・大内義興、それぞれ明に使者を送り、両使、寧波で争う	一五二三	大永三		一月一九日 御会始 二〜一一月 宮中月次 三月三〜五月一三日 知仁親王(存疑)着到百首 後奈良院御百首(陽明) 五月三日 伏見宮続百首和歌(実隆点) 六月 蜷川親孝家歌合	四月一一日 飛鳥井雅俊62 九月二一日 下冷泉政為79

事項	西暦	和暦	天皇	和歌関係	没
二月一一日 武田信虎、関東管領上杉憲房と甲斐猿橋にて戦う	一五二四	大永四	後柏原	一月 御会始 三月三〇日 宮中会 五月九日 兼純張行五十首 五月～ 実隆高野山参詣記著す 九月二五日 慈鎮三百年遠忌要文和歌 一二月 後柏原天皇聖廟法楽卅首	三月二九日 四辻季経 78 八月二〇日 豊原統秋 75
四月一六日 関東管領上杉憲房逝去、跡に足利高基次子を迎える	一五二五	大永五		一月一九日 御会始 二月二二日 宮中三十首（水無瀬法楽か）同二四日 宮中月次 同二五日 宮中当座聖廟法楽廿首 同二五日～五月 聖廟法楽卅首和歌 三月二四日 寛正五年以来の三席御会を復し、前関白尚通以下参仕 同二九日 宮中当座五十首 同三〇日 宮中和歌 四月二五日 内裏月次 五月二四日 内裏月次 同三〇日 宮中三首当座会 一〇月～一一月 細川六郎稙国哀傷歌 閏一一月二四日 宮中月次歌会 この年以前 知仁親王御着到和歌、後奈良院御着到和歌	四月一六日 上杉憲房 59 八月二日 松木宗綱 81（六月とも） 一一月一七日 中御門宣胤 84 蜷川親孝か
四月一四日 今川氏親、今川仮名目録、制定 ▼インド、ムガール帝国建設	一五二六	大永六	後奈良	一月 御会始 二月二二日 宮中水無瀬法楽当座 二月二四日 内裏月次 三月一日 宮中五十首 同三日以後 宗長手記上巻 この年四月以前某年（宮中点取）続三十首和歌 この年 実隆から九条稙通へ古今伝授開始	二月一四日 宗山等貴 63 四月七日 後柏原天皇 63 六月二三日 今川氏親 54 または56 七月二三日 上冷泉為広 77 同二八日 経尋 28 または29
三月二二日 三好元長、足利義晴弟義維・細川晴元を擁し、阿波から堺へ進出	一五二七	大永七		五月四日 夢庵（肖柏）月忌始追善 六月九日 新帝御会始 同二五日 宮中聖廟法楽当座 七月七日 宮中歌会 七月二四日 宮中月次会復活 九月九日 宮中重陽会 この年 実隆から九条稙通へ古今伝授完了 この年以前 後柏原天皇、柏玉集 この年暮以降 宗長手記	四月四日 肖柏 85 八月一七日 甘露寺元長 71 一〇月二日 姉小路済俊 22
五月二八日 将軍義晴、堺方との和睦ならず近江坂本に移徙	一五二八	享禄元		一月一九日 御会始 二月二二日 宮中水無瀬法楽 同二五日 宮中聖廟法楽当座 二月 細流抄 二月～一二月 宮中月次 七月七日 内裏歌会 八月一五日 内裏当座 一〇月二三日 長橋局、実隆へ古今文字読を行なうようとの勅旨伝える 一一月一六日 実隆から後奈良天皇への古今伝授開始 この年 第一次細流抄、玄誉法師聞書（十市遠忠筆か）	一二月二〇日 大内義興 52
八月一〇日 三好元長、細川晴元と不和となり堺から阿波に帰還	一五二九	享禄二		一月一九日 御会始 三月九日 石山法楽百首和歌 同一七日 後奈良院への古今伝授、公条分終了 五月二〇日 宮中春日法楽百首 六月二五日 宮中月次 八月一八日 実隆から後奈良天皇へ切帋伝授（古今伝授完了）冬、実隆十市遠忠五十番自歌合に加判	一二月 伊勢貞仍 75

一般事項	西暦	年号	天皇	和歌関連事項	没年など
三月九日 幕府、大内義隆の要請により、遣明船の復活を許可	一五三〇	享禄三	後奈良	一月二三日 御会始 一月〜一二月 宮中月次 七月七日 宮中会 九月九日 宮中会	五月二三日 杉原孝盛 六月五日 素純 70余か 九月一二日 山科言継 45 梁盛（この年、存）
この年、加賀一向一揆、大小二派に分かれ抗争	一五三一	享禄四		一月二三日 御会始 一〜一二月 宮中月次 三月二五日 守武、宗長追善千句独吟 五月一八日 宮中当座 同二七日 宮中会 七月七日 宮中会 九月九日 宮中会	六月八日 細川高国 48 七月九日 中御門宣秀 63
▼ラブレー、ガルガンチュアとパンタグリュエルの物語	一五三二	天文元		八月一二日 宮中太神宮御法楽御当座 この年三月頃か 春日社卅首 一一月二日以前から、実隆、東素経に古今伝授 実隆にとって最後の長期に亘る古典講釈 この頃 伏見宮点取和歌 この年以降 北畠国永、年代和歌抄	三月一九日 邦高親王 77 同 宗長 85 六月二日 岩山道堅 この年以降 大谷泰昭
二月一〇日 細川晴元、堺で一向宗徒に敗れ、淡路に遁走	一五三三	天文二		この年 実隆詠源氏物語巻々和歌および十五首和資直等	四月二四日 宗碩 60 八月二四日 徳大寺実淳 89
九月三日 将軍義晴、近江より入京 ▼イエズス会設立 ヘンリ八世、首長令 イギリス国教会成立	一五三四	天文三		一月一九日 御会始 一月から 尊海、あづまみちの記著す 四月四日 肖柏追善百韻 同二五日 公条発起による（実隆八十算）続八十首和歌 閏四月〜一一月 宮中月次 七月七日 宮中会 同二五日〜二七日 宗祇卅三回忌千句催行 九月九日 宮中会 この年冬か 多武峰談山大明神御法楽和歌三吟 この年 十市遠忠百番自歌合 この頃 多胡辰敬教訓	
一二月 織田信秀、松平清康の急逝に乗じ三河を攻撃するも敗北	一五三五	天文四		この年 遠忠、百五十番自歌合 この頃、宗鑑犬筑波集編むか	八月二日 以前正韻 一二月一日 富小路資直 堯慶（松雪院号を勅許）
二月二六日 後奈良天皇即位式	一五三六	天文五	（後奈良）	二月五日 御会始 五・六・八月 宮中月次 九月四日 宮中太神宮御法楽 同九日 宮中会 閏一〇月二六日 宮中日吉社法楽百首 三条西実隆、明応九年からこの年までの日次詠草を自撰家集再昌草に収録	三月一七日 今川氏輝 24
二月一〇日 今川義元、武田信虎娘と縁組	一五三七	天文六		遠忠百番自歌合 玉吟抄 雪玉集	一〇月三日 三条西実隆 83

三条西実隆と和歌研究

三条西実隆（一四五五〜一五三七）は、室町時代末期の公家である。

彼の生きた時代は、応仁・文明の乱（一四六七〜一四七七）や明応の政変（一四九三）といった、幕府統治の時代から戦国武将の時代へとかわっていく、歴史の大きな転換期にあたる。その混乱の中で公家たちは、あるいは戦乱を避けて疎開しつつ、あるいは都に残りつつ、古典研究へと邁進していく。

中でも実隆は、帝の近侍として、叔父の甘露寺親長らと共に、禁裏本と呼ばれる文献の書写や校合を行うほか、歌詞や歌枕による勅撰集の部類和歌のデータの整理を目指したようである。

そのほかにも、『源氏物語』に注釈を加えるなどした。実隆の膨大な研究に発した三条西家の古典学は、その後、古今伝授や講義、研究書の伝播によって、戦国時代の和歌・連歌の世界に新しい息を吹き込み、さらに、江戸時代の古典研究に至るまで、大きな影響を与えつづけたのである。

彼の日記は『実隆公記』として残っており、現代でも、古典研究のみならず、歴史研究にとっても重要な文献として注目され続けている。

七月 備後守護山名氏政、大内義隆軍の攻撃により自害	一五三八	天文七	後奈良	二月 昌休独吟千句 六月二四日 宮中月次 この年 宗牧独吟百韻	八月六日 橋本公夏85
五月二二日 幕府等遣明船三艘、寧波に到る	一五三九	天文八		二月六日 御会始 三月三〇日 宮中春日社法楽当座 五～七月 宮中月次 七月七日 宮中会 九月一五日 筑後国高良法楽三十首 一〇月三日 三条西公条、逍遥院（実隆）三回忌経和歌勧進	四月一八日 陶興房 この年以降、兼純
一〇月一一日 毛利元就、詮久の包囲軍を安芸相合口・青山に破る	一五四〇	天文九		この年 遠忠三百六十首（一二年完成）、守武飛梅千句	七月一七日 四辻公青60
六月一四日 武田信虎、息春信に追放され、駿河の今川義元を頼る 七月二七日 ポルトガル船、豊後に漂着	一五四一	天文一〇		三月二五日 宮中月次 四月二五日 三条西公条と周桂により、連歌新式新案を五八〇首ほどの和歌にした新式和歌 五月七日 即心院宮百ヶ日法文和歌 同七日 後菩提院宮追善品経和歌 九月九日 宮中住吉法楽五十首 この年 続撰吟抄か この年 山科言継の詠草拾翠愚草抄か	一一月一三日 尼子経久84
八月二三日 美濃斎藤利政（道三）、守護土岐頼芸を尾張へ追放▼ザビエル、ゴア・東インド諸島にてキリスト教布教	一五四二	天文一一		二月九日 宮中太神宮法楽千首 この年 称名院殿句題御百首、実世大聖歓喜天法楽百首（広本三光院集）	
八月二五日 ポルトガル商船、種子島に漂着、鉄砲を伝える▼コペルニクス 天体の回転について	一五四三	天文一二		卿内侍集成るか 遠忠三百六十首和歌	二月一八日 下冷泉為孝69 六月三〇日 五条為学72 一一月四日 尊海72 この年 卿内侍61
一一月 安芸小早川興景戦死、後嗣に毛利元就息隆景	一五四四	天文一三		この年 実澄千首 この年から 宗牧、宗養の東国紀行 木戸正吉、和歌会式を記す	二月九日 周桂75 四月二六日 経厚69 八月二六日 近衛尚通73
九月二〇日 松平広忠、三河安祥城を攻める 織田信秀、来援し広忠を破る	一五四五	天文一四		三月七日 宗牧江戸着、間もなく東国紀行か この年 永閑の源氏物語注釈 万水一露（初稿本）成るか（天正三年説も有り）	三月一六日 十市遠忠49 四月九日 徳大寺実通33 七月一二日 畠山義総55 九月二二日 宗牧

戦国大名と和歌・連歌

大河ドラマなどで登場する戦国大名は、いつも腕を磨いて戦をしているか、そうでなければ権力争いや領民統治、公共事業など、政治家として活動している印象が強い。しかし武力・権力だけでは、当時の大名は務まらなかった。

なぜならば、それまでの政治の中心である朝廷では、あらゆる場面で漢詩や和歌によって交流してきたからである。とはいえ、上手な和歌を詠むためには、下地となる知識が必要であった。全国の戦国大名たちは、こぞって古今伝授を受け、勅撰和歌集だけでなく、『伊勢物語』や『源氏物語』などの古典を読み、和歌を詠めるだけの教養をつけようと努力した。あるいは文化人―歌道家の人物や連歌師と交流し、古今伝授を受けたり、彼らを招いて歌会や連歌会を開いたりした。

これらの会は、参会者によって、横のつながりである同盟関係の強化や、縦のつながりである家臣団との一体感を強める目的があった。沢山の人々が集まるためには、板敷きの床にひとりずつ座を敷いていたのでは間に合わないため、座を敷き詰めた畳の間、「座敷」ができあがった。あまり知られていない、勇猛果敢な印象のある戦国武将の一面である。

一般事項	西暦	年号	天皇	和歌関連事項	没年など
四月二〇日 北条氏康、川越城に来援、上杉憲政・足利晴氏の軍を破る 一二月二〇日 足利義藤将軍となる	一五四六	天文一五	後奈良	一月一九日 御会始 この年むさし野の紀行（北条氏康著か） 実澄公紀行 島津忠良日新斎いろは歌成る	この年以降 大館尚氏
六月 武田晴信（信玄）制定の、信玄家法（廿六か条本）成る	一五四七	天文一六		七月七日 内裏会　今川家中歌合	
一二月三〇日 長尾景虎（謙信）家督を継承、越後春日山城に入る	一五四八	天文一七		この年 上冷泉為和、為和集か	三月二二日 朝倉孝景 56 一二月三〇日 甘露寺伊長 65
三月六日 松平広忠を家臣が殺害 七月三日 イエズス会宣教師フランシスコ・ザビエル鹿児島に来訪	一五四九	天文一八		経乗百首、西本願寺本三十六人集、後奈良天皇より証如に下賜される	六月二三日 潤甫周玉 46 七月一〇日 上冷泉為和 64 八月八日 荒木田守武 77 一〇月二七日 経乗 39
九月一五日 大内義隆臣陶隆房、義隆襲撃を企てるも露顕、周防に逃れる	一五五〇	天文一九		一月二五日 御会始 五月四日 足利義晴追悼記 七月 昌休源氏注釈休聞抄著す この年以前 船橋宣賢環翠軒抄出 詞源略注 宗訊 千種抄 新古今注成るか	五月四日 足利義晴 40 七月一二日 清原宣賢 76 九月一五日 大内義隆 45 同一三日 尊鎮 47
三月三日 織田信秀逝去、信長、家督を継承（一説） 九月一日 大内義隆、臣下陶隆房の急襲を受け、長門大寧寺にて自害	一五五一	天文二〇		三月一六日 宮中当座 同二二日 六角義実武備百人一首編む 同三〇日 竹園（伏見宮）当座（題者雅俊） 四月一〇日 伏見宮当座会 同二七日 伏見宮当座会 五月一〇日 宮中長谷寺法楽当座会（夢想）	八月二九日 二条尹房 56 九月一日 大内義隆 45 この年 宗訊 69
一月一〇日 上杉憲政、北条氏康に上野平井城を追われ越後の長尾景虎を頼る	一五五二	天文二一		この年 等貴和尚詠草	一一月五日 昌休 43
二月二六日 今川義元、仮名目録追加	一五五三	天文二二		二月二七日 興福寺東門院歌会 四月一六日 三条西家着到和歌 一〇月二三日 宮中太神宮法楽百首 この年以降 等貴和尚詠草	永閑 この年までは生存 この頃 寿慶 80か
二月一二日 足利義藤、義輝に改名 一一月七日 北条氏康、下総古河城を陥落、足利晴氏・藤氏を相模波多野に幽閉	一五五四	天文二三		この年七月二五日以降、三条西公条 三塔巡礼記を著す	二月一日 一条兼冬 26 六月一六日 細川元常 73
一〇月一日 毛利元就父子、前夜より船で安芸厳島の陶晴賢（隆房より改）を急襲、晴賢敗走、自害（厳島の戦）	一五五五	弘治元		一月一九日 御会始 四月二五日 今伊勢社奉納百首 八月一五日～一九日 三条西公条ら石山四吟千句を詠む	一〇月二九日 武野紹鷗 54 閏一〇月一〇日 太原崇孚 60
四月一八日 斎藤道三、息義竜と戦い敗死	一五五六	弘治二		四月二五日 稙通の勧進による三条西公条七十賀歌	一〇月三〇日 一条房通 48

事項	西暦	和暦	天皇	文学	没年
三月二日 大内義長（晴英より改）、長門勝山城にて毛利元就に攻められ自害し、大内氏滅亡 元就防長二国を入手 一〇月二七日 正親町天皇即位	一五五七	弘治三	正親町	後奈良院御集 一〇月 新古今和歌集抄出聞書	九月五日 後奈良天皇 62 素経 この頃活躍 これ以降 木戸正吉
一一月二七日 義輝、六角義賢の仲介にて三好長慶と和睦し入京 ▼エリザベス一世即位（在位一六〇三迄）	一五五八	永禄元		三月一六日 大乗院会 七月一八日 毛利元就、厳島に毛利万句奉納	
三月織田信長、上洛するも突如下向	一五五九	永禄二		一月一九日 新帝御会始 三月六日 西洞院時秀（後の時当）時秀卿聞書 五月信玄百首 この年 林宗二の源氏物語注釈林逸抄 射儀指南之歌	
三月織田信長、尾張田楽狭間に今川義元を破る（桶狭間の戦い）	一五六〇	永禄三		六月二七日 三条西公条、正親町天皇へ古今伝授開始 一一月一一日 九条稙通張行源氏物語竟宴和歌 この年 中山親綱百首等 四季分類歌集 これ以前未来記 雨中吟聞書	五月一九日 今川義元 42 九月一二日 雅業王 73
閏三月一六日以前 景虎、上杉憲政より関東管領を継受し上杉政虎（後に輝虎）と改名 九月一〇日 武田信玄と上杉謙信による四度目の川中島の戦い（初戦は天文二二年）	一五六一	永禄四		四月二二日 三条西公条、正親町天皇への古今伝授完了 この年 称名院合点月次会和歌	
一月織田信長、清洲城にて松平元康と同盟	一五六二	永禄五		七月 相玉長伝、心珠詠草を自撰 八月二一日 朝倉義景、曲水宴を催行し一乗谷曲水宴詩歌	二月五日 多胡辰敬 73
七月六日 松平元康、今川氏真と断絶、家康と改名	一五六三	永禄六		八月一五日 石山本願寺の兼俊ら八月十五夜三首歌合催行 同二三日 朝倉義景、秋十五番歌合催行 一二月一四日～一八日 紹巴、称名院追善千句独吟 為純百首	三月二六日 邦輔親王 51 一一月一八日 宗養 38 一二月二日 三条西公条 77
二月二八日 松平家康、三河一向一揆を鎮圧	一五六四	永禄七		七月 百人一首聞書	五月九日 安宅冬康 39 七月四日 三好長慶 43 相玉長伝 この年まで生存
五月一九日 三好義輝・松永久通、将軍足利義輝を室町第に討つ	一五六五	永禄八		七月二三日 東素山消息 この年秋 稙家が紹巴に古今伝授 この年 光源院（足利義輝）贈左府追善三十一字和歌	五月一九日 足利義輝 30 六月一九日 伊達稙宗 78 九月 中院通為 49
一一月一九日毛利元就 尼子義久の出雲富田城を攻落 尼子氏滅亡	一五六六	永禄九			四月一九日 西洞院時当 36 七月一〇日 近衞稙家 64
八月一五日 織田信長、美濃稲葉山城の斎藤竜興を追い、ここに本拠を置く斎藤氏滅亡	一五六七	永禄一〇		この年 紹巴富士見道記、古今血脈抄	一月一二日 義俊 64 八月一五日 広橋兼秀 62 一一月六日 飛鳥井雅綱 79
二月八日 足利義栄将軍となる 九月二六日 信長、義昭を奉じ入京 一〇月一八日 足利義昭将軍となる ※この年から安土桃山説あり	一五六八	永禄一一		この年 飛鳥井家歌道秘伝書	四月一五日 貞康親王 22 一二月一三日 島津忠良 77

西暦	年号	天皇	一般事項	和歌関連事項	没年など
一五六九	永禄一二	正親町	一月九日 信長入京し、三好三人衆に合力する堺町民、信長の威嚇を受け、矢銭二万貫を上納	この年 時慶集 この年以後 三条大納言聞書	一一月 蜷川親俊 70?
一五七〇	元亀元		六月二八日 信長・徳川家康、近江姉川にて浅井長政・朝倉景健を破る（姉川の戦い）九月一二日 石山本願寺衆、信長陣を夜襲（石山合戦勃発）	冬 塚原卜伝、卜伝百首か	八月二三日 冷泉為益 54（55とも） この年 顕誓 72 同 覚澄
一五七一	元亀二		九月一二日 信長、朝倉への加担を難じ延暦寺を悉く焼き討ち、再興も禁圧 ▼レパントの海戦	一〇月中旬 大庭賢兼（宗分）、宗分歌集	三月一日 道増 64 同 塚原卜伝（一一月とも） 六月一四日 毛利元就 75 一〇月 北条氏康 57
一五七二	元亀三		一二月二二日 信玄、家康と信長援軍を遠江三方原に破る ▼サン・バルテルミーの虐殺	この年 国永百首、道澄百首（二年説も）、実澄、細川藤孝（幽斎）に古今伝授開始 この頃 点取卅首和歌（覚恕催行か）、守武神主筆和歌 この年以降、三条大納言殿聞書 元就卿詠草	七月二五日 貞敦親王 85
一五七三	天正元		七月一八日 信長、山城槙島城を攻落同城から追放した将軍義昭を羽柴秀吉の警固で河内若江城へ護送（室町幕府滅亡）	九条稙通、嵯峨記（翌年春迄） 曼殊院覚恕詠草	一月一〇日 吉田兼右 58 四月一二日 武田信玄 53 六月九日 万里小路惟房 61 八月二〇日 朝倉義景 41 この年 葛山氏元 54
一五七四	天正二		三月一九日 羽柴秀吉、近江長浜に築城し、同日、領地百姓の条規制定 九月一九日 信長、長島の一向一揆平定	玄旨公三百首和歌 これ以前、守武神主筆和歌、言継御集	一月三日 覚恕 60 三月五日 武田信虎 77
一五七五	天正三		五月二一日 信長、三河長篠で鉄砲軍により武田勝頼軍を撃破（長篠の戦い）八月一七日 信長、京都所司代村井貞勝に、越前一向一揆平定の報告	二月二〇日～七月二〇日 島津家久上京、中書家久公御上京日記 六月一七日 三条西実枝、細川幽斎に古今和歌集の切紙伝授 七月二八日 続百首倭哥 淀神明法楽当座（実枝主催行か）九月二九日 熱田社奉納百首（実枝主催か） 同三〇日 九条稙通嵯峨記著す この年九月までに 一色直朝、桂林集 一二月二日 公条十三回忌品経和歌 実枝勧進か この年 氏真詠草 正親町院御百首	この年 正月 紹胤
一五七六	天正四		二月二三日 信長安土城を築き入城、次いで天守閣着工 四月一四日 信長再び反抗の本願寺顕如に出兵 六月五日 石山本願寺包囲完了	一〇月一一日 三条西実枝、細川幽斎への古今伝授完了 この年 近衛前久が島津義久へ古今伝授 五月以降 一色直朝、桂林集注 伝心抄成る	
一五七七	天正五		二月一三日 信長、紀伊雑賀の一向一揆退治に出陣 六月信長、安土城下を楽市とする	三月一八日 三条大納言点三首題和歌（誠仁御所か）六、七月 百五十首（誠仁御所か）四～一一月の間 誠仁親王家五十首 氏真百首 正親町院三十首	

三月一三日 上杉謙信、出陣準備中、病により急逝	一五七八	天正六	正親町	一〇月八日 五十首和歌 これ以降、雅敦詠草	一月二〇日 正親町三条公兄 85 三月一三日 上杉謙信 49 同三〇日 柳原資定 84 四月一日 下冷泉為純 49 八月七日 飛鳥井雅敦 31 一一月二三日 高倉永家 83
五月一一日 信長、安土城天守閣に登る	一五七九	天正七		六月一九日 細川藤孝（幽斎）が三条西公国に古今伝授開始	一月二四日 三条西実枝 69 三月二日 山科言継 73
三月-閏三月 勅により、信長、本願寺顕如と講和し、誓紙を交わす（本願寺の屈服）	一五八〇	天正八		この秋年か 天正内裏歌合	
八月、信長、勅命に応じない高野聖・高野出身者千三百人余を斬殺 次いで、出兵して高野山を包囲	一五八一	天正九		上井覚兼、伊勢守心得書を著す	七月一一日 林宗二 84
三月一一日 武田勝頼、先鋒滝川一益勢に追われ、甲斐田野で自害（天目山の戦い） 武田氏滅亡 六月二日 明智光秀、本能寺にて織田信長、二条城にて織田信忠を急襲、自害させる（本能寺の変） 六月一三日 秀吉、明智光秀を討つ（山崎の合戦） 同二七日 羽柴秀吉・柴田勝家ら宿将、尾張清洲城に会し、織田信忠嫡男三法師（秀信）を天下の主君に定む（清洲会議）	一五八二	天正一〇		この年 近衛前久、贈太政大臣信長公をいためる辞、由己総見院殿追善記	三月一一日 武田勝頼 37 八月 明融
四月二一日 秀吉、賤ヶ岳に柴田勝家を破る 同二四日 柴田勝家越前北荘城にて自害 九月一日 大坂城の普請開始	一五八三	天正一一		九月九日 内裏会 この年 尊朝詠草、三吟百韻（幽斎分年時不明、紹巴・昌叱分この年冬）	四月二四日 柴田勝家 62 この年 実悟（浄土真宗）92
四月九日 家康、秀吉の兵を尾張長久手に破り、小牧に布陣（小牧・長久手の戦い） 一一月一七日 秀吉、織田信雄との和睦成立近江坂本到着	一五八四	天正一二		五月二四日 明智光秀、愛宕百韻張行 この年 稙通、長源院をいためること葉この年分まで残存 伊勢の北畠国永編、年代和歌抄	この年 北畠国永 78か
三月二五日 秀吉、小早川隆景への書状にて、紀伊根来・雑賀一揆平定の報告（紀伊平定） 七月一一日 内大臣羽柴秀吉、任関白、藤原姓とする 同二五日 長宗我部元親、四国攻めの羽柴秀長に降伏（四国平定） 八月二九日 越中佐々成政、秀吉に降伏	一五八五	天正一三		為仲卿御詠草 伊東義祐、日向記	六月一七日 五辻為仲 56 八月五日 伊東義祐 74

一般事項	西暦	年号	天皇	和歌関連事項	没年など
一一月七日 正親町天皇、後陽成天皇に譲位 一二月一九日 秀吉、任太政大臣 この頃、秀吉、豊臣姓となる	一五八六	天正一四	後陽成	八月下旬 細川幽斎、詠歌大概抄編集 この年 通勝着到百首	七月二四日 誠仁親王 35
五月八日 島津義久、秀吉に降伏(九州平定) 六月一九日 秀吉、キリスト教宣教師の国外退去を命令(バテレン追放令)	一五八七	天正一五		三月一八日 秀吉、厳島明神奉納歌 同二六日 秀吉、長門赤間宮奉納和歌 七月二三日 細川幽斎、九州より難波に帰還、九州道の記著す この年楠長諳、九州下向記、島津義久上洛記	六月五日 島津家久 41 一二月九日 三条西公国 32
七月八日 秀吉、諸国に刀狩令・海賊取締令発布 ▼イギリス、スペイン無敵艦隊を撃破	一五八八	天正一六		一月二〇日 御会始 一月二五日 聚楽第歌会 四月一六日 聚楽第行幸和歌 五月 大村由己、聚楽行幸記著す 八月三日 伝小笠原持長持長軍歌一〇六首 同一五日 聚楽第観月歌会 一一月二八日 細川幽斎、中院通勝へ古今伝授開始 この年 島津義弘、海行記、細川幽斎から島津義久へ古今伝授開始	五月一九日 徳大寺公維 52
▼フランスにブルボン王朝興る	一五八九	天正一七		この年分から慶長七年分まで 西洞院時慶、時慶集自筆本存す 雄長老狂歌百首 四月 龍山公鷹百首 古今若衆序	六月一二日 上井覚兼 45 九月二五日 蜂屋頼隆 56 この年 北条長綱 97?
七月五日 小田原の北条氏直、秀吉派遣の徳川軍に降伏申し入れ自身の命と引き替えに城兵の助命を乞う 同一一日 秀吉の命により北条氏政らは自害、氏親は高野山に追放 八月九日 秀吉、豊臣秀次に奥州検地の監督をさせる(秀吉の全国統一)	一五九〇	天正一八		一月一二日 玄旨主催詩歌 六月一一日 通勝一夜百首 七月七日 宮中会 この年 恵空百首、家集也足百首 この年、細川幽斎、東国陣道記著す 木下勝俊(長嘯子)、あづまみちの記 秋 細川忠興(三斎様御筆狂歌	七月一一日 北条氏政 53
一〇月一〇日 これより先、秀吉、朝鮮出兵を決定し、肥前名護屋に築城開始 一二月二八日以前、秀吉、関白辞し、秀次関白となる 千利休、蟄居	一五九一	天正一九		一月一九日 御会始 七月一日 冷泉為満が徳川家康に古今伝授 一〇月六日 宮中一夜百首 この年 唐崎松記 この頃 逍遥軒和歌 幽斎、六部抄成るか 木食応其百首、九条稙通評点 一色直朝、月庵醒酔記成るか 大村由己、梅庵古筆伝成るか	一月二二日 豊臣秀長 51 二月二八日 千利休 71
三月一二日 小西行長ら第一陣、秀吉の命で朝鮮へ進発のため名護屋を出港 ▼朝鮮、秀吉の侵略軍と交戦、明、援軍を送る(文禄の役)	一五九二	文禄元		一月二六日 聚楽第行幸和歌 一月末 木下長嘯子、九州のみちの記著すか 一二月二五日 長寿院内府九十賀和歌 この年 玄旨詠草、豊臣秀吉、九州下向記、蒲生氏郷紀行 この年前後 狂歌説話、遠近草成るか	一一月四日 北条氏直 31 同二四日 本願寺顕如(光佐) 50
一月五日 正親町上皇崩御 77 六月二八日 秀吉、明に対し和平条件七ヶ条を呈示し、これに小西行長らが明使に説くべき四ヶ条を添付	一五九三	文禄二		この年 後陽成院御着到、中山慶親百首、水無瀬兼成百首 この年以後 細川幽斎長歌か	

事項	西暦	和暦	天皇	文学	没年
秋、伏見城完成し、秀吉これに移徙	一五九四	文禄三	後陽成	二月二九日 秀吉、吉野花見歌会催行 秀吉催行の最大の歌会 六月二七日 木戸元斎、師説撰歌和歌集 八月三日 板部岡(のち岡野)江雪、江雪詠草 同月 後陽成院御歌合 この年、聖護院門跡道澄、政春卿をいためる辞著す	一月五日 九条稙通 88 同一二日 飛鳥井雅春 75 二月一日 勧修寺尹豊 92
七月八日 秀吉、豊臣秀次を高野山に放逐 同一五日 秀次、秀吉の命により自害	一五九五	文禄四		一一月 荒木田守平、二根集成る	七月一五日 豊臣秀次 28 八月一三日 四辻公遠 56 一一月二四日 樺山玄佐 83
八月二九日 秀吉、大坂着の朝鮮通信使を遇さず 九月一日 秀吉、明使楊方亨らを引見 同二日 明使楊方亨らの饗応の席で、自ら呈示した七ヶ条が受容されず、明が日本に降伏したのではないことを知り、再度の出兵を決定	一五九六	慶長元		一月二五日 宮中百首 一二月 細川幽斎、百人一首抄著す この年 後陽成院五日百首、前久千首(一部)、夢想記(幽斎)、実条公雑記 細川幽斎聞書	一月一一日 楠長諳 77 五月七日 大村由己 61か
一月一四日 加藤清正、釜山西に兵を進め、朝鮮の将に対し秀吉の命による再征を通告(慶長の役)	一五九七	慶長二		名所之抜書(方輿勝覧集、初稿本)成る	一月二〇日 荒木田守平 73 二月一三日 尊朝親王 46 八月二八日 足利義昭 60 一一月一四日 一色直朝
八月一八日 豊臣秀吉逝去 ▼ナントの勅令 ユグノー戦争終結	一五九八	慶長三		三月一五日 石田三成九州下向記(是斎重鑑覚書) 同日 秀吉醍醐花見催行、醍醐花見和歌 八月四日 この日から慶長七年一二月末日まで、烏丸光弘、細川幽斎の講を聞書し、耳底記を著す	六月一七日 庭田重通 52 八月一八日 豊臣秀吉 62 一一月二八日 中山親綱 58
四月一七日 後陽成天皇、秀吉廟に豊国大明神と諡号	一五九九	慶長四		この年 智仁親王ら禁裏御点取	閏三月三日 前田利家 62 五月一九日 長宗我部元親 61
九月一五日 関ヶ原の戦い	一六〇〇	慶長五		一月一六日 御会始 同二五日 宮中夢想当座 二月二二日 宮中水無瀬法楽廿首 二月～一二月 宮中月次 三月一九日 細川幽斎、智仁親王への古今伝授開始 同二五日 石清水法楽百首 六月二五日 宮中聖廟法楽歌会 七月七日 宮中七夕会 九月九日 宮中重陽会 一〇月二〇日 宮中当座会	
八月 板倉勝重を京都所司代とする	一六〇一	慶長六		一月一九日 御会始 二月二二日 宮中水無瀬法楽歌会 同二五日 宮中北野法楽歌会 二月～七月(有欠月) 宮中月次 六月二五日 宮中北野法楽当座会 七月七日 宮中七夕会 九月九日 重陽会 柳生宗厳、兵法道歌	
五月一日 家康参内、諸大名に命じ二条城修築	一六〇二	慶長七		二月二七日 直江兼続、亀岡文殊堂詩歌催行 一〇月 出雲寺八所御霊社鐘楼造立歌会 この年 北野信尹法楽百首	四月一二日 里村紹巴 78か 九月六日 水無瀬兼成 89 同一六日 雄長老 56

後水尾天皇画像（部分）（泉涌寺蔵）
＊霞会館編『寛永の華後水尾帝と東福門院和子』（一九九六）より転載

十七世紀／堂上の時代

この時期、和歌はどこまでも堂上のものであった。堂上（とうしょう）とは、天皇および公家の謂い。中世末期の後陽成院歌壇に続いた後水尾院歌壇がまず隆盛を極めた。細川幽斎の古今伝受は、八条宮智仁（としひと）親王を経由して後水尾天皇へとわたり、御所伝受として特殊な歌学が始まると、後水尾天皇はさらに「禁中御学問講」を発して、和歌・連歌ほか諸芸のいっそうの奨励を図った。上質な写本の蔵儲に富んだ禁裏文庫の充実は、まさに目を瞠るものがある。後水尾院の古今伝受を受けた飛鳥井雅章・烏丸資慶らの公家は、切磋琢磨して宮廷歌壇を強力に推進、厖大な御会和歌は、従来のように「二条派風の平淡な歌風」なる評価で十把一絡げにできるほど単純ではなく、彼らの研鑽と洗練を示すとともに、地下の人びとの生きた教材ともなった。ついで霊元院歌壇では、伝受の第一段階に「てにをは伝受」が加えられるなど御所伝受が形式的に整備され、中院通茂・清水谷実業・武者小路実陰らが歌道精進を重ねた。冷泉為綱・為久父子によって名門冷泉家が復活の緒を得たことも特記せねばならない。こうして元禄前後の宮廷歌壇は、後水尾院時代に劣らぬ隆盛を見せたのであった。

他方、幽斎の歌学は松永貞徳へと伝えられ、地下（じげ）にも二条家流が着実に伝播した。北村季吟・加藤磐斎は貞徳の注釈学を、望月長孝は歌学を継ぎ、長孝の一派はその後、平間長雅・有賀長伯へと引き継がれた。それとは別に二派（香川宣阿／河瀬菅雄）があり、彼ら上方地下の三派は互いに牽制し合いながら、やがて江戸中期に入る頃にはそれぞれ地方にたくさんの門人を抱えて、歌人人口の増大に大きく寄与した。山本西武・金勝慶安・岡西惟中など、貞門や談林の俳諧師の多くが歌俳兼学であったことにも改めて注意しておかねばならない。また、伊藤仁斎・東涯の古義堂門にも和歌をする者があった。儒医の歌学研鑽、含翠堂や懐徳堂の歌学和学修練などとともに、今後詳密に検討されねばならないと思う。

以上は京都の事情だが、大坂では、下河辺長流・契沖が出て、『万葉集』を始めとする古典学に新風を持ち込んだ。

また江戸では、木下長嘯子門の山本春正・岡本宗好のほか、清水宗川・戸田茂睡・原安適ら注意すべき歌人も多く、芭蕉や林家・水戸家の存在も射程に入れた、大きな視座のもとに江戸歌壇を考える必要がある。さらに各地の武家も、好学の大名のもとに歌事に遊んだ。参勤交代による江戸藩邸詰めが種々の情報交換に貢献し、歌書（主に写本）の伝写・伝流の要ともなったことは大いに注目すべきだろう。三都のみならず、地下歌人を介在させて地方にも着実に二条家流が伝播していったことにも留意したい。

なお堂上の禁裏文庫（写本）に対して、地下では歌書刊本（整版）が広く浸透したことも重要な事実として認識しておかねばならない。概して本文には問題のあることが多いけれども、元禄を迎える頃には、撰集・家集・歌論歌学など広きに亘って大方の書物が刊本として出揃った。地下歌人の教養や知的基盤の整備、そして何より歌道精進を考える上で、甚大なる役割を果たしたと見るべきだ。

元禄期を中心に繊細な叙景歌がよく詠まれ、その傾向は地下歌人の門人指導にも現れていた。歌論史上は『古今和歌集』、三代集を重視して玉葉・風雅の両集を異風異体として退けたものの、実作においては、堂上・地下を問わず、玉葉・風雅の措辞を踏まえた詠風がまま確認されることも興味深い。

一般事項	西暦	年号	天皇	和歌関連事項	没年など
二月 家康征夷大将軍 出雲お国 京都でかぶき踊を演ずる	一六〇三	慶長八	後陽成	細川幽斎、烏丸光広に古今伝受	七月二四日 里村昌叱 65
	一六〇四	慶長九		幽斎、三条西実条に古今伝受	
四月 秀忠将軍となる	一六〇五	慶長一〇		九月 慶長千首（後陽成天皇他）	
	一六〇六	慶長一一		百人一首抄（後陽成院）	
	一六一〇	慶長一五			三月二五日 中院通勝 55 八月二〇日 細川幽斎 77
三月 後陽成天皇譲位 四月 後水尾天皇即位	一六一一	慶長一六	後水尾		
▼この頃 ガリレオ・ガリレイ活躍	一六一二	慶長一七		七月 後陽成院、後水尾天皇に御所の書物類を引き渡す	
一〇月 大坂冬の陣	一六一四	慶長一九		三月 冷泉為満、徳川秀忠へ古今集口訣伝授	一一月二五日 近衛信尹 50
四月 大坂夏の陣 五月 豊臣氏滅ぶ 七月 武家諸法度・禁中並公家諸法度制定	一六一五	元和一		二月 禁中御学問講開始 七月 中院通村、徳川家康に源氏物語を進講	
▼ヌルハチ 後金国を建国	一六一六	元和二		二・四月 中院通村、後水尾天皇に源氏物語進講（元和七年にも）	
	一六一七	元和三		類字名所和歌集（昌琢）刊	八月二六日 後陽成院 47
	一六一九	元和五		二月 三条西実条・烏丸光広・中院通村、後水尾天皇に伊勢物語進講	
八月 元和大殉教	一六二二	元和八			
七月 家光将軍となる	一六二三	元和九			
	一六二四	寛永一		この頃 貞徳十五番自歌合か	
	一六二五	寛永二		一月から三月 中院通村、後水尾天皇に伊勢物語進講 八月 烏丸光広、後水尾天皇に伊勢物語進講 九月から一一月 三条西実条、後水尾天皇に伊勢物語進講 一一・一二月 智仁親王、後水尾天皇へ古今伝授	
七月 紫衣事件始まる	一六二七	寛永四			
	一六二九	寛永六	明正		四月七日 智仁親王 51
	一六三一	寛永八		一月 百人一首抄（幽斎）刊	
▼フランス学士院設立	一六三五	寛永一二		五月 八雲御抄（順徳院）刊	

書物の身分
―歌書刊本のこと―

歌書は、一にも二にも写本をもって上品とする。だが、近世文学における最大の特徴は出版文化の普及であり、どの領域もソレによって文学の享受層は多岐に及んで大衆化した。和歌と言えども同断であり、歌書の刊本は、本文の質に問題を抱えながらも、流布本として大きな影響力を発揮し続けた。歌書の刊本が〈知〉の基盤整備に果たした役割は非常に大きかったと見なければならない。書型の基本は大本（枡型本は確認されない。ちなみに俳書は半紙本が一般的）。装訂は大半が袋綴。ごく稀に巻子本（松花堂昭乗筆の慶安二年刊『和漢朗詠集』）や折本（長谷川等雲画の元禄八年刊『瀟湘八景』）もある。

「歌書」とは、和歌関係書だけでなく、適宜紀行・随筆・物語などの類も包括した呼称。江戸期に刊行された書籍目録の分類に基づく。

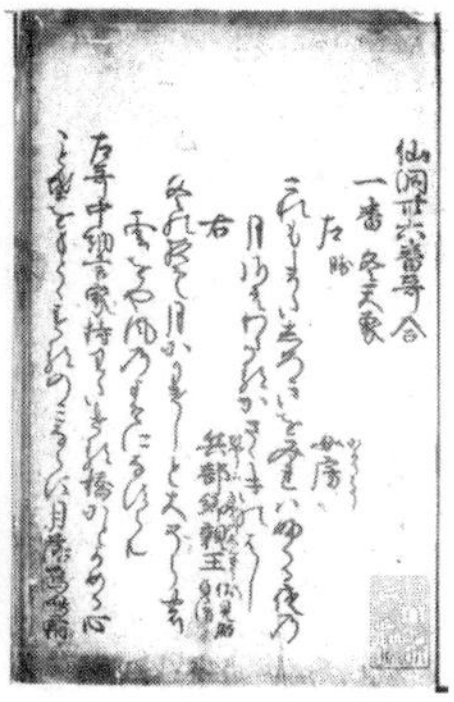

仙洞三十六番歌合（国文学研究資料館蔵）
DOI 10. 20730/200007485

一般事項	西暦	年号	天皇	和歌関連事項	没年など
	一六三六	寛永一三	明正	五月 自讃歌註(宗祇)刊	
一〇月 島原の乱	一六三七	寛永一四		四月 和歌題林愚抄(山科言緒編)刊	
	一六三八	寛永一五		二月 後鳥羽院四百年忌	七月一三日 烏丸光広 60
第五次鎖国令 鎖国完成	一六三九	寛永一六		一月 小倉百人一首(絵入)刊	
	一六四〇	寛永一七		一〇月 仙洞三十六番歌合(三条西実条判、寛永一六年一〇月五日開催)刊	一〇月九日 三条西実条 66
出島にオランダ商館を移す	一六四一	寛永一八			
▼第一次イングランド内戦(清教徒革命)	一六四二	寛永一九		九月 愚問賢注刊	
	一六四三	寛永二〇	後光明	五月 歌林良材集(一条兼良)刊	
▼三月 明滅亡	一六四四	正保一			
	一六四六	正保三		続作者部類(榊原忠次)	
	一六四七	正保四		三月 二十一代集刊	
▼三十年戦争終わる	一六四八	慶安一		一月 山之井(季吟)刊	
二月 慶安御触書 ▼五月一九日 イギリス王政廃止 共和制へ	一六四九	慶安二		三月 挙白集(長嘯子)刊	六月一五日 木下長嘯子 82 一〇月一一日 近衛信尋 51
	一六五〇	慶安三		一月 明題部類刊 二月 難挙白集(尋旧坊)刊	
七月 慶安事件	一六五一	慶安四			四月二〇日 徳川家光 48
	一六五二	承応一		一〇月 六百番歌合刊	
	一六五三	承応二		これ以前 歌林樸樕(貞徳)	二月二九日 中院通村 66 一一月一五日 松永貞徳 83
	一六五五	明暦一	後西	七月から八月 後水尾院、伊勢物語講釈(これ以後、伊勢物語・詠歌大概・百人一首など講釈)	
一月 明暦の大火 八月 新吉原営業開始	一六五七	明暦三		二月 後水尾院、堯然法親王・道晃法親王・岩倉具起・飛鳥井雅章へ古今伝授	
	一六五八	万治一		一月 古今集序註(了誉)刊	
	一六五九	万治二		五月から寛文二年四月 後水尾院の指導による万治御点 七月 歌枕名寄(澄月)序刊 八月 万葉集名寄(長流)跋刊	
▼イギリス チャールズ二世 ロンドンに帰還・即位(王政復古)	一六六〇	万治三		五月 後水尾院、烏丸資慶・中院通茂に伊勢物語・源氏物語切紙伝授 三十六人歌仙和歌抄(加藤磐斎撰)跋 九月 松葉名所和歌集(宗恵)刊	

隠者と和歌

隠者は俗世を離れて自適を可とする。西行や鴨長明、兼好など中世の草庵歌人が思い浮かぶが、また一方で〈隠逸〉は、江戸前期(十七世紀)文学の要諦でもあった。木下長嘯子や石川丈山、元政らが代表的人物だが、芭蕉にも隠者の系譜は看取できるし、市隠という生き方もあった。『本朝遯史』(寛文四年刊)、『扶桑隠逸伝』(同年刊)、『続扶桑隠逸伝』(正徳二年刊)のように、古今の隠者の系譜をとりまとめた書物がまま編刊されたことも注目に値する。『扶桑隠逸伝』を編んだ元政(げんせい)(一六二三―一六八)は、江戸前期の漢詩人・歌人・僧侶(日蓮宗)。出家前の名を石井元政(もとまさ)といい、彦根藩に出仕していたが二十六歳の時に出家し、以後は深草の瑞光寺に隠棲した。詩歌に長じ、その作品は生き方に根ざした特異な心情を吐露したもので、当代の二条家流の和歌とは一線を画している。家集『草山和歌集』(寛文一二年刊)から「山家時雨」題の一首を掲げる。

散り残る紅葉を庭に誘ひきて色にしぐるる軒の山風

西暦	和暦	天皇	文学事項	没年	一般事項
一六六一	寛文一	後西	三月 万葉集目安（堯以）刊 五月 百人一首講釈聞書（後水尾院述・雅章記） 六月 耳底記（幽斎述・光広記）刊 この頃 万葉集管見（長流）		▼フランス ルイ一四世親政を開始
一六六二	寛文二		九月 百人一首抄（磐斎）刊		伊藤仁斎古義堂開塾
一六六三	寛文三	霊元	八月 新古今増抄（磐斎）刊		四月 霊元天皇即位
一六六四	寛文四		五月 後水尾院、後西院・日野弘資・烏丸資慶・中院通茂へ古今伝授 一二月 後水尾院、中院通茂へ三部抄伝授、日野弘資へ伊勢物語・源氏物語切紙伝授 この頃 続耳底記（行孝問・資慶答）		
一六六五	寛文五		一月 細川幽斎聞書（宗佐記）刊 二月 集外歌仙（後西天皇）		
一六六六	寛文六		五月 古今類句（山本春正）刊 八月 資慶卿口授（資慶述・惟中記）の記事はじまる 九月 歌仙抄（長流）刊		
一六六七	寛文七				▼ミルトン 失楽園
一六六八	寛文八		二月 春の曙の記（烏丸光広）刊	二月一八日 元政46	
一六六九	寛文九		五月 黄葉和歌集（烏丸光広詠、同資慶編）跋 柏玉集（後柏原院）刊 九月 三部抄増註（磐斎）刊 飛鳥井雅章卿聞書（後水尾院述）か	一一月二八日 烏丸資慶48	六月 シャクシャイン蜂起 一〇月鎮圧される
一六七〇	寛文一〇		一月 雪玉集（実隆）・枕詞燭明抄（長流）刊 七月 林葉累塵集（長流編）刊		▼ロシア ステンカ・ラージンの反乱
一六七一	寛文一一		三月 楢山拾葉（清民）刊 一二月 衆妙集（幽斎詠、飛鳥井雅章編）跋		
一六七二	寛文一二		一月 碧玉集（政為）刊 二月 草山和歌集（元政）刊 冬、易然集（基熙・雅章ら） 寛文年間に後十輪院集（中院通村）成		
一六七三	延宝一		一月 百人一首基箭抄（秋扇）刊 三月 和歌呉竹集刊 この頃 麓木鈔（霊元天皇）		三井高利 越後屋呉服店を開く
一六七四	延宝二		三月 正木のかつら（山本春正ら編）（序） 五月 後水尾院、霊元天皇に三部抄・伊勢物語伝授 八月 続松葉集（宗恵）刊	八月一一日 加藤磐斎50	
一六七七	延宝五		一月 類葉和歌集刊 五月 続歌林良材集（長流編）刊 七月 逍遊集（貞徳詠、以悦ら編）刊		
一六七八	延宝六		一月 百人一首像讃抄（幽斎編、通勝補訂、師宣画）刊 この頃 萍水和歌集（長流編）刊		

大名の文事

「江戸は町人の時代である」と言われて久しいが、それは半分間違っている。時代と文化を領導した公家と武家（サムライ）の功績は広く、深いものがあったからだ。大名は参勤交代を繰り返して、特に江戸藩邸において独自の文化圏（サロン）を形成、書画詩文・歌学・俳諧等に出精した。公家とは異質の、高次の文事を実践したのである。ある者は黄檗に、またある者は蘭学に傾斜し、大名俳諧に執心した者もあった。こと歌学の領域では、周防徳山藩の毛利元次や肥前島原藩の松平忠房、出羽一関藩の田村建顕（宗永）、陸奥磐城平藩の内藤義泰（風虎は俳号）らを数えることができる。在京の、当代一流の堂上歌人に和歌の指導を受ける一方、歌書の書写を重ねて蔵書を充実させ、臣下ともども歌学をよく修めた。その達成を、時代に即してもっと丁寧に、何より重く見る必要がある。江戸の地下撰集『正木のかつら』（延宝二年成）に収められた、田村建顕の一首を示そう（歌題「庭初雪」）。

宵のまの時雨は軒に音絶えて初
雪白し暁の庭

西暦	年号	天皇	一般事項	和歌関連事項	没年など
一六七九	延宝七	霊元			六月一八日 道晃法親王 68 一〇月一二日 飛鳥井雅章 69
一六八〇	延宝八		八月 綱吉将軍となる	七月 清渚集（周欽尼）奥書 八月 続無名抄（惟中）刊	八月一九日 後水尾院 85
一六八一	天和一			三月 往事集（通女）序 四月 漫吟集（契沖）内題 自撰晩花集（長流）序	三月一五日 望月長孝 63 四月一六日 岡本宗好 72カ
一六八二	天和二		一〇月 西鶴、好色一代男刊行 一二月 江戸、八百屋お七の大火	一月 戴恩記（貞徳）刊 二月 麓の塵（河瀬菅雄編）刊 五月 八代集抄（季吟）刊	
一六八三	天和三			四月 後西院、霊元天皇へ古今伝授 五月 歌仙金玉抄（山雲子）刊 八月 歌林拾葉集（小幡正信）刊 光雄卿口授（光雄述、惟中記）識語	
一六八四	貞享一			季吟子和歌（一月から七月の和歌を収める）	
一六八五	貞享二			四月 霊元天皇、冷泉家文庫の文書を書写させる 七月 同天皇、後西院文庫の書籍引き取る 八月 歌合部類刊	二月二二日 後西院 49
一六八六	貞享三			三月 和歌世々の栞（長伯）刊 五月 貞享和歌（霊元院ら） 六月 百人一首三奥抄（長流）（筆者没、未完） 九月 名所和歌百人一首刊	六月三日 下河辺長流 60（62、63とも）
一六八七	貞享四	東山	一月 生類憐みの令発令 一一月 大嘗祭（二百二十一年ぶり）	三月 詞草正採抄（契沖） 五月 金槐和歌集（実朝）刊 この頃 万葉代匠記（契沖）初稿本	九月二九日 日野弘資 71
一六八八	元禄一		▼一二月五日 イギリス名誉革命はじまる	八月 和歌拾題（河瀬菅雄）跋刊 一二月 霊元院、幸仁親王・烏丸光雄・清水谷実業へ天爾遠波伝授 続類題和歌集（葛山為得）	
一六八九	元禄二		▼イギリス 権利章典 ロシア・清 ネルチンスク条約	一月 増補和歌道しるべ（菅雄）刊 閏一月 和歌威徳物語刊 一二月 霊元院、武者小路実陰へ天爾遠波伝授 綱吉、北村季吟・湖春を幕府歌学方とする 扶桑拾葉集（水戸光圀編）刊	
一六九〇	元禄三			一〇月 一字御抄（後水尾院）刊 万葉代匠記（契沖）精撰本	
一六九一	元禄四			三月 衆妙集（幽斎詠、飛鳥井雅章編）刊	

歌書集成書の刊行

江戸前期、和歌のさまざまな分野で集成書が刊行され、基本文献が刊本として出揃った。勅撰集では正保四年刊の『二十一代集』、私撰集では十四種の百首歌を収めた『百首部類』（元禄十三年刊）、三十九種の名数和歌を収めた『鴫の羽搔』（元禄四年刊）、家集では『歌仙家集』（正保四年刊）と『六家集』（〔慶安頃〕刊）、歌合では『歌合部類』（貞享二年刊）、歌論歌学では『和歌六部抄』（〔承応〕頃刊）や『和歌古語深秘抄』（恵藤一雄編、元禄十五年刊）、索引では『古今類句』（寛文六年刊）、紀行では三十三編を登載した『詞林意行集』（宮川道達編、元禄三年刊）と『拾遺意行集』（元禄六年刊）、和文では大量三百十三種を登載した『扶桑拾葉集』（徳川光圀編、元禄六年刊）などが確認できる。特に元禄期の充実が見てとれることは興味深い。

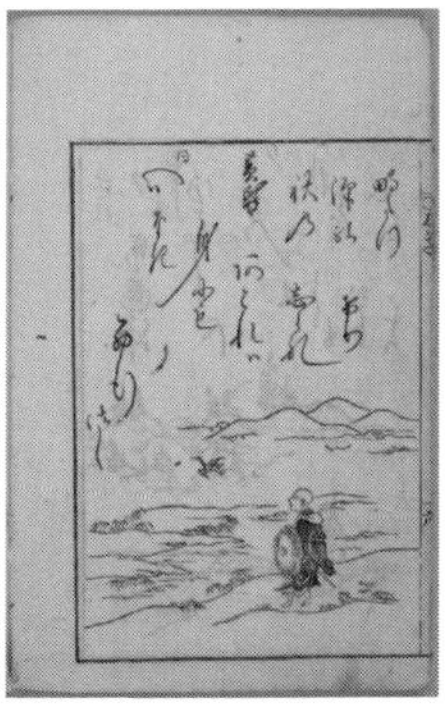

鴫の羽搔（国文学研究資料館蔵）
DOI 10.20730/200016629

西暦	和暦	天皇	和歌関連事項	没年	一般事項
一六九二	元禄五	東山	一月 歌枕秋の寝覚（長伯）刊 三月 勝地吐懐編（契沖）奥書 六月 百人一首改観抄（契沖）跋 七月 百人一首雑談（茂睡）奥書 八月 古今余材抄（契沖）		
一六九四	元禄七		九月 不求橋梨本隠家勧進百首（茂睡）刊		一二月 柳沢吉保老中となる
一六九五	元禄八		九月 和字正濫鈔（契沖）刊 一〇月から一二月 霊元院、詠歌大概講釈		
一六九六	元禄九		二月 初学和歌式（長伯）・三玉集類題（幸隆編）刊 三月 奉納千首和歌（長雅）刊 一〇月 歌林雑木抄（長伯）刊		
一六九七	元禄一〇		五月 僻言調（茂睡）序 一一月 浜の眞砂（長伯）刊	一〇月二〇日 清水宗川 84	
一六九八	元禄一一		四月 和歌分類（長伯）刊		
一六九九	元禄一二		五月 新勅撰集評注（契沖）奥書 一二月 教端抄（季吟）奥書		
一七〇〇	元禄一三		一月 梨本集（茂睡）刊 四月 和歌八重垣（長伯）刊		
一七〇一	元禄一四		九月 元禄千首（霊元院ら）	一月二五日 契沖 62	三月一四日 赤穂藩主浅野長矩吉良義央に切りつけ 即日切腹を命じられる ▼スペイン継承戦争おこる
一七〇二	元禄一五		一月 烏之迹（茂睡）刊 二月 和歌古語深秘抄（恵藤一雄編）刊 一二月 霊元院、清水谷実業・武者小路実陰・中院通躬へ三部抄伝授		一二月一五日 赤穂浪士大石良雄ら 吉良義央を討つ
一七〇三	元禄一六		一月 類題和歌集（後水尾院）刊 二月 古学先生和歌集（仁斎）跋		二月 赤穂浪士切腹 一一月 関東大地震 ▼清 全唐詩成る

小本の性格
―絵入り・江戸版・暴露的刊行書―

歌書刊本と言えば大本が相場だが、時代が下るにつれて小本が登場してくる。特に元禄期には、『若むらさき』（了然尼編、元禄四年刊）など十七点もの小本が刊行された。そのうち八点が絵入りで、江戸版も四点を数える。また、『和歌極秘伝抄』（元禄十四年刊）のような「暴露的刊行書」の類が出現することも注意したい（この傾向は宝永以降も続く）。なお、元禄二年刊の『三教和歌式』や元禄八年刊の『〈為／世〉和謌庭訓』などのように、刊本ながら、小本の歌書には伝本の稀なるものがまま見出される。これもおもしろい現象だと言えよう。なお、「小本」とは、半紙本の約半分の大きさで、縦十四～十六糎×横十～十一糎程度のもの。また、「江戸版」とは、上方版に対しての呼称で、元禄期までに江戸の地で刊行された書物を指す。

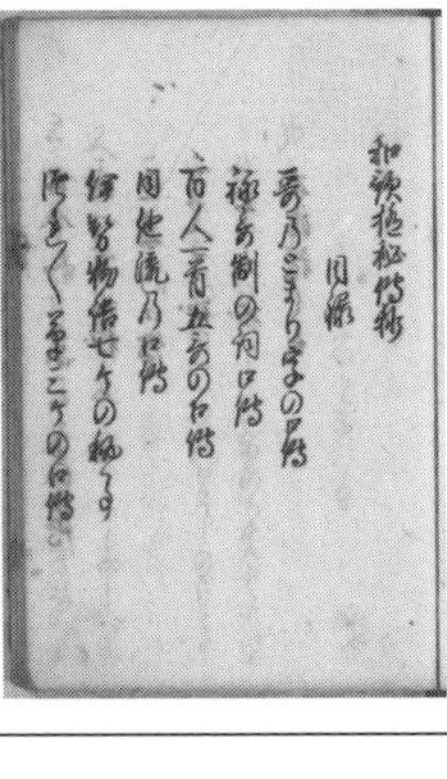

和歌極秘伝抄（宮内庁書陵部蔵）
DOI 10.20730/100266384

小沢蘆庵肖像画幅（部分）（熊本県立大学学術情報メディアセンター図書館蔵）＊弥富破摩雄旧蔵

十八世紀／堂上から地下へ、地下から地方へ

霊元院歌壇は活況を呈し、『享保千首』（享保一五年）ほか数々の特筆すべき成果も確認されるが、やがて享保一七年に霊元院が崩御すると、次第に求心力が低下していった。もっとも、それはあくまでも後水尾院・霊元院両歌壇に比較しての相対的な評価であり、これに続いた桜町歌壇などにおいても、依然として堂上が一定の〈ちから〉を有していたことは言うまでもない。

それに対して、まず上方地下が着実に門戸を広げ（享保期）、各地の大名も都と密接につながりながら歌学に大きな関心を寄せた。江戸では、正徳年間に下向した松井幸隆（中院通茂門）が江戸堂上派の基を築き、やがて石野広通・萩原宗固ら冷泉為村門の幕臣たちが出現して華々しい活躍を見せた。大田南畝ほか天明狂歌の担い手たちとの関係性も注意される。

他方、荷田春満・賀茂真淵らを核として、革新的ないわゆる古学派の人びとがだんだんと力をつけてくる。彼らは、その頃三都を分厚く蔽っていた地下二条派の一隅を崩しながら徐々に侵蝕していったのであり、やがて万葉調を尊んだ県門（県居派）には田安宗武（八代将軍吉宗の次男）が現れた。宗武が荷田在満に命じて書かせた歌論『国歌八論』は、賛否両論喧しく、いわゆる「国歌八論論争」を引き起こすに及んだが、肝要なのは、それまでの歌学の権威を否定し、和歌を道徳から解放してその文芸性を認めたところにある。堂上は健在であったものの、和歌をめぐって、時代は徐々に動き始めていたと見なければならない。

真淵は『万葉集』に「ますらをぶり」を発見し、古代の直き心を尊んだ。伊勢の荒木田久老、土佐の谷真潮、江戸の加藤宇万伎ら県門は各地に有力歌人を生んだが、中心になったのはやはり県門四天王（楫取魚彦・橘千蔭・村田春海・加藤宇万伎）である。歌書画一体の境地を拓いた千蔭と、詩歌双方に秀でた春海は、のちに新古今調を主唱する江戸派を形成、清水浜臣・井上文雄など俊秀が輩出し、古典学の研究にも新境地を拓いた。

加藤宇万伎は上田秋成に和学を教授し、秋成の周辺には上方県門の着実な浸透が想定される。その秋成が私淑した小沢蘆庵も初めは為村門であったがやがて独自の歌境に到達、その「ただこと歌」―「ただいま思へる事を、わが言はるる詞をもて、ことわりの聞こゆるやうにいひいづる」（『布留の中道』）―は広く知られる。院政期を端緒として延々と続いてきた「題詠」は、ここに至って大きな転換を図られることとなった。

本居宣長は、その本領はやはり『古事記』『源氏物語』等の古典研究、さらには歌学研究、語学研究にあると見るべきで、生涯に亘って大量に遺された和歌の成果は乏しいと言わざるを得ない。もっとも、その『紫文要領』と『石上私淑言』で展開された「もののあはれを知る」説は、文芸を儒学仏学の規範から解放し文芸の自立性を宣言した画期的なものであった。

なお、祇園の三才女（梶女・百合女・町女）や、県門の三才女（油谷倭文子・鵜殿余野子・土岐筑波子）などの女流歌人たち、あるいは妙法院真仁法親王の文芸圏とも重なる、蘆庵門の橋本経亮ら非蔵人たちによる和歌活動も注意される。

一般事項	西暦	年号	天皇	和歌関連事項	没年など
▼清 張玉書 佩文韻府	一七〇四	宝永一	東山	この頃まで 日野殿三部抄（弘資述、宗水ら記）	六月一五日 北村季吟 82

一七〇六	宝永三	東山		四月一四日 戸田茂睡 78	
一七〇七	宝永四		一月 梶の葉（梶女）刊		一一月 富士山噴火 宝永山出現
一七〇九	宝永六	中御門	三月 霊元院、武者小路実陰へ伊勢・源氏三ヶ大事伝授 住吉社奉納千首和歌（長雅）序		一月 生類憐みの令廃止 六月 新井白石登用される
一七一〇	宝永七		八月 新明題和歌集刊 渓雲問答（中院通茂述、松井幸隆記）の記事、この年まで	三月二一日 中院通茂 80 七月二九日 平間長雅 75	
一七一二	正徳二		一月 愚問賢註六窓抄（幸隆）刊		
一七一三	正徳三		一月 歌道名目抄刊		
一七一四	正徳四		五月 霊元院、武者小路実陰へ古今伝授	一一月二日 柳沢吉保 57	二月 絵島事件
一七一六	享保一		一月 新題林和歌集刊	一〇月一三日（一二日）安藤為章 58	八月 吉宗将軍となる 享保の改革開始
一七一七	享保二		三月 万葉緯（今井似閑）跋		二月 大岡忠相町奉行になる
一七一八	享保三		九月 和歌往事集（通女）刊 近来玄々鈔（野村尚房編）序		
一七一九	享保四		一一月 新玉津島社奉納和歌（森川章尹）刊		▼デフォー ロビンソン・クルーソー（第一部）
一七二一	享保六		七月 霊元院、烏丸光栄へ天爾遠波伝授 八月 冷泉家文庫の勅封解かれる	二月一七日 京極高門 64	八月 目安箱設置
一七二二	享保七			三月六日 冷泉為綱 59 九月四日 近衛基熙 75	
一七二三	享保八		三月 柿本人麻呂千年忌 五月 和歌五十人一首（宮川松堅撰）刊 八月 草庵和歌集蒙求諺解（香川宣阿）刊（宣阿序文は享保九年三月） 風観窓長雅家集（長雅）奥書	一〇月四日 今井似閑 67 水田長隣	
一七二四	享保九		この頃 万葉僻案抄（春満）		一一月 大坂に懐徳堂設置
一七二五	享保一〇		この頃 以降高松重季聞書（武者小路実陰述、重季記）		
一七二六	享保一一		四月 広沢輯藻（望月長孝）刊	二月二三日 宮川松堅 95	▼ガリバー旅行記
一七二七	享保一二		一〇月 用心私記（坂静山）		▼ニュートン死去
一七二九	享保一四				四月 天一坊事件 五月 長崎から江戸に象到着 途中禁裏にも寄る

地下歌道家の確立

近衛家、烏丸家、日野家、冷泉家などのように、堂上が家を継承して家職（歌道）を伝えたのはある意味で当然の展開とも言えようが、地下に歌学が浸透し定着してくると、地下にも歌道家が生まれた。江戸中期、十八世紀に入ってからのことである。例えば香川家は、初代の宣阿―景新―景平―景柄（黄中）―景樹…の順に歌の「家」の命脈を伝えたし（景樹はのち離縁された）、有賀家は、長伯―長因―長収―長基―長隣…の如くバトンをつないだ。嗣子は必ずしも実子ではなく、和歌に秀でた養子をとることもあったのは、それだけ歌の「家」の存続が重視されていたからにほかならない。もっとも、家の継承に際してどのような資格や条件があったのか、伝受の状況など具体的にはわからないことが多い。ともあれ、求心力を持った地下の歌道家が成立することによって、公家と地下双方の宗匠がそれぞれに門流を拡大させ、あるいは時に重なりながら、徐々に大きな歌壇を形成していった。「地下から地方へ」というパラダイムの確立に、地下歌道家が広く深く関わった事実は重い。

西暦	年号	天皇	一般事項	和歌関連事項	没年など
一七三〇	享保一五	中御門		五月 新後明題和歌集刊 九月から享保一六年四月 享保千首(霊元院ら) 一〇月 草庵集難註(桜井元茂)刊	
一七三一	享保一六			五月 玉匣集(芝田善淳)刊 八月 釈万葉集(光圀) 新類題和歌集(烏丸光広ら) この頃 桐隠随筆(冷泉為久述、仁木充長記)	
一七三二	享保一七		夏 西国凶作 大飢饉	四月 和歌山下水(坂静山)刊 前年・本年頃、作例初学考(霊元院)	八月六日 霊元院 79
一七三三	享保一八		一月 江戸市中米商人宅打毀		
一七三五	享保二〇	桜町		八月 部類現葉和歌集刊 享保年間 万葉集童子問(春満)	九月二三日 香川宣阿 89
一七三六	元文一			この頃から元文三年まで 初学考鑑(実陰述)	七月二日 荷田春満 68 一〇月三日 近衛家熙 70
一七三七	元文二			三月 梅月堂宣阿家集(序) 五月 歌の姿古今を論ふ詞(枝直)	六月二日 有賀長伯 77
一七三八	元文三				九月三〇日 武者小路実陰 78
一七三九	元文四			五月 和泉杣(坂静山)刊 六月 詞林拾葉(実陰述、似雲記) 吉宗の求めにより、中院通躬・烏丸光栄・三条西公福・冷泉為久・成島信遍ら御屏風名所和歌	一一月二二日 香川景新 62 一二月(一一月とも)三日 中院通躬 72
一七四〇	元文五		▼一〇月二〇日 オーストリア マリア・テレジア即位	八月 定家五百年忌 九月 真淵、岡部日記の旅終える	
一七四一	寛保一			八月 荷田在満家歌合(真淵判)	
一七四二	寛保二			八月 国歌八論(在満) 国歌八論余言(宗武) 一一月 国歌八論余言拾遺(真淵) 万葉集遠江歌考(真淵)	
一七四三	寛保三			この頃まで 百人一首古説(真淵)	
一七四四	延享一			六月 国歌論臆説(真淵) 国歌八論再論(在満) 臆説剰言(宗武) 一〇月 再奉答金吾君書(真淵) 歌論(宗武)	
一七四五	延享二		一一月 家重将軍となる	この頃 子に与ふる文(枝直)	
一七四六	延享三		▼一二月 清 円明園完成	四月まで 烏丸光栄卿口授(光栄)の記事 八月 三世のなみ(信遍) 九月 歌体約言(宗武)	

題詠の模索

近世においては題詠が一般的な詠歌の方法であり、題意を適切にくみ取ることがまず要求された。その参考とするために、後水尾院撰『類題和歌集』(元禄十六年刊)をはじめとして、多くの類題集が出版された。近世中期になると、実景・実情を重視する観点に基づき、荷田春満・橘枝直・五井蘭洲・加藤景範・荻生徂徠・太宰春台など歌壇・詩壇から題詠に対する疑問・批判が出された。ただし批判を行った者を含め、題詠自体は変わらず行われていた。賀茂真淵は当代の題詠方法が詠者の自由な発想を阻んでいるとして、詠歌の蓄積が比較的少ない、六帖題・絵の題による詠歌と詞書の歌を推奨した。すなわち当代の和歌の欠点を乗り越えるために、古くからの伝統的詠歌方法を適用したのである。六帖題・絵の題・詞書の歌はそれぞれ、真淵以降もよく詠まれていった。このような題の模索は、伝統文芸でありながら、当代性をも重視して発展しようとする近世和歌の姿勢をよく表している。

世界	西暦	和暦	天皇	事項	没年
▼一〇月一八日 アーヘンの和約（オーストリア継承戦争終結）モンテスキュー『法の精神』	一七四八	寛延一	桃園	一月 百人一首改観抄（契沖、樋口宗武追考）刊 二月 としなみ草（似雲）三月 霊元院御集（桜町院撰）八月 渚の松（松宮観山）刊	三月一四日 烏丸光栄 60
	一七四九	寛延二		二月 万葉解（真淵）序	
	一七五〇	寛延三		伊香保の道ゆきぶり（倭文子）	
▼六月 フランス 百科全書刊行始まる	一七五一	宝暦一		八月 新勅撰集秋風抄（宗固）序 一二月から宝暦四年四月まで 古今通（五井蘭州）この頃まで 樵夫問答（為村）成か	八月四日 荷田在満 46
	一七五二	宝暦二		万葉新採百首解（真淵）散のこり（倭文子）	七月一八日 油谷倭文子 20
▼四月 イギリス 大英博物館創設	一七五三	宝暦三		一月 百人一首伝心録（興隆）一一月 俊成五百五十年忌	
	一七五四	宝暦四		五月 和歌童翫抄（享弁）刊	
	一七五五	宝暦五		古今和歌集抄（宗固）この頃 拾遺和歌集増抄（宗固）	
▼五月一七日 ヨーロッパ七年戦争勃発	一七五六	宝暦六		八月 初学題林和歌集（度会常典）序 千首和歌（広通・信遍ら）これ以降 恵露草（谷川士清）	
▼六月 インド プラッシーの戦い	一七五七	宝暦七		八月 冠辞考（真淵）跋刊 これ以降 摘要冠辞考（宗武）	
七月 宝暦事件	一七五八	宝暦八		四月 当世諸家百人一首（馬場文耕）序 八月 古今選（宣長）文布（倭文子）	
	一七五九	宝暦九		この頃 排蘆小船（宣長）	
	一七六〇	宝暦一〇		一〇月 万葉考大考巻一・二・別記（真淵）これまで 歌意考（真淵）草稿本	九月一九日 成島信遍 72
	一七六一	宝暦一一		三月 国歌八論斥非（大菅中養父）一〇月以降 いすかの吟（為村）	
▼ルソー 社会契約論	一七六二	宝暦一二	後桜町	三代集総説（真淵）草稿	
	一七六三	宝暦一三		六月 紫文要領（宣長）石上私淑言稿本（宣長）か 九月 古今俳諧明題集（綾足）刊 片歌道のはじめ（綾足）片歌二夜問答（綾足）跋刊	
	一七六四	明和元		一月 宣長、真淵に入門 一月 新続題林和歌集（憐霞斎）刊 八月 古言梯（魚彦）歌意考（真淵）	三月一七日 依田貞鎮 84
鈴木春信、錦絵を創出	一七六五	明和二		春 賀茂下流梅合催行 七月 新学（真淵）一二月 歌文要語（綾足）刊 冬 宇比麻奈備（真淵）	七月四日 巨勢利啓

非蔵人の文事

非蔵人とは、字義通り、蔵人に定員があるために未だ蔵人に補せられない者の意で、蔵人に至る階梯の職かという（『職原抄』）。良家の子弟の六位の者の中から選任され、昇殿を許されて殿上の雑務に従事した（無位ながら六位に准じる）。職掌は、宮中での交替勤番宿直、殿内の掃除、摂家・親王らの送迎、陪膳、公用記録の筆記など。地味な役職柄ゆえか、歴史学では従来さほど日が当たらなかった領域だが、実は彼らは相応に文芸の研鑽も積んでいたのであり、妙法院真仁法親王や小沢蘆庵の周辺には注意すべき非蔵人が多い。特に蘆庵門の非蔵人には、梅宮大社神官の有職故実家橋本経亮（一七五九－一八〇五）や新日吉神宮の神官藤島宗順（一七五六－一八二一）、伏見稲荷祠官の羽倉（荷田）信美（一七五〇－一八二八）らがおり、堂上と地下を自在に往還して、双方の学芸交流に小さからぬ貢献を果たしていた。境界的領域にいた彼らの特異な文芸活動の意味を、和歌史的にも文化史的にも注意深く見定める必要があろう。

西暦	年号	天皇	一般事項	和歌関連事項	没年など
一七六六	明和三	後桜町	▼清 聊斎志異（蒲松齢）刊行	二月 万葉集竹取翁歌解（真淵） 七月 はしがきぶり（綾足）刊	一月二四日 杉浦国満 52
一七六七	明和四		八月二二日 幕府、山県大弐と藤井右門を処刑（明和事件） 竹本座廃座	一月 石上集（宣長） 二月 かざし抄（成章）序刊	日下部高豊 64（一説66）
一七六八	明和五		▼イギリス クック、太平洋探険航海に出発	春 霞関集（広通） 五月 草庵集玉箒（宣長）刊 九月 国歌八論評および同斥非評（宣長）	五月一七日 北村春水 55 九月一八日 村田春郷 30
一七六九	明和六		▼イギリス アークライト、水力紡績機を発明 ワットが蒸気機関を開発	二月 万葉考巻一・二・別記（真淵）刊	七月二一日 村田春道 一〇月二二日 職仁親王 57 同三〇日 賀茂真淵 73
一七七〇	明和七	後桃園		一月 幸隆類題和歌集（幸隆）刊 九月 続冠辞考（魚彦）序刊 この年以前 雲上歌訓（宗固）	
一七七一	明和八			秋成、宇万伎に入門する 天降言（宗武）この年以降に成る	六月四日 田安宗武 57
一七七二	安永一		一月 田沼意次が老中となる	五月 菅笠日記（宣長） 八月 袖玉和歌集（宮部万）刊 一一月 柿本人丸事跡考（大典）刊	
一七七三	安永二		▼一二月一六日 ボストン茶会事件	三月 詞草小苑（綾足）刊 一一月 名所ついまつ（景範）刊 この頃 蘆庵、冷泉為村に破門される	
一七七四	安永三		解体新書（玄白ら）刊 ▼ルイ一六世即位	三月 万葉集千歌（魚彦） 古今和歌集類題（幸隆）刊 冷泉為村卿家集	三月一八日 建部綾足 56 七月二八日 湧蓮 56 同二八日 冷泉為村 63 一二月二九日 小山儀 25
一七七五	安永四		▼四月一九日 アメリカ独立戦争始まる	三月 万葉名所歌集（魚彦） 九月 千首部類（蘆庵）刊 三代八百首（諸鳥） 一一月 蔵山集（景範）刊 一二月頃 蘆庵、難蔵山集を著し、上方歌壇の歌人たちを論難する この年以降 義正聞書（為村述、義正記）	二月二七日 渡辺蒙庵 89
一七七六	安永五		上田秋成 雨月物語刊 ▼アダム・スミス、国富論を刊行	一月 鄙百首（諸鳥） 九月以降 扶桑残玉集（一純）	六月一八日 磯野政武 60 一〇月一〇日 谷川士清 68 一一月一三日 斎藤信幸 68
一七七七	安永六			八月 和歌三類集（景範）刊 一一月 荷田御風大人五十賀詩歌	六月一〇日 加藤宇万伎 57

上田秋成と上方県門

万葉主義を主張した賀茂真淵の門流は一般に県門（県居派）と総称されている。なかでも加藤千蔭・村田春海に代表される江戸派や、本居宣長率いる鈴屋派といった分派の名が広く知られているが、上方においても、真淵の高弟であった加藤宇万伎の門下を中心に真淵門流のネットワークが着実に形成され、多彩な活動が展開されていた。『雨月物語』の作者として名高い上田秋成もまた宇万伎に学び、古典の注釈書を著すなど、上方和学を牽引していた一人である。墓のある西福寺の過去帳に「歌道之達人」と記されているように、当時彼は小説家としてではなく歌人として名声を博していた。六〇歳で移り住んだ京都では、小沢蘆庵や伴蒿蹊らと交流、また妙法院宮真仁法親王や正親町三条公則といった貴顕の知遇を得るなど、堂上・地下を問わず、彼の歌才は広く知れわたるところで、その自在な詠みぶりは、近世和歌史に独自の地歩を築いている。親友蘆庵から勧められても決して弟子をとらなかったという逸話は、俗流に随することのない秋成らしさを伝えていておもしろい。晩年、自らの起居の様子を詠んだ一首を紹介しよう。

霜雪の暁ごとに起なれて雲の香啜る命なりけり

六月 ロシア船蝦夷地に来航し松前藩に通商を求める	一七七八	安永七	後桃園	三月 あゆひ抄(成章)刊 国歌八論斥非再評の評(宣長) この年までに成る	一月四日 大菅中養父69 閏七月五日 有賀長因67
一一月 平賀源内、殺傷事件を起こす	一七七九	安永八	光格	一月 九皐和歌集(朝弘) 三月 蓮葉和歌集(大我)序刊 八月 隅田川辺の石原で自寛主催の角田川扇合(扇判明阿、歌判蒼生子・季鷹) 一一月 万葉集玉乃小琴(宣長)	六月三日 飛鳥井雅重59 一〇月二日 富士谷成章42 一二月一八日 平賀源内52
安永末より天明中頃まで黄表紙洒落本全盛	一七八〇	安永九		四月 三世の花(和鼎) 同月 一日千首(祐為)	九月一八日 烏丸光胤60 一〇月一五日 山岡浚明55
この頃から寛政年間にかけて狂歌が流行 ▼カント、純粋理性批判を刊行	一七八一	天明一		三月 蜘のすがき(一室)刊 四月 撰集万葉徴(道麿) 北渓先生歌集(真潮) 五月一八日 自寛、平家物語竟宴歌会を催す 七月 六帖題苑(諸鳥) 九月 桂雲集類題(長孝)刊 一一月 宇比麻奈備(真淵)刊 県居文歌(魚彦)	一月九日 湯浅常山74
この頃 喜多川歌麿の浮世絵が流行 天明の大飢饉始まる	一七八二	天明二		一月 手向草(宣長) 二月 国風草廬集(草廬) 五月 和歌玉柏(常夏)刊	三月二三日 楫取魚彦60
七月 浅間山大噴火	一七八三	天明三		一月 槻の落葉心やり(久老) 七月 和歌職原捷径(資衡)刊 秋 和歌ひもかがみ(長収)刊 国歌或問(蒿蹊)	一二月二五日 与謝蕪村68
三月 田沼意知殺害される	一七八四	天明四		一月 和歌三神考(貞丈) 八月 家持千回遠忌	五月二日 萩原宗固82 同二八日(六月五日) 伊勢貞丈68 八月一六日 荷田御風57 一〇月四日 田中道麿61
	一七八五	天明五		八月 相生の言葉(義正・万)義直の編刊 九月 歌聖伝追考(秋成)(歌聖伝はこれ以前成る) 三藻類聚(義直)刊	一月二五日 高橋宗直83 四月一一日 宮地春樹58 八月一〇日 加藤枝直94
八月 老中田沼意次失脚 群書類従刊行開始	一七八六	天明六		一一月 古今和歌集打聴(真淵著・秋成補)六冊本刊	二月二日 荷田蒼生子65
六月 松平定信老中となり寛政の改革始まる	一七八七	天明七		二月 玉鉾百首(宣長)刊 九月 芳雲和歌集類題(実陰詠、実岳編) 一二月 漫吟集(契沖詠、草廬編)刊	
一月 京都大火 御所二条城など焼失	一七八八	天明八		六月 万葉考槻乃落葉(久老) 一二月 紀記歌集(諸鳥)刊 この頃 佐保川(余野子)	一月九日 内山淳時66 六月五日 宮部万女50余 一一月二〇日 鵜殿余野子60余

大田南畝と江戸歌壇

天明狂歌を牽引したことで名高い大田南畝(一七四九—一八二三)は、狂詩や洒落本、黄表紙、滑稽本も手がけている。だから旧来の研究はどちらかと言うと戯作方面ばかりが強調されてきたのだが、近年は、むしろ文人として総合的に捕捉する立場が優勢である。また、南畝を江戸歌壇の動向とともに見据えようとする視座がもたらされたことも忘れがたい。むろん彼は歌人ではなく、伝存する和歌も数えるばかりだから歌人としての南畝を描き出すのは困難だが、そもそも、狂歌流行の背後には和歌の盛行があったはずであり、南畝の背後に地続きで広がっていた同時代歌壇(江戸の冷泉門)に着眼することは、南畝を相対的に把握する上で有効なものさしたり得ると思われる。萩原宗固や石野広通ほか、南畝が関わった冷泉門人の動向の解明がさらに進めば、狂歌における南畝の達成の意味もまた、江戸に即していっそう鮮明に浮かび上がってくるはずだ。

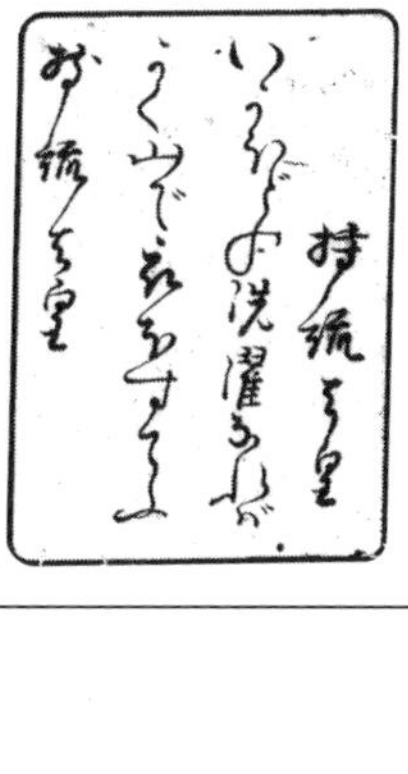

狂歌百人一首(国文学研究資料館蔵)
DOI 10. 20730/200002669

香川景樹画像（部分）

十九世紀／国学派全盛の時代

蘆庵亡きあとに頭角を現したのは香川景樹で、地下の歌道家である香川家に入婿したことで活躍の端緒を掴んだ。この時期の特徴は、本居春庭・本居大平らの鈴屋派や、平田篤胤の平田学派など、国学諸派による門閥の跋扈だが、それでも大局的に眺めれば、それは香川景樹と桂園派を中心とした時代と括れよう。むろん、和歌・狂歌・書に通じた賀茂季鷹を挙げぬわけにはゆかないし、そもそも堂上（光格歌壇）の影響力もまだ相応に残っていたから、芝山持豊や千種有功などの堂上歌人を挙げることも可能だ。老中松平定信の文事も注意しなければならない。だがしかし、寛政末期－享和期（一八〇一－一八〇三）あたりを境として、和歌は確実に地下の、それもいわゆる国学系のものとなっていった如くである。

和歌・歌論の質においても、また三千人と謳われた門人数（量）においても、景樹はこの時代の中心にあったと見るべきだ。「歌はことわるものにあらず、調ぶるものなり」（『歌学提要』嘉永三年刊）という言説はいかにもセンセーショナルであったし、「調べ」を、和歌の単なる韻律ではなく、歌がおのずから有する内在的なもの（文学性）を意味する概念として捕捉していたことは注目に値する。古今調を標榜して叙景を重んじ、「事につき折りにふれたる」歌を重視したことによって、いよいよ和歌は「題詠」から離れていくこととなった。その家集（『桂園一枝』『桂園一枝拾遺』）を丹念に繙けば、古今調と言われながらも、実際には万葉や新古今集、玉葉・風雅などの措辞を踏まえた詠歌が散見されることも興味深い。

桂園派は多士済々、桂門十哲の中でも特に熊谷直好・木下幸文両人の活躍は華々しいものがあり、やがて直門八田知紀が維新後に宮内省に出仕し、歌道御用掛を命じられると、さらにその門下に高崎正風・黒田清綱らが現れて、桂園派の歌風は御歌所へと継承されていった。権勢がそうして保持された一方で、桂園派の特色でもあった平明な和歌は、平淡を過ぎて平板な大量の作品を生み続ける結果となり、やがて正岡子規の出現によって革新されることとなったのである。

桂園派は全国を席捲したが、そのような中にあってなおいくつかの特徴を挙げれば、それは和歌が完全に一般庶民のものとなったことだ。加納諸平編の『類題和歌鰒玉集』（文政一一年－嘉永七年刊）と、長沢伴雄編の『類題和歌鴨川集』（嘉永元年－七年刊）を双璧として、非常に多くの類題集が編まれたことがそれを如実に物語る。その意味ではこの期を、「類題集の時代」と見ることも許されよう。

また、幕末の地方歌人に注意すべき者が多いことも明記しておかねばならない。（後年、正岡子規によって発見された）越前の橘曙覧は「独楽吟」なる佳作を遺し、筑前の大隈言道は「木偶歌」の論を展開して現実を見据えた作歌を主張した。特異な人生が記憶される越後の良寛、（やはり子規によって発見された）備前の平賀元義、さらには高畠式部・野村望東尼・大田垣蓮月などの女流も挙げておく。

時代相を反映して述志の歌も詠出されたし、長歌の隆盛という事実もあった。また、江戸後期は漢詩が流行したこともあり、漢詩との関わりもいま一度考える必要がある（漢詩も宋詩風の清新平明な詠みぶりを目指したために、桂園派同様、平板に流れた憾みが拭えない）。

一般事項	西暦	年号	天皇	和歌関連事項	没年など
九月 棄捐令発令 時事を扱った黄表紙の絶版を命じられる ▼七月 フランス革命起こる	一七八九	寛政一	光格	一月 和歌虚詞考（景範）刊 四月六日 蘆庵、初めて妙法院へ伺候する 四月 古今和歌集打聴二〇冊本刊 五月 万葉集傍注（恵岳）刊 この年以前 画賛草（重煕）四十八番歌合（宣長）	一月一六日 恵岳 71 四月八日 香川景平 68
五月 寛政異学の禁 湯島聖堂において朱子学以外の異学を禁じる 一〇月 洒落本出版禁止ほか出版取締が強化される 宣長古事記伝初帙刊	一七九〇	寛政二		三月 紅塵和歌集類題（蓮阿）刊 類題法文和歌集注解（盛雄）九月 塵ひぢ・蘆かび（蘆庵）文布（倭文子）刊 新内裏御障子和歌（典仁親王など）	八月一九日 林諸鳥 71 並河尚道 64
三月 京伝、洒落本出版により処罰される	一七九一	寛政三		二月一〇日 千蔭、万葉集略解を起筆 四月 美濃の家づと（宣長）五月 秋成、あがたゐの歌集（真淵）・しづ屋のうた集（宇万伎）を校刊 一一月 賀茂翁家集（春海編）この年 栂井一室家集	七月一八日 栂井一室 70
五月 林子平処罰される 八月 昌平黌設立 九月 露使ラクスマン来航 通商を求める	一七九二	寛政四		四月 志野の葉草（宗固）跋刊 五月 澄月が似雲和歌集類題を編刊 六月 百家類葉（御杖）刊 九月 山のさち（高豊）一〇月 ひとよはな（海量）刊 歌道非唯抄（御杖）跋刊	一月二一日 宮部義正 64 二月二日 竜草廬 78 六月二四日 河村秀根 70
七月 定信辞職 七月 塙保己一、和学講談所を設立 ▼一月二一日 フランス ルイ16世を処刑	一七九三	寛政五		三月一〇日 宣長入洛し、初めて蘆庵を訪う 次いで四月二日 芝山持豊に、八日妙法院宮に拝謁する 七月 秋成が初めて蘆庵を訪問する 八月 涼月遺草（余野子）秋歌袋（御杖）刊 一一月 千蔭真幸問答（千蔭）この年以前 水無瀬の玉藻	六月二一日 林子平 56 同二八日 高山彦九郎 47 九月二六日 阿蘇惟典 62 同月服部高保 60
東洲斎写楽の浮世絵出版	一七九四	寛政六		四月 万葉集佳調（真幸）刊 八月 古今六義諸説（蘆庵）蓬魍愚藻集（夢宅）九月 万葉集会説（秋成）冬 和歌感応抄（広通）	七月六日 典仁親王 62 一〇月三〇日 伊藤松軒 86
敵討物の小説演劇流行	一七九五	寛政七		三月 杉のしづ枝（蒼生子詠、縫子編）序刊 夏 菅笠日記（宣長）刊 七月 和歌実践集（景範）刊 九月 和歌呉竹集（雅嘉）序刊 一二月 美濃の家づと（宣長）刊	一二月二四日 蝶夢 64

短冊の楽しみ

短冊は古歌を記したものもあるが、何と言ってもその魅力は、著者が自詠を自筆でしたためたものであることだ。謹直流麗な筆致もあれば、自由奔放な筆づかいもあり、上手も下手もそれぞれに味わいがあって興趣をそそられる。早く、南北朝期の兼好法師の素紙短冊には簡素なる風合いがあるし、桃山期の秀吉による醍醐の花見の装飾短冊は優美華麗にして見る者を飽きさせないが、多様性ということではやはり江戸期短冊がおもしろい。賀茂真淵のは珍短、著者が特に好んで使用した「好み短冊」―例えば、香川景樹はその号桂園に因んで桂花を丸型にした模様の入った桂丸短冊を、賀茂季鷹は桜花と紅葉の型紙を使って吹き掛けの限を作った短冊を、それぞれ好んだ―も楽しい。

醍醐花見装飾短冊

賀茂季鷹短冊

西暦	年号	天皇	一般事項	和歌関連事項	没年など
一七九六	寛政八	光格		一月 古今和歌集鄙言(雅嘉)刊 三月 振分髪(蘆庵)刊 五月 新三玉和歌集類題刊 八月 万葉集略解(千蔭)全二十巻成稿、また同月に初帙五冊刊行 八月 慈延、三槐和歌集類題を編刊	四月二一日 伊達重村 55 七月六日 森繁子 79 一〇月一〇日 加藤景範 77
一七九七	寛政九		一〇月 宝暦暦を廃し寛政暦を布く	一月 古今集遠鏡(宣長)刊 三月 美濃の家づと折添(宣長)刊 六月 袖中和歌六帖(蘆庵)刊 九月 和歌為隣抄(澄月)刊 北辺七体七百首(成章)跋刊 一二月 菊の屋集(末偶)	八月一九日 藤貞幹 66 一〇月一八日 谷真潮 69(一説71) 一一月二〇日 畑中盛雄 64
一七九八	寛政一〇		▼五月一九日 ナポレオン、エジプト遠征	三月 万葉考槻乃落葉(久老)刊 七月 春葉集(春満)刊 一〇月 うひ山ぶみ(宣長) 一一月 鈴屋集(宣長)刊	五月二日 澄月 85 一一月五日 西山拙斎 64
一七九九	寛政一一		▼一一月九日 フランス ナポレオンが臨時大統領政府を樹立し、政権掌握	久老、一月末より上洛、享和元年まで京坂を往来 五月 うひ山ぶみ(宣長)刊 夏頃 景樹が蘆庵に入門 七月 日本紀歌解槻乃落葉(久老) 玉鉾百首解(大平)刊 八月 竹取翁歌解(久老)刊 秋 霞関集(広通)刊	五月二七日 村田橋彦 73
一八〇〇	寛政一二		伊能忠敬、幕命により蝦夷地を測量	三月 春海、大平へ書簡を送る(贈稲掛大平書)以後、両者の間で歌論の論争が行われる 四月 楢の杣(秋成)起稿 七月 歌意考(真淵)序刊 八月一日 答村田春海書(大平) 九月 和歌麓の塵(長伯)刊 歌のをしへ(千蔭) 一〇月 再贈稲掛大平書(春海) 一一月 布留の中道(蘆庵)刊 一二月 新学(真淵)刊	一月三日 柳原紀光 55 四月七日 稲掛棟隆 71 閏四月二九日 羽倉信郷 61 五月二一日 石野広通 83 八月一二日 入江昌喜 79 一〇月一八日 横瀬貞臣 78
一八〇一	享和一		一〇月 会津藩校日新館落成 ▼一月一日 イギリス 大ブリテン王国とアイルランド王国の連合王国成立	二月 長歌詞珠衣(重年) 九月 冠辞続貂(秋成)刊 この年頃 和歌問答(資枝述、寂翁記)	六月一七日 梨木祐為 62 七月一一日 小沢蘆庵 79 同二四日 横井千秋 64 九月二九日 本居宣長 72 一〇月八日 小篠敏 74 同一〇日 日野資枝 65
一八〇二	享和二		▼二月 イギリス セイロンを植民地に 三月 イギリス、フランス、アミアン和約	三月 千蔭が父枝直の家集東歌を刊行する 五月 国雅管窺(景範)刊 五月 群書一覧(雅嘉)刊 五月 後撰集詞のつかね緒(宣長)刊 夏 枕の山(宣長)刊 一〇月 橘千蔭・村田春海らが筆のさがを著し景樹の歌十一首を難ずる 一一月下旬、雅俗弁(布淑) 一二月 うけらが花(千蔭)刊 冬 大愚(慈延)の判にかかる大愚歌合が行われる	一月一一日 狛諸成 81 同二五日 木村蒹葭堂 67 四月二二日 石井宗澄 67 一二月二七日 河野固浄 59

平安和歌四天王

「和歌四天王」とは仏語の「四天王」に擬した言い方で、和歌に秀でた四人を併称したもの。早く中世の「為世門の四天王」(頓阿・浄弁・兼好・慶運)なる呼称があり、江戸期では「県門四天王」(賀茂真淵門の加藤千蔭・村田春海・楫取魚彦・加藤宇万伎)や「桂門四天王」(香川景樹門の熊谷直好・木下幸文・菅沼斐雄・高橋残夢)などが著名である。「平安和歌四天王」は、天明—寛政期に京都で活躍した四人の地下歌人—澄月・慈延・小沢蘆庵・伴蒿蹊—を指す。当代歌壇において、いかに二条家流の(ちから)が大きかったかが窺い知られて興味深い呼称だ。因みにこの称は、初め橘南谿の『北窓瑣談』(文政一二年刊)後編「三」に現われ、ついで幕末の『近世三十六家集略伝』(河喜多真彦著、嘉永二年刊)に、やがて近代に入り三上参次・高津鍬三郎の『日本文学史』下巻(明治二三年刊)や小沢政胤の『慶長以来国学家略伝』(同三三年刊)、『国学者伝記集成』(同三七年刊)に相次いで収載されて流布し、さらに佐佐木信綱の『近世和歌史』(大正一二年刊)で決定的となった。

西暦	年号	天皇	事項	没年	一般事項
一八〇三	享和三	光格	一月 続雅俗弁(蒿蹊) 雅俗弁の答(春海) 二月 万葉新採百首(真淵)序刊 雅俗再弁(昇道) この年頃 東さとし(真足)	一月一七日 北村季春62	▼ワッハーブ王国、メッカ・メジナを占領
一八〇四	文化一		一月 金砂・金砂剰言(秋成) 三月 倚翠庵和歌(松軒)序刊 四月 百人一首灯(御杖)刊 七月 橘平歌評(信友・大平・真国) 秋 万葉集師説(若沖) 冬頃までに岡屋歌集(土満)成る	二月五日 中井竹山75 五月一六日 小野勝義63 七月二六日 裏松固禅69 八月一四日 荒木田久老59 一二月二二日 慈雲87	九月 露使レザノフ長崎に来航 歌麿一九等に筆禍 ▼五月一八日ナポレオン皇帝に即位
一八〇五	文化二		一月 門田のさなへ(蒿蹊)刊 七月二〇日 江戸職人歌合(正明催、於浅草寺) 歌道解醒(御杖) 九月 藤簍冊子(秋成)三冊本刊 一一月 淳々抄(直躬) 冬 校異本万葉集(経亮、以文)刊	三月一八日 荒木田経雅64 五月七日 和泉真国42 六月一〇日 橋本経亮47 七月八日 慈延58 同九日 萩原元克57 八月九日 真仁法親王38	広瀬淡窓が豊後に成章舎を設立 ▼一〇月二一日 トラファルガーの海戦
一八〇六	文化三		一月 万葉集類句(季鷹)刊 六月および九月 五十番歌結(景樹判) 七月 春海が賀茂翁家集(真淵)を編刊 八月 百人一首峯梯(長秋)刊 九月 藤簍冊子(秋成)六冊本刊 一〇月 類題怜野集(雄風)刊	一月一二日 荒木田麗女75 五月一六日 津村淙庵71 七月二五日 伴蒿蹊74	皆川淇園が京都に弘道館を設立 ▼ライン同盟 神聖ローマ帝国消滅
一八〇七	文化四		三月頃 秋の雲(秋成) 七月頃 岡屋歌集(土満)刊 八月 百人一首図会(敬儀)刊 九月 百人一首抄(正明)刊 冬 よもぎ(定信)	三月二二(一一日)日 松平康定61 五月一六日 皆川淇園74 同一六日(一八日) 永沢躬国53 一一月 清水貞固	黄表紙が合巻型式をとるようになる ▼アメリカ フルトンが蒸気船の航行に成功
一八〇八	文化五		一月 貧窮百首(幸文) 三月 文化五年本春雨物語(秋成) 七月 歌がたり(春海)刊	五月四日 成島和鼎89 九月二日 橘千蔭74	間宮林蔵の樺太探査 ▼ドイツ ゲーテ、ファウスト第一部刊
一八〇九	文化六		九月 万葉集見安補正(秦良編・秋成補)刊 この頃 堀田正敦殿自歌合	六月一五日 橋本稲彦29 同二七日 上田秋成76	

良寛の和歌

良寛(一七五八―一八三一)ほど逸話の多い人はいない。越後新潟出雲崎の旧家に長男として生まれたが二十二歳で出家、以後は諸国を行脚して諸所に庵住し、また故郷に止住した。書に優れ、詩をよくし、和歌を遺したが、いずれも天性に従った、独自性の強いものだった。作品評価に良寛の人格が投影されることが多く、文学史上にこれを客観的に位置づけるのは難しい。和歌は千三百首ほどが伝存し、短歌だけでなく長歌も旋頭歌も散見する。同想の和歌が多いのが、特徴と言えば特徴か。歌稿『布留散東』と『自筆歌抄』から、よく知られた和歌を三首引いておく。

霞立つながき春日に子どもらと手まりつきつつこの日暮らしつ

鉢の子をわが忘るれども取る人はなし取る人はなし鉢の子あはれ

たらちねの母がかたみと朝夕に佐渡の島べをうち見つるかも

西暦	年号	天皇	一般事項	和歌関連事項	没年など
一八一〇	文化七	光格	幕府、白河・会津両藩に浦賀、上総、安房の砲台建築を命ずる		七月一〇日 桃沢夢宅73 同二七日 飛鳥井雅威53 八月二〇日 清原雄風68（一説64） 一一月一三日 今村楽46
一八一一	文化八			一月 賢歌愚評（定信詠、浜臣評） 三月 布淑・黙軒らが六帖詠草（蘆庵）を刊行 一二月 村田春郷家集刊 龍麿、歌語斥非を著し、春海の歌がたりを難ず 歌道大意（篤胤述）	二月一三日 村田春海66 三月一一日 昇道53 七月八日 栗田土満75
一八一二	文化九		四月 松平定信隠退、楽翁と号す	一月 名家和歌集（宣風・保人編）刊 二月 小野古道家集序刊	四月二六日 三島自寛86
一八一三	文化一〇			一月 晩花集（長流詠、浜臣編）刊 三月 漫吟集（契沖詠、浜臣編）刊 閏一一月 琴後集（春海）歌集の部刊 一二月 筑波子家集刊	六月二〇日 植松有信56 七月五日 蒲生君平46 一二月二六日 高本紫溟76
一八一四	文化一一		▼九月一八日 ウィーン会議始まる	九月 琴後集（春海）文集の部刊 後撰集新抄（美石）刊 一一月 正敦、詠源氏物語和歌披講	四月一九日 田山敬儀49
一八一五	文化一二		▼六月一八日 ワーテルローの戦い 一一月 ウィーン体制確立	一月 和歌唱和集（契沖・長流）序刊 二月 漫吟集類題（契沖）刊 近葉菅根集（浜臣編）刊 六月 新学異見（景樹）刊	二月二〇日 芝山持豊74 八月三日 真田幸弘76
一八一六	文化一三			五月 獅子巌和歌集類題（涌蓮）刊 八月 木柴の雪（重名）刊 一〇月 百人一首嵯峨の山ふみ（彦麿）序刊 一一月 後鈴屋集（春庭）前編序刊	一月五日 安田躬弦54（一説59） 四月七日 冷泉為泰82 同一六日 大村光枝64
一八一七	文化一四	仁孝	三月二二日 光格天皇譲位 九月 英船浦賀に来航	一月 名所今歌集（義稲）刊 和歌類葉集（蓮阿編）刊 三月 春風集（道彦）刊 七月 古詞類題和歌集（美穂）跋刊 七月 水月詠藻（正敦）跋 一二月 奴弓能舎長歌集（菅緒）刊	二月一五日 中井履軒86 一一月二一日 海量85
一八一八	文政一			二月 万葉用字格（春登）刊 五月 閑田詠草（蒿蹊）刊 蕉雨園集（黙軒）刊 一一月 雲錦翁家集（季鷹）刊 門の落葉（春庭）前篇刊	五月七日 有賀長収69 一〇月六日 美仁親王62 一二月一〇日 前波黙軒74
一八一九	文政二			二月 五百重波（游清）序刊 三月 長歌撰格（守部）日本紀歌解槻乃落葉（久老）刊 春 中古和歌類題（蓮阿）刊 九月 尾張廼家苞（正明）刊	一月七日 小国重年54 閏四月二八日 福田務廉46 八月一六日 本居建正32

長歌の復興

近世中期における古学の隆盛に随伴する形で生まれた現象に、長らく廃れていた長歌の復興があった。『万葉集』の時代に盛んに詠まれた長歌は『古今集』以後は急激にその数を減らしていったが、上代志向を強めていた賀茂真淵とその門流によって復興されて以降、幕末明治に至るまで盛んに詠作され続けることとなる。近世の人々は、『万葉集』をはじめとする古典和歌で詠まれた伝統的な題材や表現を用いた擬古的な長歌を詠むとともに、自らの生活に根ざした日常や実感という新たな素材をも長歌にのせて詠ったのだ。こうした長歌復興の動きは、清水浜臣編『近葉菅根集』や本居大平編『八十浦之玉』といった長歌を集成した選集の編刊をもたらすと同時に、小国重年『長歌詞珠衣』や橘守部『長歌撰格』などの長歌の歌格研究書をも生み出していく。やがて近代を迎えると、長歌は新体詩の試みにも少なからず影響を与え、さらには和歌改良運動へも繋がっていった。近世期の長歌復興というムーヴメントが、近代詩の成立にも一役買っていたことを忘れてはならない。

▼七月二日 ナポリでカルボナリ立憲革命	一八二〇	文政三	仁孝	二月 屏風絵題和歌集（亮澄）刊 草縁集（政徳）刊 万葉山常百首（大平）跋刊	二月二七日 小川布淑65 六月二八日 誠拙76
七月一〇日 伊能忠敬、大日本沿海輿地全図を幕府に献上	一八二一	文政四		三月 三代集類題（正臣編・重胤校）刊 南京遺響（雅澄） 五月 亮々草紙（幸文）刊 秋 楫取魚彦家集刊	一月七日（六日）石原正明62 八月二二日 内山真龍82 九月二八日 香川景柄77 一一月二日 木下幸文43
▼九月七日 ブラジル ポルトガルからの独立を宣言	一八二二	文政五		三月 八十浦之玉（大平） 六月 拠字造語抄（浜臣） 八月 清原雄風家集序刊 九月 類題草野集（定良）跋刊 一一月 万葉集灯（御杖）刊	一月一四日 帆足長秋66 二月一〇日 衣川長秋58（一説文政六年没） 四月三日 長野美波留48 五月五日 夏目甕麿50（一説55）
七月六日 ドイツ人シーボルト、長崎オランダ商館医師に着任	一八二三	文政六		春 言葉直路（直兄）刊 春 七月 百首異見（景樹）刊 九月 万葉集名物考（春登） 一二月 藤原集（光枝）	四月六日 大田南畝75 六月一三日 石塚龍麿60 一二月一六日 富士谷御杖56
	一八二四	文政七		一月 平家物語竟宴和歌（浜臣）刊 稲葉集（大平）序刊 七月 牽牛花百首（春門）刊 九月 あさぢ（定信）	三月一四日 服部中庸68 閏八月一七日 清水浜臣49
二月 異国船打払令	一八二五	文政八		一一月 新古今集もろかづら（猛彦）刊 東洞翁遺草序刊	四月二三日 太田錦城61
	一八二六	文政九		一〇月 独看和歌集（定信）跋刊	三月九日 亀田鵬斎75
五月 頼山陽、日本外史を松平定信に献上する	一八二七	文政一〇		四月 和歌ふるの山ぶみ（千楯）刊 七月 訓誡歌集（光則）序刊 八月 類題若菜集（光英）刊 秋 むぐら（定信） 一二月 三草集（定信）	二月二一日 市岡猛彦47（一説50） 一〇月三日 尾崎雅嘉73 一一月一九日 小林一茶65
八月 シーボルト事件	一八二八	文政一一		一月 類題和歌鰒玉集（諸平）初編刊 九月 万葉集攷証（由豆流） 一二月 垂雲和歌集（澄月）刊	一一月七日 本居春庭66 同二九日 酒井抱一68
九月 シーボルト国外追放を命じられる	一八二九	文政一二		四月 歌のしるべ（高尚）刊 九月 泊洦舎集（浜臣）序刊 一一月 八十浦之玉（大平）中巻刊（上巻 天保四年、下巻天保七年）	五月一三日 松平定信72 六月六日 鹿都部真顔77 七月一九日 菅江真澄76
閏三月より伊勢のおかげ参りが大流行する ▼五月二八日 アメリカ インディアン強制移住法成立 フランス七月革命	一八三〇	天保一		三月 類題和歌補闕（古風）刊 春 桂園一枝（景樹）刊 四月 類題阿武の杣板（芳樹）刊 一一月 新紅塵和歌集類題（嘉言）刊	閏三月二四日 石川雅望78 五月四日 早川広海56 七月九日 日野資矩75 同一七日 殿村常久52 一二月二三日 渡辺重名72

結社の時代

現代でも短歌や俳句の結社は創作活動の重要な拠りどころになっているが、江戸中後期の国学派の人びともまたそうであった。本居宣長にしても香川景樹にしても、自らの刊行物を結社が蔵版し（「鈴屋蔵版」「東塢塾蔵版」）、三都の販売網に乗せて流通させ、それを各地の門人が購入した。家集であれ注釈であれ、彼らは、自らの派閥の領袖がものした著作を入手しやすい環境の中で、学修に努めたのである。漢学の領域でも、例えば伊藤仁斎・東涯は「古義堂蔵版」の出版物を編刊していたから、このようなあり方は門流形成のシステムとしても見逃せないものだ。藩版や官版だけでなく、こうした結社や私塾の蔵版に関する研究が進展することを望みたい。そもそも、景樹の場合など門人は全国に三千人を数えたというから、派としての桂園派の追究は蔑ろにはできない問題である。「盟主→四天王や十哲などのリーダー→地方の一般歌人」という結社の図式を、文芸流通の展開史として捕捉する視座が求められている。

西暦	年号	天皇	一般事項	和歌関連事項	没年など
一八三一	天保二	仁孝		三月 夢宅和歌集 布留散東(良寛)	一月六日 良寛 74 五月七日 千家俊信 68
一八三二	天保三		天保の大飢饉始まる 歌舞伎十八番制定	三月 後鈴屋集(春庭)後編刊 倭心三百首(大平)刊 八月 宝所詠草(素行)跋刊 九月 百人一首言霊抄(保之)序刊	一月二九日 高井宣風 90 二月六日(七日) 秋山光彪 58 九月二八日 中山巌水 69 一二月二二日 一柳千古 73
一八三三	天保四		▼イギリス 帝国内の奴隷制を廃止	五月 山里和歌集初編 秋 百人一首一夕話(雅嘉)刊 秋 双輝抄(正路)	一月七日 玄如 56 九月一一日 本居大平 78
一八三四	天保五		三月 水野忠邦、老中となる	秋 大ぬさ(自休)刊 一二月 万葉梯(稲彦)刊 和歌類題浪花集(春樹)刊	一月一四日 小野重賢 59 四月七日 堤朝風 70 六月二三日 大江広海 66 八月二五日 菅沼斐雄 49 九月一三日 大石千引 65
一八三五	天保六		▼アメリカ モールスが有線電信機を発明	四月 はなのなごり(一貞尼)刊 五月 蓮の露(良寛) 閏七月、東塢亭話(景樹) 秋 古今和歌集正義(景樹)夏部まで刊	二月三〇日(一日) 小原君雄 84 同二二日 山田以文 74 三月二〇日 川島茂樹 68 五月二八日 長瀬真幸 71 一一月一六日 村山素行 63
一八三六	天保七			七月 現存歌選(幸典)初編刊 秋 和歌八島の浪(千屯)刊 一〇月 山路の栞(千蔭)刊	一〇月一八日 春登 64 一一月二四日 村田春門 72
一八三七	天保八		二月一九日 大坂で大塩平八郎の乱(三月自刃) 六月二八日 浦賀奉行、アメリカ船モリソン号を砲撃	一月 佐喜草(常操)刊 二月 羽族類題(春村・直澄)刊 春 春雨集(宣風)跋刊 七月 古風三体考(芳樹)刊	一月九日 服部菅雄 63 六月六日 鈴木朖 74 八月三日 富小路貞直 77
一八三八	天保九			三月 万葉集玉乃小琴(宣長)刊 六月 心の種(守部)刊 九月 淡海名寄(春村)初編刊 下蔭集(守部)刊 一二月 比那能歌語(尊孫)刊	一月一五日 片岡寛光 30余 二月一九日 岡田真澄 56 八月二二日 沢近嶺 51
一八三九	天保一〇		五月 渡辺崋山・高野長英ら捕えられる(蛮社の獄)	二月 橿園集(広足)刊 五月 歌学初訓(篤好) 一一月 鐘のひびき(守部)刊	一一月二四日 三井高蔭 81 一二月一三日 大館高門 74

類題集の時代

江戸後期の最大の特徴は、歌人人口の爆発的増加だ。結社に所属して、その派の流儀に従ってひたすら詠作を重ねた者、無手勝流よろしく無所属で詠歌を試みた者、タイプはそれぞれだし、文芸の〈質〉も高いとは言えないものが多いが、類題集の刊行が機縁となって全国的に和歌盛行の風潮が喚起され、地方歌壇が生成されていったことは動かぬ事実である。類題集流行の端緒となったのは加納諸平編の『類題和歌鰒玉集』(初編は文政一一年刊―七編は安政元年刊、八編は未完)で、これに対抗した長沢伴雄編の『類題和歌鴨川集』(初編は嘉永元年刊―五編は同七年刊)のほか、類題集を挙げればキリがない。このような和歌の大衆化とも呼ぶべき現象は、実は、漢詩や俳諧の領域でも起こっていて、特に俳諧における月並句合(毎月、不特定多数の人びとから投句を募集するもの。入花料が必要)の流行を併せ考えれば、江戸後期はまさに詩歌俳の各領域にわたる大衆化の時代と見られよう。

▼清アヘン戦争勃発	一八四〇	天保一一	仁孝	三月 瓊浦集(広足)初編序刊 八月 古今和歌六帖標注(明清)刊 一二月 歌体緊要考(東平)	二月九日 石津亮澄 62 四月二七日 児山紀成 64 八月一五日 藤井高尚 77 一一月一九日 光格天皇 70
五月 天保の改革始まる 八月 水戸藩弘道館開設 一二月 江戸歌舞伎三座を浅草に移転させる	一八四一	天保一二		一月 玉園長歌集(永章)序刊 古今集序存疑(雅澄) 三月 七夕百首(定敬)跋刊 六月 万葉集名所考(雅澄)	閏一月一八日 屋代弘賢 84 三月一三日 宮地仲枝 74 八月二〇日 中川自休 64 一〇月九日 賀茂季鷹 88
六月 絵草紙などの出版を統制 人情本を禁止 為永春水・柳亭種彦筆禍を受ける	一八四二	天保一三		五月 類題柞舎集(尊朝)序刊 春鶯集(忠真)序刊 幕朝年中行事歌合(定信判、正敦注) 八月 秋山翁家集(光彪)跋刊 九月 詠経語百首(季文) 一一月頃 寄居歌談(芳樹)巻一刊 類題八雲集(鶴山社中)刊	六月一五日 本居永平 24 七月八日 伴直方 53 九月二一日 亜元 70
	一八四三	天保一四		三月 近世名家歌集(重胤)刊 かしのくち葉(広足)刊 五倫和歌集(戊申) 新撰紀伊国名所歌集(内遠) この頃 ひとりごち(言道)	三月二七日 香川景樹 76 八月六日 中山美石 69 同一五日 東条義門 58 閏九月一一日 平田篤胤 68
七月 オランダ軍艦、長崎来航、開国を勧告	一八四四	弘化一		一月 歴代和歌勅撰考(令世) 塵室草露(残夢)刊	五月二三日 吉田令世 54 一二月一三日 竹村茂雄 76
二月 老中水野忠邦辞職	一八四五	弘化二		四月 ふるかゞみ(有功)跋刊 六月 伴信友歌集 七月 清廬集(高門)序刊 八月 心月詞花帖(残夢)刊 九月 浦のしほ貝(直好)序刊	七月一〇日 青木永章 59 九月二一日 城戸千楯 68
閏五月より 米艦が浦賀に、仏艦が長崎に、デンマーク船鎌倉沖にそれぞれ来航	一八四六	弘化三	孝明	三月 槻落葉歌集(久老) 八月 和歌うひまなび(重胤)序刊 一二月 みつのながめ(游清)刊 北辺成章家集(成章)刊	三月 木村定良 66(一説71) 同二日 日野資愛 67 閏五月一七日 岸本由豆流 59 一〇月一四日 伴信友 74 一二月四日 高林方朗 78
九月 水戸の徳川慶喜が一橋家を継ぐ	一八四七	弘化四		一月 しのぶぐさ(知紀)刊 歌道手引草(春村) 夏 藤園雑歌(直兄)刊 この頃 亮々遺稿(幸文)刊	三月二五日 小山田与清 65 七月一六日 岩崎美隆 44 九月一六日 田中大秀 71
▼フランス 二月革命 ドイツ マルクス共産党宣言	一八四八	嘉永一		三月 類題和歌作例集(伴雄)刊 類題和歌鴨川集(伴雄)初編刊 六月 小夜しぐれ(広道)跋刊 一一月 しのすだれ(広足)第一集刊	五月三日 糟谷磯丸 85 六月二七日 新見正路 58 一一月一一日 海野幸典 55

「楽しみは」
—橘曙覧の遺したもの—

橘曙覧(一八一二—一八六八)は越前福井の歌人・国学者。福井藩主松平慶永の庇護を受けて独自の歌境に至ったが、長い間無名であった。広く知られるようになったのは、明治に入って正岡子規が高く評価して以後のことで(「曙覧の歌」明治三二年)、その家集『志濃夫廼舎歌集』所載の「独楽吟」—初句を「たのしみは」で起こし、結句を「〜時」で結ぶ連作五十二首—は、まことにユニークと言うべきもの。三首のみ掲げよう。

たのしみは妻子(めこ)むつまじくうちつどひ頭ならべて物をくふ時

たのしみはそぞろ読(よみ)ゆく書(ふみ)の中に我とひとしき人をみし時

たのしみは三人(みたり)の児どもすくすくと大きくなれる姿みる時

志濃夫廼舎歌集

一般事項	西暦	年号	天皇	和歌関連事項	没年など
	一八四九	嘉永二	孝明	二月 近世三十六家集略伝(真彦)跋刊 一一月 もとがしは(游清)序刊 冬 六帖詠草拾遺(蘆庵)刊 冬 向南集(一渓)	五月二四日 橘守部 69 一二月二五日 中尾義稲 68
	一八五〇	嘉永三		春 桂園一枝拾遺(景樹)刊 一一月 垣内七草(光平)序刊 一二月 柳園家集(幸典)刊 歌学提要(真弓)刊	二月九日 北村季文 73 一一月一六日 本間游清 75 (一説八月一六日、70)
▼一月一一日 清 洪秀全が太平天国を建設 ロンドンで万国博覧会	一八五一	嘉永四		一月 黄中詠藻刊 春 有功卿家集 五月 養老和歌集(篤好) 近世名所歌集(光久)初編刊 七月 類題三家和歌集(宣長ら)刊 橘千蔭翁家集刊	二月一〇日 水野忠邦 58 八月六日 岡熊臣 69
▼一二月二日 ナポレオン三世即位	一八五二	嘉永五		二月 歌城歌集刊 三月 打聴鶯蛙集(豊穎)刊 武蔵野集(顕忠)初編刊	二月八日 赤尾可官 89 五月二八日 内山真弓 67
六月三日 ペリー浦賀に来航 七月一八日 露使プチャーチン長崎に	一八五三	嘉永六		三月 類題採風集(翁満)刊 一一月 柿園詠草(諸平)跋刊 詠史歌集(伴雄)刊 気吹舎歌集(篤胤)この年までに成る	三月二〇日 中林竹洞 78 五月八日 荒木田久守 75
三月 日米和親条約 八月 日英和親条約 一二月 日露和親条約	一八五四	安政一		二月 和歌年中行事(永好)刊 三月 名所新松葉集(春門)刊 八月 橘守部家集刊 鄙のてぶり(梧庵)初編序刊	二月二〇日 松田直兄 72 三月一二日 斎藤彦麿 87 六月二六日 八木美穂 55 閏七月二日 木間保之 66 (一説70) 八月二八日 千種有功 58
一〇月 安政の大地震 一二月 日蘭和親条約 ▼五月 一五日 パリ万博	一八五五	安政二		三月 千々廼舎集(有功)刊 春 難波の巻(厚徳) 五月 当世百歌仙(清興)跋刊	一〇月四日 本居内遠 64
八月 米総領事ハリス下田に着任する 吉田松陰、松下村塾を継承	一八五六	安政三		九月 類題風月集(芳樹)刊 一二月 摘英和歌集(文雄)序刊 海士のさへづり(弘訓) この頃 清涼殿御障子和歌	七月二〇日 山崎美成 61 一一月五日 足代弘訓 73 一二月二六日 岡部東平 63
一月 蕃書調所開所	一八五七	安政四		八月 類題武蔵野集(顕忠)二編刊 九月 六句歌体弁(隆正) 一一月 類題春草集(高世)初編序刊	六月二四日 加納諸平 52
四月 井伊直弼大老就任 六月 日米修好通商条約調印 九月 安政の大獄起こる	一八五八	安政五		春 あしの一葉(忠秋・利和・利純)初編序刊 八月 類題和歌清渚集(繁里)刊	八月一九日 鹿持雅澄 68 一一月一三日 小津桂窓 55
▼一一月 ダーウィン 種の起源刊行	一八五九	安政六		八月 山斎集(雅澄)序 園の池水(光平) 類題青藍集(安民)刊	四月二九日 黒沢翁満 65 九月四日 石川依平 69 一一月二七日 長沢伴雄 52

江戸の女流歌人たち

平安・鎌倉の女流が持つ華麗さには欠けるけれども、江戸時代にも女流はしかと存在した。元禄前後だと井上通女と祇園の梶子・百合女・町女を、中期ならば県門の三才女—油谷倭文子・鵜殿余野子・土岐筑波子—を挙げうるし、幕末であれば高畠式部・野村望東尼・大田垣蓮月の三人がまず思い浮かぶ。それ以外に、春満の娘荷田蒼生子や桂門の柳原安子の作品も秀逸だ。江戸の女流も捨て置けないのである。時に寄り添い、時にあらがい、時代の制約の中で皆それぞれにたおやかな作品を遺していて味わい深い。幕末の三女は伝存する短冊も多く、その独自の書にも惹かれるものがある。短冊にしたためられた和歌をそれぞれ一首ずつ引く(いずれも鉄心斎文庫蔵)。

砌竹
武士のみぎりに植む弓になれやになれ千代の竹のひと村　式部

〔題ナシ〕
あめそそぐ枝おもげなるこがくれにつばさかろくもとぶこてふかな　望東

古寺落花
たづね来しさくらは雪とふるさとの志賀山寺の春の夕ぐれ　蓮月

西暦	年号	天皇	和歌関連事項	没年	一般事項
一八六〇	万延一	孝明	三月 大江戸倭歌集(光世)跋刊 一一月 類題千船集(弘綱)初編刊 葎居集(翁満)刊 この頃 万葉集美夫君志(正辞)起稿	二月二七日 仲田顕忠 60	一月 咸臨丸、アメリカ渡航に出発 三月 井伊直弼、水戸浪士に惨殺(桜田門外の変)
一八六一	文久一		七月 桂の花(桂子詠、由清編)跋刊 一〇月 長歌玉琴(是香)	一月二四日 五十嵐篤好 72 八月一九日 天野政徳 78	一〇月 和宮、京都桂御所を出発し江戸に向かう
一八六二	文久二		三月 河藻歌集(忠順)序刊 一二月 明倫歌集(斉昭)刊	二月八日 小林歌城 85 八月八日 熊谷直好 81 同二七日 長野義言 48	一月 安藤信行、水戸浪士に襲われる(坂下門外の変) 八月 生麦事件▼ユーゴー、レ・ミゼラブルを刊行
一八六三	文久三		三月 草径集(言道)刊 類題和歌玉藻集(忠順)初編刊 一〇月 精神一注(政礼)序刊 向陵集(望東尼)	八月一五日 鈴木重胤 52 一一月二八日 六人部是香 58 一二月三日 萩原広道 49	五月 長州藩外国船艦を砲撃 七月 薩英戦争▼一月一日 アメリカ リンカーン奴隷解放宣言
一八六四	元治一		一月 江戸名所和歌集(光世)刊 五月 野雁集 一二月 さきはひ草(文雄)序刊	一月二一日 中島広足 73 二月一六日 伴林光平 52 八月二六日 前田夏蔭 72	六月 池田屋事件 七月 蛤御門の変 長州征討の勅命
一八六五	慶応一		九月 自点真璞集(尊孫)序刊	三月一八日 西田直養 73 同二八日 竹内享寿 54 七月一五日 斎藤拙堂 69 一一月一六日 香川景恒 43 一二月二八日 平賀元義 66	一月 高杉晋作挙兵▼四月九日 アメリカ 南北戦争終結 同一五日 リンカーン暗殺
一八六六	慶応二		三月 清風集(雅之)序刊 類題三河歌集(正久)序刊 七月 桜山歌集(東行)序刊 空谷伝声集(幽真)跋刊 この年以降 類題嵯峨野集(忠順)刊	二月二三日 竹村広蔭 74 一二月二五日 孝明天皇 36 同二六日 黒川春村 68 同二八日 柳原安子 84	一月 討幕のための薩長同盟成立 物価高騰のため一揆・打ちこわし頻発
一八六七	慶応三		二月 調鶴集(文雄)刊 八月 桂蔭(忠秋)跋刊 一二月 歎涕和歌集(維宣)初・二編序刊	三月二四日 安藤野雁 53 一一月六日 野村望東尼 62	一〇月一四日 大政奉還 一一月一五日 坂本竜馬ら暗殺 一二月九日 王政復古の大号令下る▼四月一日 パリ万博 日本初出品

幕末の志士

志士とは、幕末の情勢に危機感を抱き、身を捨てて国家的見地から行動した人びとのこと。尊王の立場で、例えば「身はたとひ武蔵の野辺に朽ちぬとも留めおかましやまとだましひ」(吉田松陰)のような和歌を多く遺したが、従来の評価は概して低く、その精神性を尊重しつつも和歌史上に放たれた「異彩」を認めるに留まっていた。近年、こうした見方に反省を迫り、志士の和歌における類型表現が定着してゆく過程を、作品の網羅的検討によって炙り出し、〈和歌史の近世から近代へ〉という大きな問題に接続させて前向きに考察する研究が現れつつある。近世和歌史の〈始発〉をめぐる議論は、この四半世紀にわたる堂上和歌研究の進展によって相当な深化を見せているが、他方、近世和歌史の〈出口〉に関わる検討はまだまだこれからであり、志士の和歌の追究は、そのための一つの有効な視座にほかならない。漢詩や俳諧の動向を注視するとともに、「和歌史における近代とは何か」ということを粘り強く考えたい。

明治維新から

和歌から短歌へ

東京汐留鉄道館蒸気車待合之図

一八六八年慶応は明治と改元された。東京の新政府はさまざまな政策を行い、西欧の文明を取り入れた文明開化がなされていく。和歌にあっても、新しい時代の文物を取り入れた新題和歌が試みられるが、伝統的な和歌、教養としての和歌も作られ続けていた。しかし近代化の流れは詩歌にも及ぶ。明治一五年に洋学者によって編まれた『新体詩抄』は、伝統詩を批判して、まとまった思想を体現すべく新しいスタイルの長詩を試みた。そして、内外の詩歌や文学も視野に入れながら、学者や歌人による和歌の否定や改良の議論がさかんに行われるようになる。二七年、与謝野鉄幹は「亡国の音」を発表し、「大丈夫の歌」を掲げ、大家とされる歌人の歌を批判。二九年に刊行した『東西南北』ではジャンルを越えて詩歌の刷新を図ろうとする。また三一年、俳句の革新を唱えてきた正岡子規は「歌よみに与ふる書」を連載して『古今和歌集』や伝統の墨守を批判し、歌の革新を唱えてやがて写生を説く。国民国家が形成されていく中でのナショナリズムの高揚もその背景にあるが、二人の築いた流れはその後の短歌史の二つの潮流となっていく。そして、新派和歌といわれた若い世代による新たな和歌＝短歌の動きは、旧派と呼ばれることになる伝統和歌を凌いでいくこととなる。西暦一九〇〇年明治三三年に鉄幹が創刊した『明星』は、自我の詩を主張して和歌を「短歌」「短詩」として広く文芸の中に置くとともに、西欧の文芸や美術の紹介も積極的に行い、浪漫主義の舞台となっていく。三四年に刊行された与謝野晶子『みだれ髪』はその画期をなすものであり、『明星』（新詩社）には次代を担う詩歌人が多く集う。一方、子規の根岸短歌会からは伊藤左千夫などが『馬酔木』『アララギ』を成していく。また、伝統和歌とも親和性を持つ佐佐木信綱の『心の花』はこれより先の三一年に創刊されている。結社の始めは二六年に作られた国文学者である落合直文の「あさ香社」にあるといわれる。「あさ香社」は雑誌を持たなかったが、多くの歌人を輩出し、またそこからいくつかの会が発展し、短歌結社はそれぞれの主張をもって近代短歌の多様なあり方を形作っていく。また、雑誌や新聞の投稿も、新たな作者を短歌に導き、新派和歌が近代短歌となっていく原動力ともなっていく。そのような中でさまざまな個性が現れてくる。『明星』から出発した窪田空穂は短歌と新体詩からなる『まひる野』に清新な抒情を盛り、やがて自然主義とも関わり合っていく。前田夕暮や若山牧水もそれぞれ独自の世界を開拓し、四〇年代に『収穫』『別離』といった記念碑的な歌集を刊行するとともに『詩歌』『創作』といった雑誌と関わっていく。また『明星』から『スバル』に関わる石川啄木は、平易な言葉で日常の生活や現実を取り込んで短歌に社会性をもたせ、吉井勇は、駘蕩的な世界を含めて歌の世界を広めていく。この間、伝統的な和歌が滅亡したわけではなく活動を続けるが、近代の社会やジャーナリズムや人間関係をも背景にしながら、個に即しつつ、新たな世界を求める「短歌」が、千年の伝統をもつ和歌の中から生まれ出た。

一般事項	西暦	年号	和歌関連事項	没年など
一月 鳥羽伏見の戦 戊辰戦争が始まる 三月一四日 五箇条の御誓文公布 九月八日 慶応を明治に改元（明治五年以前の、一般（国内）・和歌・没年の年月日は旧暦による）	一八六八	明治一	初夏 城兼文編『殉難前草』 一二月 大田垣蓮月・高畠式部『二女和歌集』	七月二九日 大隈言道 71 八月二八日 橘曙覧 57

一八六九	明治二	五月 戊辰戦争終わる 六月一七日 版籍奉還 一二月二五日 東京横浜間の電信開通▼一一月一七日スエズ運河開通	一月二四日 明治天皇即位後初の和歌御会始が京都御所で行われる 題「春風来海上」 一一月 堂上派の侍従三條西季知が宮中の歌道の御用を命じられる◇初春 馬場文英編『殉難拾遺』春 八田知紀『白雲日記』(跋) 夏『平野国臣歌集』(国臣は元治元年没) 初冬 城兼文編『近世殉国一人一首伝』	
一八七〇	明治三	九月一九日 平民の名字使用許可 一二月八日 日刊紙『横浜毎日新聞』創刊▼七月一九日 普仏戦争 九月四日 フランス第三共和制 一〇月二日イタリア統一	一月二四日 東京での初の歌御会始 題「春来日暖」◇四月 大田垣蓮月『海人の刈藻』九月 宜野湾朝保編『沖縄集』(序)	
一八七一	明治四	一月二四日 郵便制度制定 七月一四日 廃藩置県 同一八日 文部省創設 一〇月八日 岩倉具視ら欧米に派遣▼一月一八日ドイツ帝国成立	一月 宮内省に「歌道御用掛」が設けられる	一一月一八日 井上文雄 72
一八七二	明治五	二月 福澤諭吉『学問のすゝめ』初編刊 同二一日『東京日日新聞』創刊 八月二日 学制発布 九月一二日 新橋横浜間鉄道開通 一一月九日 太陽暦採用を布告 明治五年一二月三日をもって明治六年一月一日とする	この頃より新時代に関わる新題による題詠が一部に行われる	
一八七三	明治六	一月一〇日 徴兵令公布 七月 地租改正条例布告 一〇月二五日 西郷隆盛、板垣退助下野	三月 黒川真頼撰『横文字百人一首』(小倉百人一首をローマ字で綴り、平仮名を付す) 八月 総生寛編『童戯百人一首』(百人一首の下句はそのままに、上句に新時代の風俗を取り込む狂歌)	九月二日 八田知紀 75
一八七四	明治七	一月一七日 板垣退助ら民撰議院設立建白書提出 三月『明六雑誌』創刊 西周「洋字ヲ以テ国語ヲ書スルノ論」一一月二日『読売新聞』創刊	一月一二日 宮内省から歌御会始に一般からの詠進を受ける旨の布達がされる(官員華士族平民之無差別詠進)◇六月 近藤芳樹編『類題和歌月波集』(巻上は一年を春夏秋冬でなく新暦で一月から一二月に分かつ)	
一八七五	明治八	二月一一日 大阪で愛国社結成 八月 福澤諭吉『文明論之概略』	一月 転々堂藍泉編『近世報国百人一首』三月 岡部啓五郎編『明治好音集』(新題の詩歌集)	一二月一〇日 大田垣蓮月 85
一八七六	明治九	三月二八日 廃刀令 一〇月二四日 神風連乱	一月 橘東世子編『明治歌集第一編』九月 高崎正風編『埋木廼花』	
一八七七	明治一〇	二月一五日 西南戦争起こる	六月 山田謙益編『明治現存三十六歌撰』八月『明治歌集第二編』一一月 松波資之編『歌留かや集』(桂園派の歌文集)	
一八七八	明治一一	五月一四日 内務卿大久保利通暗殺される	八月 井手今滋編『志濃夫廼舎歌集』(橘曙覧の遺稿集) 一一月 大久保忠保編『開化新題歌集』	
一八七九	明治一二	六月四日 東京招魂社を靖国神社と改称 九月二九日 学制を廃止し教育令制定	三月 村上恒二郎編『僧良寛歌集』一二月 大熊弁玉『由良牟呂集』(長歌集)	

一般事項	西暦	年号	和歌関連事項	没年など
三月一七日 国会期成同盟結成 自由民権運動が盛り上がる	一八八〇	明治一三	七月 佐佐木弘綱編『明治開化和歌集 上下』（春夏秋冬恋雑といった伝統的な部立 雑に新題も載せる） 一一月 大久保忠保編『開化新題歌集第二編』	二月二九日 近藤芳樹 80 四月二五日 大熊弁玉 63 八月二四日 三条西季知 80
一〇月一一日 大隈重信下野し翌年立憲改進党結成 一八日 自由党結成（総理板垣退助）	一八八一	明治一四	二月 松波資之『花仙堂歌集』 四月 岡田伴治『明治三十六歌撰』 九月 佐佐木弘綱編『開化新題和歌梯』（新題歌の手引き書）	五月二八日 高畠式部 97
三月 中江兆民訳『民約訳解』刊 一二月一日 福島事件	一八八二	明治一五	八月 外山正一・矢田部良吉・井上哲次郎『新体詩抄』刊 序で伝統的な定型詩の批判がなされ、翻訳・自作の長詩が試みられる ◇一二月 小出粲『あさきぬ』	一〇月一三日 橘東世子 77
一一月二八日 麹町に鹿鳴館開館	一八八三	明治一六	一〇月 平井元満編『東京大家十四家集』	
九月二三日 加波山事件 一〇月三一日 秩父事件	一八八四	明治一七	九月 末松謙澄「歌楽論」（『東京日日新聞』）連載。西洋と日本の詩歌の比較から和歌改良論 ◇一月『開化新題歌集第三編』 一一月 海上胤平『東京大家十四家集評論』（前年の平井書の批判）	
九月 坪内逍遙『小説神髄』刊行始まる 一二月二二日 内閣制度が確立され伊藤博文が内閣総理大臣に	一八八五	明治一八	一二月 鈴木弘恭『東京大家十四家集評論弁』	
三月二日 帝国大学令公布 四月一〇日 小学校令（義務教育制）中学校令公布 七月『大八洲学会雑誌』 一二月『東洋学会雑誌』創刊	一八八六	明治一九	二月 侍従職に御歌掛が置かれ高崎正風が御歌掛長となる 八月 樋口一葉、中島歌子の歌塾「萩の舎」に入門 一二月 小中村義象「歌道ノ沿革」（『東洋学会雑誌』） ◇三月 佐々木弘綱編『詠歌自在』	
二月『国民之友』創刊 六月 二葉亭四迷『浮雲第一編』刊 ▼仏領インドシナ連邦成立	一八八七	明治二〇	七月 萩野由之・小中村義象『国学和歌改良論』 若手国学者による和歌改良論が興る	
二月 山田美妙「言文一致論概略」（『学海之指針』） この年『筆の花』『我楽多文庫』『都の花』『少年園』など創刊	一八八八	明治二一	三月 林甕臣「言文一致歌」（『東洋学会雑誌』） 六月 宮内省に御歌所が設けられ高崎正風が御歌所長になる 九月 森田思軒「和歌を論ず」（『国民之友』） 佐々木弘綱「長歌改良論」（『筆の花』）など和歌改良論 長歌改良論が盛ん ◇二月 武津八千穂『国学和歌改良不可論』 五月 池袋清風編『浅瀬の波』 一〇月 本居豊頴編『大八洲歌集』 一二月 税所敦子『御垣の下草』	八月一七日 与謝野礼厳 76
一月二二日 改正徴兵令公布 二月一一日 大日本帝国憲法発布 八月 鷗外『しがらみ草子』創刊 皇室典範制定 一〇月 鷗外他訳「於母影」（『国民之友』）刊 一二月二四日 第一次山県有朋内閣	一八八九	明治二二	三月 海上胤平「長歌改良論弁駁」（『筆の花』）連載始まる 胤平は長歌を多く作る 一二月 萩野由之「和歌及新体詩を論ず」（『東洋学会雑誌』）	
一月 森鷗外「舞姫」（『国民之友』） 七月一日 第一回衆議院議員選挙 一〇月三〇日 教育勅語発布 一一月二五日 第一回帝国議会召集	一八九〇	明治二三	三月 池袋清風「和歌ノ趣向ヲ論ズ」（『国民之友』） 一〇月 山田美妙「日本韻文論」連載開始（『国民之友』） 佐々木弘綱・信綱編『日本歌学全書』の刊行開始 ◇一月 弘綱編『千代田歌集第一編』	

一月九日 内村鑑三不敬事件 三月八日 ニコライ堂落成	一八九一	明治二四	一〇月 森鷗外「美妙齋主人が韻文論」（『しがらみ草紙』）◇一一月 落合直文編『新撰歌典』	六月二五日 佐々木弘綱 64
一一月一日『万朝報』創刊	一八九二	明治二五	三月『歌学』創刊 ◇四月 佐佐木信綱『歌の栞』	
一月『文学界』創刊 二月 北村透谷「人生に相渉るとは何の謂ぞ」（『文学界』）	一八九三	明治二六	二月 落合直文の「あさ香社」が成立。雑誌をもたないが、近代短歌結社の先駆けとされ、鮎貝槐園、与謝野鉄幹、さらに金子薫園、久保猪之吉、服部躬治、尾上柴舟らがつらなる。	
八月一日 清国に宣戦布告（日清戦争） 一〇月 志賀重昂『日本風景論』刊	一八九四	明治二七	五月 与謝野鉄幹「亡国の音」を八回にわたって連載（『二六新報』）◇二月 佐佐木信綱編『明治歌集第一編』 三月 小出粲『くちなしの花』 一〇月 信綱撰『征清歌集』	
一月 樋口一葉「たけくらべ」（『文学界』） 四月一七日 日清講和条約調印 三国干渉 ▼一〇月八日 乙未事変 京城で王妃閔妃が殺害される	一八九五	明治二八	三月 正岡子規、従軍記者として中国に渡り、五月一七日帰国の船中で喀血。神戸病院に入院 四月 与謝野鉄幹、鮎貝槐園に招かれ韓国京城の乙未義塾の教師として赴任し、一〇月 乙未事変により広島に送還 ◇五月 大和田建樹『山したみづ』 六月 税所敦子編『内外詠史歌集』	
六月六日 黒田清輝ら白馬会を発会 一五日 三陸地方大津波 ▼四月六日 アテネで第一回近代オリンピック	一八九六	明治二九	一〇月 佐佐木信綱が『いささ川』を創刊する ◇七月 与謝野鉄幹詩歌集『東西南北』「虎剣調」が言われるが、多様な傾向をもつ	一一月二三日 樋口一葉 25
八月 島崎藤村『若菜集』刊	一八九七	明治三〇	三月 大町桂月・佐佐木信綱・落合直文・与謝野鉄幹・正岡子規・武島羽衣らの新詩会合同詩集『この花』刊行 ◇一月 与謝野鉄幹『天地玄黄』 五月 末松謙澄『国歌新論』	
一〇月一八日 幸徳秋水、片山潜、安部磯雄ら社会主義研究会を結成	一八九八	明治三一	二月 佐佐木信綱『こゝろの華』（『心の花』）創刊 二月一二日 竹の里人（正岡子規）十回にわたって「歌よみに与ふる書」を連載（『日本』） 六月 久保猪之吉、尾上柴舟、服部躬治ら「いかづち会」を創立 ◇四月 下田歌子『詠歌之栞』	
一二月 薄田泣菫『暮笛集』刊 一二月 芳賀矢一『国文学十講』刊 ▼三月 中国山東で義和団が蜂起 一〇月 南アフリカボーア戦争	一八九九	明治三二	三月一四日 昨年来の子規庵の歌会に香取秀真、岡麓らが出席し、翌年には伊藤左千夫、長塚節らが参加して根岸短歌会が成立 五月 小出粲「新派の和歌につきて」（『こゝろの華』） 一一月 与謝野鉄幹、東京新詩社を創立	

一般事項	西暦	年号	和歌関連事項	没年など
三月一〇日 治安警察法公布 九月八日 夏目漱石、英国留学のためプロイセン号にて横浜を出帆 ▼六月 北清事変（義和団の乱）	一九〇〇	明治三三	三月 太田水穂・窪田空穂ら松本で「この花会」を創立 四月 東京新詩社の機関誌として『明星』が創刊される 一号から五号まではタブロイド版、六号からは大判の雑誌型となり「新詩社清規」で「自我の詩」が謳われる 八月六日 堺の高師浜で与謝野鉄幹、晶子、山川登美子、高須梅渓、河野鉄南ら八人で作歌 九月 鉄幹「子規子に与ふ」（『明星』） 十月 伊藤左千夫「歌に就て吾今日の考」（『大帝国』） 一一月『明星』八号が発売禁止となる ◇一二月 松下大三郎・渡辺文雄編『国歌大観』刊行始まる	二月五日 税所敦子 76 七月二〇日 池袋清風 54
五月一八日 社会民主党結成されるが、二〇日禁止される 六月二日 第一次桂太郎内閣成立	一九〇一	明治三四	三月 大日本郭清会『文壇照魔鏡』で与謝野鉄幹が人身攻撃され、鉄幹は訴訟をおこす 伊藤左千夫「新歌論」（『こゝろの華』）の連載始まる ◇一月 金子薫園『かたわれ月』二月 佐佐木信綱編『竹柏園集第一編』三月 与謝野鉄幹『鉄幹子』四月 鉄幹『紫』七月 服部躬治『迦具土』八月 鳳晶子『みだれ髪』一〇月 黒瞳子（平出修）『新派和歌評論』	
一月二三日 青森歩兵連隊、八甲田にて遭難 一月三〇日 日英同盟調印 ▼一月 シベリア鉄道（ウラジオストク・ハバロフスク間）開通	一九〇二	明治三五	五月 窪田空穂ら『山比古』創刊 一一月一〇日 石川啄木、与謝野夫妻を訪れる ◇一月 尾上柴舟・金子薫園選『叙景詩』（明星に対抗する叙景詩運動が起こる）二月 みづほのや（太田水穂）『つゆ草』六月 与謝野鉄幹『新派和歌大要』一二月 鉄幹『うもれ木』	九月一九日 正岡子規 36
六月 内村鑑三 日露非開戦を主張 一一月 幸徳秋水、堺利彦ら平民社を結成し『週刊平民新聞』を発刊 ▼マリー・キュリー、ノーベル物理学賞受賞（一九一一年に化学賞）	一九〇三	明治三六	一月 島木赤彦、諏訪で『比牟呂』を創刊 六月 伊藤左千夫を中心に『馬酔木』創刊 一〇月 金子薫園、白菊会を創立 一一月『明星』を退会した岩野泡鳴、相馬御風、前田林外ら『白百合』を創刊 ◇一〇月 信綱『思草』	一月三〇日 中島歌子 63 一二月一六日 落合直文 42

明星 一号

同 六号

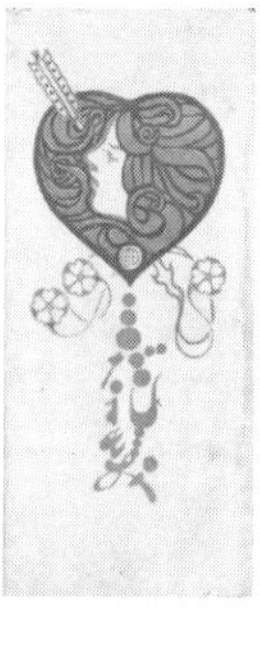

与謝野晶子『みだれ髪』

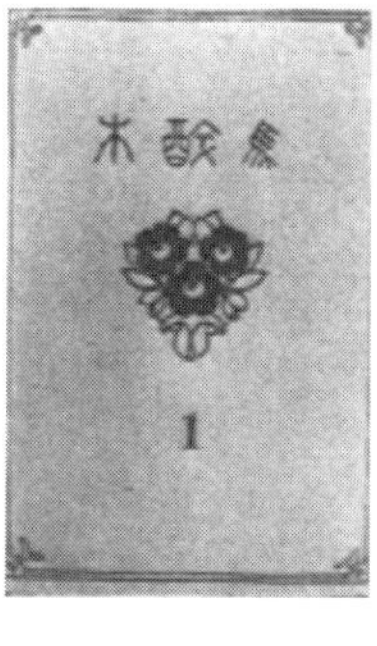

馬酔木 創刊号

阿羅々木（アララギ）創刊号

西暦	和暦	社会・文化	短歌	没
一九〇四	明治三七	二月一〇日 ロシアに宣戦布告(日露戦争) 二月 岡倉天心、横山大観らを伴って渡米 田山花袋「露骨なる描写」(『太陽』)	九月 与謝野晶子が『明星』に新体詩「君死にたまふこと勿れ」を発表、一〇月 大町桂月「明星の厭戦歌」(『太陽』)で批判 一一月 晶子は『明星』に「ひらきぶみ」を掲載 ◇一月 晶子『小扇』 五月 落合直文『萩之家遺稿』 蕨真一郎編『竹の里人選歌』 山田正賢編『征露歌集』 与謝野鉄幹・晶子『毒草』 七月 天田愚庵『愚庵遺稿』 一一月 尾上柴舟『銀鈴』 正岡子規『竹の里歌』(子規遺稿第一篇)	一月一七日 天田愚庵 51
一九〇五	明治三八	一月 夏目漱石「吾輩は猫である」(『ホトトギス』)連載はじまる 五月二七日 日本海海戦 同月 薄田泣菫『二十五弦』 七月 蒲原有明『春鳥集』 三木露風『夏姫』 九月五日 ポーツマスで日露講和条約締結 一〇月 上田敏訳詩集『海潮音』刊 ▼アインシュタイン、光量子仮説、ブラウン運動の理論、特殊相対性理論を発表	この年 尾上柴舟、前田夕暮、若山牧水らが「車前草社」を、金子薫園が「短歌研究会」を、窪田空穂が「一〇月会」を創立 ◇一月 山川登美子・増田(茅野)雅子・与謝野晶子『恋衣』 三月 みづほのや(太田水穂)山百合(島木赤彦)『山上湖上』(短歌と新体詩) 五月 石川啄木『あこがれ』(詩集) 九月 窪田空穂『まひる野』(短歌と新体詩) 一〇月 相馬御風『睡蓮』	
一九〇六	明治三九	一月七日 第一次西園寺公望内閣成立 二月 日本社会党第一回大会 三月 島崎藤村『破戒』刊 四月 夏目漱石「坊ちゃん」(『ホトトギス』)	四月 石川啄木、渋民尋常高等小学校の代用教員となる 六月一〇日 森鷗外、賀古鶴人、小出粲、大口鯛二、佐佐木信綱、井上通泰らが会して常磐会を創立。山県有朋が関わる 一一月 井上通泰「和歌の新派と旧派と」(『文章世界』) ◇一月 晶子『舞姫』 六月 落合直文『萩之家歌集』 七月 窪田空穂・水野葉舟『明暗』 九月 与謝野晶子『夢之華』 一二月 草山隠者(青山霞村)『池塘集』 初めての口語歌集といわれる	八月三〇日 黒川真頼 83
一九〇七	明治四〇	二月四日 足尾銅山でストライキ 二月 柳田国男、田山花袋、島崎藤村ら「イプセン会」 九月 花袋「蒲団」(『新小説』)	一月 前年白日社を結成した前田夕暮が『向日葵(ひぐるま)』創刊 三月 森鷗外宅での「観潮楼歌会」が始まり、諸流派の交流が図られる(佐佐木信綱、与謝野鉄幹、伊藤左千夫 後に石川啄木、北原白秋、斉藤茂吉ら) 七月 鉄幹、吉井勇、平野万里、白秋、木下杢太郎ら九州を旅し、南蛮趣味がおこる ◇三月 平野万里『わかき日』 金子薫園『わがおもひ』 五月 尾上柴舟『静夜』 九月 十月会合同歌集『白露集』 森林太郎(鷗外)『うた日記』(詩歌句集)	八月一四日 福羽美静 77

観潮楼歌会

森鷗外が「観潮楼」と称していた東京千駄木の自宅で、明治四〇年三月から催した歌会。団子坂を上りきった屋敷からは、逢か東京湾が望めたらしい。

鷗外は後に、子規没後も続いていた明星派とアララギ派の対立を憂慮し、歌壇に新風が興ることを期待したという。参加者は明星派から与謝野寛、万里、勇、啄木、白秋ら、根岸派から伊藤左千夫、節、茂吉ら、竹柏会からは佐佐木信綱、他に上田敏などそうそうたる顔ぶれである。お互いに忌憚のない意見交換をし、競いあったようだ。

この会は三年ほど続き幕を閉じるが、これほどのメンバーが一堂に会する機会をもてたことの意義は大きく、鷗外の面目躍如たるものがある。四一年に『明星』は廃刊、白秋らが「パンの会」を発足、さらに『スバル』が創刊されるなど、文学史は新たな時代を迎えることになる。この会で、若い歌人が他派の歌人から刺激を受け、世界を広げていったことは特筆すべきことといえるだろう。

観潮楼は戦災で焼失し、現在その跡地は文京区立鷗外記念館になっている。庭園には焼け残つた門柱跡や大銀杏がある。

西暦	年号	一般事項	和歌関連事項	没年など
一九〇八	明治四一	一月 島村抱月「文芸上の自然主義」(『早稲田文学』) 七月 西園寺内閣総辞職して第二次桂内閣成立	一月 北原白秋、吉井勇、木下杢太郎ら七名新詩社を脱退 二月『馬酔木』にかわって『アカネ』が創刊され三井甲之が編集 一〇月 伊藤左千夫らは三井と対立して『阿羅々木』を創刊(翌年九月より左千夫宅を発行所として『アララギ』と表記。島木赤彦の『比牟呂』とも合流する) 一一月『明星』百号をもって終刊 一二月 木下杢太郎、白秋、勇、石井柏亭らによってパンの会が結成される ◇七月 若山牧水『海の声』	四月一五日 小出粲 76
一九〇九	明治四二	三月 北原白秋『邪宗門』刊 永井荷風『ふらんす物語』刊(発禁) 一〇月二六日 伊藤博文、ハルビンで安重根に暗殺される。	一月 石川啄木、平野万里、吉井勇ら『スバル』創刊 森鷗外が支援 斎藤茂吉「短歌に於ける四三調の結句」(『阿羅々木』) 一一月三〇日 啄木「弓町より―食ふべき詩」連載(『東京毎日』) ◇四月 井上通泰編『常磐会詠草』 五月 与謝野晶子『佐保姫』 七月『小出粲翁家集』 八月 尾上柴舟『永日』	四月一五日 山川登美子 31
一九一〇	明治四三	四月『白樺』創刊 五月 大逆事件の検挙が始まり、一二月一〇日 幸徳秋水ら二六人の公判開廷(非公開) 八月二二日 日韓併合	三月 東雲堂より、『創作』が創刊され若山牧水が編集に関わる 九月 三月から朝日新聞に校正係としていた石川啄木、朝日歌壇の選者となる 一〇月 尾上柴舟「短歌滅亡私論」(『創作』) 一一月 啄木「一利己主義者と友人との対話」(同) 短歌滅亡論の議論がおこる ◇一月 牧水『独り歌へる』 三月 前田夕暮『収穫』 金子薫園『覚めたる歌』 与謝野寛『相聞』 近藤元『驕楽』(発売禁止) 四月 牧水『別離』(『海の声』『独り歌へる』に新作を加えて東雲堂から刊行)。夕暮・牧水時代がいわれる 土岐哀果(善麿)『NAKIWARAI』(ローマ字歌集) 半田良平編十月会『黎明』 九月 吉井勇『酒ほがひ』 一〇月 矢沢孝子『鶏冠木』(発売禁止) 佐佐木信綱『日本歌学史』 一二月 啄木『一握の砂』	一〇月一日 大和田建樹 54 一一月九日 大塚楠緒子 36
一九一一	明治四四	一月 大逆事件判決(二四人に死刑判決。内一二人を無期に減刑) 前年に「時代閉塞の現状」(生前未発表)を記した啄木は弁護士の平出修から資料を閲覧 九月『青鞜』創刊され晶子「山の動く日きたる」で始まる詩を寄稿 ▼ 一〇月 中国で辛亥革命	四月 前田夕暮『詩歌』を創刊 九月 尾上柴舟を中心に『車前草』創刊 一〇月 第一期『創作』終刊 一一月 北原白秋『朱欒(ザンボア)』創刊 与謝野寛、熱田丸で渡欧 ◇一月 与謝野晶子『春泥集』 九月 若山牧水『路上』 一二月 金子薫園『山河』	

青鞜
スバル

斎藤茂吉
北原白秋
吉井勇
釈迢空
※歌集とカット

石川啄木が若くして世を去った三ヶ月後に年号は大正となり、二年後の一九一四年には欧州で未曾有の世界大戦が起こる。国内が戦場になることのなかった日本では一時は好景気ももたらされ、戦後に発足した国際連盟では常任理事国となる。大正デモクラシーと呼ばれるような護憲運動が起こって大正の終わりには普通選挙法も成立するが、その選挙権は男子だけのものであり、治安維持法と合わさった帝国憲法下のものであった。明治の急速な近代化の後に続く大正時代は、ある落ち着きやゆとりをもって、新たな生き方や思想が育まれ、文化的な教養や、生命主義的なものが求められた時代であったが、さまざまな矛盾を抱えてもいた。大正二年、北原白秋の『桐の花』斎藤茂吉の『赤光』という画期的な二冊の歌集が出版された。『明星』から出発して詩人として活躍していた白秋は、西欧モダンへの憧れも滲ませながら、抒情的で官能的な詩的世界を短歌にもたらし、『アララギ』の茂吉は万葉調を取り入れながら、独自の言語感覚で近代の「われ」の生命を強く押し出す。また、三年には尾上柴舟らの『水甕』、窪田空穂の『国民文学』が創刊され、また四年には太田水穂『潮音』が創刊されて日本的象徴を掲げていく。さまざまな結社が短歌を生み出し継承していく場となり、それらを包括したものとしての歌壇といったものが形成されていく。とくに『アララギ』は島木赤彦が編集を担うようになって大きな勢力となり、茂吉の「実相観入」赤彦の「寂寥相」といった特徴ある論を生んでいく。一方、土岐善麿は自由な立場から歌壇への批評・批判を行って、多くの歌集を出した。また関東大震災後には、北原白秋、前田夕暮、土岐善麿、木下利玄、吉植庄亮や、『アララギ』を退会した石原純、古泉千樫、釈迢空ら、独自の世界をもった歌人が超結社ともいえる『日光』を創刊している。この時期、批評家としても活躍した晶子をはじめ、岡本かの子、柳原白蓮、原阿佐緒、杉浦翠子、今井邦子、若山喜志子、三ヶ島葭子、四賀光子ほか、多くの女性の歌人が活躍する。その出発や活動の場は、一般のジャーナリズムを含めてまちまちだが、厳しい状況の中での女性の生き方、意識の高まりや苦悩をうかがわせる。また伝統化されていく近代短歌に抗するかのように、口語短歌や生活短歌、都市詠もさかんになっていく。口語短歌は明治にも試みられ、青山霞村『池塘集』がその先駆けと言われるが、短歌総合誌『短歌雑誌』には、大正九年に口語歌投稿欄が設けられ、また口語や自由律の『新短歌』の雑誌が生まれていく。広範な読者や作者を得て、近代短歌は新たな世界を模索した。

一般事項	西暦	年号	和歌関連事項	没年など
七月三〇日 明治天皇逝去 大正と改元 九月一三日 明治天皇大葬 乃木希典夫妻殉死 一二月 西園寺内閣総辞職し、第三次桂太郎内閣成立▼一月 中華民国臨時政府成立 四月 タイタニック号処女航海で沈没	一九一二	明治四五／大正一	一月 斎藤茂吉「童馬漫筆」の連載はじまる（「アララギ」）四月 伊藤左千夫「強ひられたる歌論」（「アララギ」）五月 与謝野晶子シベリア鉄道経由でパリに到着し寛と欧州各地を旅行 九月 左千夫「叫びと話」連載（「アララギ」）◇一月 晶子『青海波』二月 土岐哀果『黄昏に』三月 若山牧水『牧水歌話』四月 窪田空穂『空穂歌集』六月 啄木『悲しき玩具』九月 前田夕暮『陰影』牧水『死か芸術か』一一月 佐佐木信綱『新月』一二月 岡本かの子『かろきねたみ』	二月二八日 高崎正風77 四月一三日 石川啄木27

西暦	元号	社会	短歌・文学	没年
一九一三	大正二	一月 桂内閣に対する憲政擁護運動が起こる 二月 桂内閣総辞職 山本権兵衛内閣成立 七月 島村抱月、松井須磨子ら芸術座結成	八月 若山牧水、太田水穂の後援で『創作』を復刊(翌年末休刊) 九月 斎藤茂吉「死にたまふ母」「アララギ」 土岐哀果『生活と芸術』創刊 石川啄木と計画していた社会思想に開かれた雑誌 ◇一月 尾上柴舟『日記の端より』 北原白秋『桐の花』 四月 岡稲里『早春』 内藤鋠策『旅愁』 五月 原阿佐緒『涙痕』(七月に改版) 松村英一『春かへる日に』 六月 吉井勇『昨日まで』 啄木『啄木歌集』 七月 久保田柿人(島木赤彦)・中村憲吉『馬鈴薯の花』 九月 牧水『みなかみ』(破調歌を含む) 一〇月 斎藤茂吉『赤光』 尾山篤二郎『さすらひ』 一二月 哀果『佇みて』	七月三〇日 伊藤左千夫 50
一九一四	大正三	三月 山本内閣総辞職し、四月 第二次大隈重信内閣成立 一〇月 高村光太郎『道程』刊 ▼七月 第一次世界大戦が起こり、八月二三日 日本はドイツに宣戦布告	四月 尾上柴舟・岩谷莫哀・石井直三郎ら『水甕』創刊 六月 窪田空穂ら「国民文学」創刊 長塚節「鍼の如く その一」「アララギ」 九月 北原白秋『地上巡礼』創刊 一〇月 西出朝風『新短歌と新俳句』(四号から「明日の詩歌」)創刊 ◇一月 与謝野晶子『夏より秋へ』 二月 金子薫園『草の上』 五月 木下利玄『銀』 九月 前田夕暮『生くる日に』	三月一七日 平出修 37
一九一五	大正四	一月一八日 中国に対して二十一ヶ条の要求提出 五月二五日 二十一ヶ条要求に基づく日華条約調印	七月 太田水穂『潮音』創刊 九月 土岐哀果ら「歌壇警語」を連載(『生活と芸術』) ◇二月 石榑千亦『潮鳴』 三月 (柳原)白蓮『踏絵』 尾山篤二郎『明る妙』 哀果詩歌集『街上不平』 島木赤彦『切火』 五月 窪田空穂『濁れる川』 武山英子『傑作歌選第二集武山英子』 六月 山田(今井)邦子『片々』 八月 北原白秋『雲母集』 与謝野寛詩歌集『鴉と雨』 岩谷莫哀『春の反逆』 一一月 吉井勇『祇園歌集』 一二月 若山喜志子『無花果』	二月八日 長塚節 37 一〇月二六日 武山英子 35
一九一六	大正五	八月 津田左右吉『文学に現はれたる我が国民思想の研究』刊(～一九二一年) 一二月九日 夏目漱石没	◇一月 与謝野晶子『朱葉集』 三月 片山広子『翡翠』 四月 斎藤茂吉『短歌私鈔』 五月 吉井勇『東京紅灯集』 晶子『舞ごろも』 六月 今井邦子『光を慕ひつつ』 若山牧水『朝の歌』 七月 西村陽吉『都市居住者』 九月 前田夕暮『深林』 折口信夫『口訳万葉集 上巻』(中下巻翌年五月刊) 一〇月 新井悦『微明』 窪田空穂『鳥声集』 一一月 中村憲吉『林泉集』 原阿佐緒『白木槿』	一月一四日 岡橙(稲)里 38 四月三日 海上胤平 88

晶子の開いたもの

明治時代に活躍した女性歌人は、と開かれて晶子以外の誰を挙げることができようか。江戸から明治へと時代が大きく変化しても、女性がジャーナリズムの表舞台に立つようになるにはまだまだ時を必要とした。

樋口一葉が『たけくらべ』を発表したのが明治二四年。その後十年、明治三四年に『みだれ髪』を発表した晶子は一躍歌壇の寵児となり、矢継ぎ早に短歌、詩、小説、随想、評論を発表していく。歌壇のみならず文壇自体がまだ女性に閉ざされた世界であった時代に、晶子の存在は文学を志す女性たちの希望の象徴であったろう。

晶子に続く女性歌人が華々しく登場するのは、明治四四年創刊の『青鞜』を待つ。「明星」からスタートした『青鞜』主宰の平塚らいてうや岡本かの子、『女子文壇』で晶子に認められた原阿佐緒、「竹柏会」の柳原白蓮、『アララギ』の今井邦子ら、大正の歌人たちである。明治の熟成期をひとり輝く星として活躍した晶子は、ジャーナリズムの荒波に揉まれつつ、後に続く女性歌人らが表舞台に立つ道を開いてきた。『青鞜』創刊号に「すべて眠りし女《をなご》今ぞ目覚めて動くなる」と寄せて。

西暦	年号	一般事項	和歌関連事項	没年など
一九一七	大正六	二月 萩原朔太郎『月に吠える』▼三月 ロシア二月革命が起こり ロマノフ王朝滅亡 一一月七日 ソビエト政権樹立宣言（一〇月革命）	二月 若山牧水『創作』を復活刊行 三月 森園天涙ら『珊瑚礁』創刊 一〇月『短歌雑誌』創刊。発売元東雲堂書店 編集発行人西村陽吉。松村英一、尾山篤二郎らが携わる。短歌ジャーナリズムの先駆け ◇一月 茅野雅子『金沙集』五月 杉浦翠子『寒紅集』六月 岡橙里『橙里全集』『長塚節歌集』八月 若山牧水・喜志子『白梅集』	
一九一八	大正七	七月『赤い鳥』創刊 八月 シベリヤ出兵 富山県から米騒動が起こり全国に広がる 九月 寺内正毅内閣倒れ政友会原敬内閣成立 この年からスペイン風邪流行 ▼一月 アメリカで婦人参政権成立 一一月一一日 第一次世界大戦終わる	五月 島木赤彦「写生道」（『アララギ』）一〇月 金子薫園「光」創刊 ◇二月 岡本かの子『愛のなやみ』三月 川田順『伎芸天』四月 西出朝風『半生の恋と餓 上巻』五月 若山牧水『渓谷集』七月 田山花袋『花袋歌集』一一月 青山霞村『池塘集』（一九〇六年刊の改訂増補）土岐善麿『緑の地平』一二月 窪田空穂『土を眺めて』	
一九一九	大正八	三月 京城・平壌で朝鮮独立宣言が発表され独立運動が拡大 四月『改造』創刊 ▼三月 パリ講和会議 五月 中国で山東問題に対する抗議の示威運動（五四運動）六月二八日 ベルサイユ講和条約調印	三月 口語歌の青山霞村『カラスキ』創刊 八月 橋田東声臼井大翼ら「覇王樹」創刊 ◇一月 堀口大学『パンの笛』三月 柳原白蓮『幻の華』七月 木下利玄『紅玉』半田良平『野づかさ』八月 斎藤茂吉『童馬漫語』与謝野晶子『火の鳥』一〇月 小田観蛍『隠り沼』一一月 西川百子『無産者』（発禁 翌年改版）	一月二五日 松倉米吉 25
一九二〇	大正九	一月『新青年』創刊 一月三一日 全国普選連合会結成され普通選挙運動が起こる 二月 八幡製鉄所で争議 三月一五日 株が大暴落し戦後恐慌が始まる 五月二日 上野公園で日本最初のメーデー	三月 対馬完治「地上」創刊 宇都野研『朝の光』創刊 四月 斎藤茂吉「短歌に於ける写生の説」（『アララギ』）連載始まる ◇二月 窪田空穂『朴の葉』六月『松倉米吉歌集』島木赤彦『氷魚』九条武子『金鈴』九月『左千夫全集第一巻歌集』	一〇月六日 末松兼澄 66
一九二一	大正一〇	一一月四日 原敬首相、東京駅で暗殺される ▼七月 中国共産党創立 一一月 ワシントン軍縮会議開催	一月 与謝野寛『明星』を復刊 ◇一月 斎藤茂吉『あらたま』花田比露思『さんげ』晶子『太陽と薔薇』橋田東声『地懐』二月 三ヶ島葭子『吾木香』三月 若山牧水『くろ土』空穂『青水沫』四月 吉植庄亮『寂光』太田水穂『短歌立言』八月 植松寿樹『庭燎』北原白秋『雀の卵』一〇月 原阿佐緒『死を見つめて』一一月 茂吉改選『赤光』中原綾子『真珠貝』一二月 斎藤瀏『曠野』	

歌の表記

近代歌人の歌集は、歌の表記にさまざまなものが見られる。ここにそのままを再現することはむずかしいが、例えば与謝野鉄幹『東西南北』では、「尾上には、いたくも虎の、吼ゆるかな。」と句読点交じりで一行目に上句があり、次に五字を落として「夕べは風に、ならむとすらむ。」と二行目に下句が続く。新体詩などの中に自然に収まりながら、短歌であることも示しているようだ。

また近代歌人は意識的な多行書きも試みていく。

土岐哀果『NAKIWARAI』

Waga gotoki yonotsunebito wa,
Modae sezu,
Metorite, umite, oite, shinubeshi!

石川啄木『一握の砂』

いのちなき砂のかなしさよ
さらさらと
握れば指のあひだより落つ

同『悲しき玩具』

旅を思ふ夫の心！
叱り、泣く、妻子の心！
朝の食卓

西村陽吉『都市居住者』

はてもなき、家家の海、
春の日の、
この東京のなんといふ汚さ！

哀果の第一歌集は、ヘボン式ローマ字綴りによる三行書きで

西暦	和暦	社会	短歌	没年
一九二二	大正一一	七月一五日 日本共産党結成(非合法) 一一月一八日 アインシュタイン来日 ▼一二月三〇日 ソビエト社会主義共和国連邦成立	四月 小泉苳三『ポトナム』創刊 五月 萩原朔太郎「現歌壇への公開状」(『短歌雑誌』) 九月 吉植庄亮『橄欖』創刊 一〇月 中河幹子『ごぎやう』創刊 ◇一月 川田順『山海経』二月 佐佐木信綱『常磐木』三月 土田耕平『青杉』五月 石原純『靉日』太田水穂『雲鳥』八月 小泉苳三『夕潮』一一月 青山霞村・西出朝風・西村陽吉編『現代口語歌選』一二月 宮内省編纂『明治天皇御集』	七月九日 森鷗外 61 一〇月一四日 蕨真 47
一九二三	大正一二	五月 北一輝『日本改造法案大綱』刊 六月 堺利彦ら検挙(第一次共産党事件) 九月一日 関東大震災 二日 戒厳令 亀戸事件 一六日 大杉栄、伊藤野枝ら扼殺される	二月 浅野保・春日井瀇・三田澪人ら『短歌』創刊 三月 村野次郎『香蘭』創刊 九月 関東大震災により雑誌が休刊 一一月「震災報告号」(『アララギ』) ◇四月 水町京子『不知火』五月 若山牧水『山桜の歌』生田蝶介『旅人』	
一九二四	大正一三	一月一〇日 清浦内閣に対して第二次護憲運動が起こり、六月一一日に加藤高明内閣成立 一〇月 横光利一、川端康成ら『文芸時代』を創刊。千葉亀雄により新感覚派といわれた 一二月一三日 婦人参政権獲得期成同盟結成 ▼一月 中国、第一次国共合作	四月 超結社の月刊雑誌『日光』が創刊され 北原白秋・小泉千樫・釈迢空・石原純・川田順・木下利玄・前田夕暮・土岐善麿・吉植庄亮らが参加 純「短歌の新形式を論ず」山下秀之助・小田観蛍ら『原始林』創刊 五月 生田蝶介『吾妹』創刊 ◇四月 松村英一『やますげ』五月 四賀光子『藤の実』島木赤彦『歌道小見』アララギ発行所『灰燼集 大正十二年震災歌集』六月 善麿『緑の斜面』七月 中村憲吉『しがらみ』一〇月 渡辺順三『貧乏の歌』一一月 赤彦『太虚集』蕨真『林澗集』一二月 秋草道人(会津八一)『南京新唱』木下利玄『一路』	
一九二五	大正一四	一月『キング』創刊 三月一日 東京放送局試験放送開始 四月二二日 治安維持法公布 五月五日 普通選挙法公布 九月 東京六大学野球リーグ戦開始 一二月 日本プロレタリア文芸連盟結成	五月 新短歌の雑誌『芸術と自由』創刊され西村陽吉が編集 ◇一月 岩谷莫哀『仰望』二月 土屋文明『ふゆくさ』四月 大熊長次郎『蘭奢待』五月 古泉千樫『川のほとり』岡本かの子『浴身』釈迢空『海やまのあひだ』一〇月 前田夕暮『原生林』一二月 木下利玄歌文集『李青集』(第四歌集『みかんの木』を含む)	二月一五日 木下利玄 40 三月六日 服部躬治 51 一〇月二三日 新井洸 43

ある。啄木の第一歌集の歌は三行書きで載せられており、またさらなる展開を見せていき、陽吉はそれらを継承する。文字や記号の問題も出て来て、短歌の形、構造、韻律、内容、言葉、また連作や媒体などに対する、近代における葛藤や試みを見ていくことができよう。

釈迢空『海やまのあひだ』の歌は、多行書きではないが、「葛の花 踏みしだかれて、色あたらし。この山道を行きし人あり」というように一字空け、句読点を入れている。(歌集は、各歌二十一字折り返しの二行で印刷されている)。切れ、緩急、続き方など、微妙な変化と味わいがそこに込められる。迢空は『春のことぶれ』では、さまざまな行がえ、多行書を試みてもいく。

くりやべの夜ふけ
あかあか 火をつけて、
　鳥を煮 魚を焼き、
　ひとり 楽しき

短歌とは何か、詩とは何か、という問いかけが、近代において、時代時代になされていくのである。

南京入城

戦艦長門

昭和元年は一週間しかない。時代は格差、不況、生活難などから労働運動がおこり、それに対する弾圧も過酷になっていく。そして満州事変から日中戦争へ、五・一五事件から二・二六事件へと、軍部の力に対して歯止めが効かなくなり、日本は戦争への道を歩んでいくことになる。しかしまた、昭和の初期は、欧米とのほぼ同時代性として都市を舞台としたモダニズムの文化が花開いた時代でもある。小説や詩において、プロレタリア文学と新感覚派の文学が並立したように、短歌においても新興短歌運動としてプロレタリア短歌とモダニズム短歌は、旧来の短歌の言葉と型を打ち破りながら、変貌していく時代の中で新たな思想と表現を求めた。また前田夕暮『詩歌』や金子薫園『光』なども自由律に向かい、土岐善麿も試みる。大正一五年に『改造』は「短歌は滅亡せざるか」という特集を組み釈迢空は「歌の円寂する時」を書いた。近代が新たなステージに入り、世界的な変化と不安の中にあって、短歌を短歌たらしめているものは何なのか、詩とは何かといった大きな課題が問われ、新しい試みが実践された時代でもあった。坪野哲久、前川佐美雄、斎藤史などはこのような中から生まれ出た歌人といっていい。一方、昭和一〇年、北原白秋は「新幽玄体」を掲げて『多磨』を創刊した。『新古今和歌集』が再認されたのもこの頃だが、茂吉は昭和九年から『柿本人麿』の大著を刊行し、また『アララギ』からも新しいリアリズムが模索されていく。

しかし、短歌も否応なく時局と関わっていく。歌人団体である大日本歌人協会は、昭和一三年『支那事変歌集・戦地編』を刊行。その大日本歌人協会も、国家の非常時に応じていないとする圧力で一九四〇年、昭和一五年に解散。「大日本歌人会」を経て日本文学報国会に短歌部門として吸収され、『愛国百人一首』などを選定することになる。言論や表現は厳しく規制され、夕暮の『詩歌』をはじめ多くの雑誌も定型に復帰していき、歌人によってニュース映画などに触発された戦意高揚の歌が作られる。しかし、昭和一九年には、紙不足などから日本出版会の指令により歌誌が統合されていき、歌集の出版も難しくなっていく。そして大きな犠牲を払いつつ昭和二〇年の八月一五日をむかえることになるが、戦地で、銃後と呼ばれた内地や疎開先で人々によって詠まれた短歌は、戦時下の状況と心情を今に伝えてもいる。

一般事項	西暦	年号	和歌関連事項	没年など
一月二八日 加藤高明首相没し若槻礼次郎内閣成立へ 八月六日 日本放送協会設立 一二月二五日 大正天皇逝去 昭和と改元	一九二六	大正一五／昭和一	一月 口語短歌の歌人協会として新短歌協会が設立される（協会は翌々年解散） 二月 窪田空穂を中心に稲森宗太郎・都筑省吾ら『槻の木』創刊 五月 古泉千樫を中心に橋本徳寿、大熊長次郎ら「青垣会」を結成。創刊号は翌年一一月 六月 岡野直七郎『蒼穹』創刊 七月 石榑（五島）茂「転換期のアララギ」（『短歌雑誌』）「特集 短歌は滅亡せざるか」（『改造』釈迢空「歌の円寂する時」他）◇三月 窪田空穂『鏡葉』 五月 相馬御風『御風歌集』 六月 松田常憲『ひこばえ』 七月 島木赤彦『柹陰集』 一〇月 阿部静枝『秋草』 岡麓『庭苔』	二月二七日 島木赤彦 51

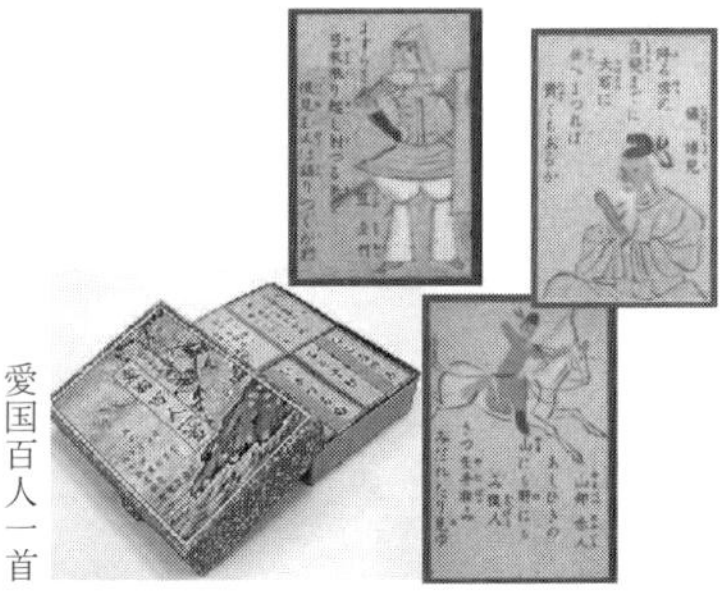

愛国百人一首

西暦	年号	一般事項	和歌関連事項	没年など
一九二七	昭和二	三月 金融恐慌はじまる 七月一〇日 岩波文庫刊行開始 七月二四日 芥川龍之介自殺 ▼四月一八日 蒋介石 南京に国民政府樹立	一月 大熊信行『まるめら』創刊 四月 信行「無産派口語歌運動への一瞥」(『まるめら』) 五月 大塚金之助「無産者短歌」(『まるめら』) 六月 菊池知勇『ぬはり』創刊 一一月『青樫』創刊(古泉千樫追悼号) 日本歌人協会結成 一二月『日光』廃刊 ◇一月 植松寿樹『光化門』 四月 太田水穂『冬菜』 六月 藤沢古実『国原』 七月 渡辺順三『生活を歌ふ』 一一月 宇都野研『木群』 平福百穂『寒竹』	三月二六日 三ヶ島葭子 42 八月一一日 古泉千樫 42 一一月二〇日 岩谷莫哀 42
一九二八	昭和三	二月二〇日 普通選挙(男子のみ)実施 三月一五日 共産党員の大検挙 同二五日 全日本無産者芸術連盟(ナップ)結成 四月 京都帝大河上肇、辞職を迫られ退官 六月二九日 治安維持法改正緊急勅令で公布 一一月一〇日 天皇即位の礼 ▼六月四日 張作霖爆死事件 七月 モスクワで第六回コミンテルン大会開催	二月 石榑茂「短歌革命の進展」(『短歌雑誌』) 三月 斎藤茂吉「石榑茂を駁撃する」(『アララギ』) 九月 茂・筏井嘉一・坪野哲久 前川佐美雄ら新興歌人連盟を結成するが二ヶ月で分裂 一一月 哲久・大塚金之助・渡辺順三ら無産者歌人連盟を結成し 一二月『短歌戦線』を創刊 ◇一月 吉植庄亮『草はら』 三月 土岐善麿『初夏作品』 前田夕暮『虹』 五月 古泉千樫『屋上の土』 八月 岡野直七郎『谷川』 一一月 九条武子『薫染』	二月七日 九条武子 42 九月一七日 若山牧水 44
一九二九	昭和四	五月 小林多喜二「蟹工船」(『戦旗』) 七月 政友会田中義一内閣総辞職し民政党浜口雄幸内閣成立 八月一九日 ドイツの飛行船ツェペリン伯号 霞ヶ浦飛行場に着地 ▼一〇月二四日 ニューヨーク株式市場大暴落 世界恐慌始まる	二月 宇都野研『勁草』創刊 五月 無産者歌人連盟が中心となって『一九二九年版プロレタリア短歌集』を刊行するが発売禁止 柳田新太郎ら短歌総合誌『短歌月刊』創刊 七月 プロレタリア歌人同盟結成される 九月『短歌前衛』を創刊 同月 改造社の『現代短歌全集』刊行始まる 一一月二八日 斎藤茂吉、前田夕暮、土岐善麿、吉植庄亮ら朝日新聞社の社機に搭乗し空中競詠 ◇一月 佐佐木信綱『豊旗雲』 三月 高田浪吉『川波』 四月 茂吉『短歌写生の説』 折口信夫『古代研究』国文学篇 五月 北原白秋『篁』 六月 結城哀草果『山麓』 宗不旱『筑摩鍋』 七月 長沢美津『氾青』 窪田空穂『青朽葉』 八月『石榑茂歌集』 九月 田辺(館山)一子『プロレタリア意識の下に』 一二月 岡本かの子『わが最終歌集』	
一九三〇	昭和五	四月 東京市電ストライキ 四月二二日 ロンドン海軍軍縮条約調印され統帥権干犯問題起こる 一一月一四日 浜口首相、東京駅で至近距離から銃撃され重傷を負う(翌年没)	一月 小田観螢ら『新墾』創刊 前田夕暮の『詩歌』が自由律に移行 三月 新詩社の機関誌として『冬柏』創刊 四月 石川信夫・筏井嘉一によりモダニズム短歌の『エスプリ』創刊 七月 中野嘉一ら『ポエジイ』創刊 八月 林田茂雄「短歌革命と短歌性の喪失」(『短歌前衛』) 一〇月 山下陸奥『一路』創刊 ◇一月 釈迢空『春のことぶれ』 坪野哲久『九月一日』(発禁) プロレタリア歌人同盟編『プロレタリア歌論集』 二月 岡部文夫『どん底の叫び』(発禁) 三月 松田常憲『好日』 七月 前川佐美雄『植物祭』 八月 稲森宗太郎『水枕』 九月 福田栄一『冬艶曲』 一一月 土屋文明『往還集』	四月一五日 稲森宗太郎 30 一二月二〇日 橋田東声 45

西暦	年号	一般事項	和歌関連事項	没年など
一九三一	昭和六	三月 三月事件 九月一八日 関東軍、奉天郊外の柳条湖で南満州鉄道の線路を爆破（柳条湖事件）翌年二月までに日本軍は中国東北部を占領（満州事変）一二月一一日 若槻礼次郎内閣総辞職し政友会犬養毅内閣成立（一三日）	一月 柳田新太郎『短歌新聞』創刊 前川佐美雄、木俣修、石川信夫、小笠原文夫ら『短歌作品』創刊 四月 岡山巌『歌と観照』創刊 一〇月『短歌雑誌』廃刊『短歌講座』（改造社）刊行開始し、月報『短歌研究』が付録 一一月 総合誌『短歌春秋』創刊 ◇二月 山下陸奥『春』五月 橋本徳寿『太石集』七月 中村憲吉『軽雷集』九月 佐佐木信綱『鶯』一〇月 石井直三郎『青樹』一一月 山下秀之助『冬日』一二月 矢代東村『一隅より』頴田島一二郎『仙魚集』	
一九三二	昭和七	一月二八日 日本軍、上海で中国軍と交戦 三月一日 満州国建国宣言 五月一五日 海軍の青年将校、陸軍士官学校生らが首相官邸に乱入し犬養首相を暗殺（5・15事件）	三月『短歌と方法』創刊 一〇月 木村捨録『日本短歌』創刊 総合誌『短歌研究』（改造社）創刊 一一月 北原白秋ら『短歌民族』創刊 ◇一月 森山汀川『峠路』四月 安田青風『春鳥』清水信『都市計画』大井広『きさらぎ』六月 久保田不二子『苔桃』九月 前田夕暮『水源地帯』一二月 渡辺順三『史的唯物論より観たる近代短歌史』	
一九三三	昭和八	二月二〇日 小林多喜二、街頭で検挙され築地署で惨殺される 三月二七日 対日勧告に抗議し日本は国際連盟を脱退 ▼一月三〇日 ヒットラードイツ首相に就任 一〇月 国際連盟脱退	一月 特集「大東京競詠短歌」（『短歌研究』）四月『短歌評論』創刊 ◇二月『与謝野寛短歌全集』古泉千樫『青牛集』四月 小泉苳三『くさふぢ』六月『大熊長次郎全歌集』八月 尾山篤二郎『平明調』九月 土岐善麿『新歌集作品Ｉ』一二月 太田水穂『鷺・鵜』	一月一一日 大熊長次郎 33
一九三四	昭和九	七月八日 岡田啓介（海軍大将）内閣成立 一二月二九日 ワシントン軍縮条約の破棄を米国に通告	三月 石原純『立像』創刊 六月 前川佐美雄、石川信夫、斎藤史ら『日本歌人』創刊 ◇一月 長谷川銀作『桑の葉』三月『三ヶ島葭子全歌集』四月 北原白秋『白南風』五月 早川幾忠『紫塵集』六月『川端千枝全歌集』石榑千亦『海』窪田空穂『さざれ水』一〇月 対馬完治『蜂の巣』吉井勇『人間経』一一月 茂吉『柿本人麿』（全五巻〜一九四〇年）	五月五日 中村憲吉 46 八月一五日 川崎杜外 51 同一七日 金田千鶴 33
一九三五	昭和一〇	二月一八日 美濃部達吉の天皇機関説が貴族院で攻撃され、後不敬罪で起訴 九月に議員辞職 三月 衆議院、国体明徴決議案可決『日本浪漫派』創刊 九月 和辻哲郎『風土』刊 ▼三月一六日 ドイツ再軍備を宣言 一〇月三日 イタリア、エチオピア侵攻	六月 北原白秋『多磨』創刊「多磨綱領」で浪漫精神の復興を謳い「近代の新幽玄体」の樹立を掲げる ◇五月 土屋文明『山谷集』渡辺順三『世紀の旗』一一月 結城哀草果『すだま』一二月 生方たつゑ『山花集』	三月二六日 与謝野寛 63
一九三六	昭和一一	二月二六日 皇道派青年将校らが挙兵して内大臣斎藤実、蔵相高橋是清らを暗殺（2・26事件）三月九日 広田弘毅内閣成立 一一月二五日 日独防共協定調印 ▼チャップリン、モダンタイムス	二月 前田夕暮『詩歌』金子薫園『光』石原純『立像』渡辺順三『短歌評論』清水信『短歌科』逗子八郎『短歌と方法』ほか大同団結して「新短歌クラブ」結成 一二月には『年刊新短歌』を刊行（一九三七年版）五月 今井邦子『明日香』創刊 一一月 日本歌人協会解散し大日本歌人協会が発足 ◇五月 佐佐木信綱『椎の木』七月 五島美代子『暖流』風巻景次郎『新古今時代』一〇月 吉野秀雄『苔径集』一一月 大橋松平『門川』一二月 石川信雄『シネマ』峯村国一『玉砂集』岡山巌『思想と感情』	四月二三日 石井直三郎 47

西暦	和暦	社会	短歌	没
一九三七	昭和一二	五月 文部省『国体の本義』を全国の学校に配布 六月四日 第一次近衛文麿内閣成立 七月七日 盧溝橋で日中軍が衝突 日中戦争始まる 一二月一三日 日本軍南京占領 ▼ピカソ、ゲルニカを制作	一月 坪野哲久『鍛冶』創刊 七月 風巻景次郎「短歌と雖も終焉を遂げる時はある」(『日本短歌』) 四月 佐佐木信綱、新たに制定された文化勲章を受章 一二月『新万葉集』(改造社)刊行始まる(全十一巻) ◇二月 山下陸奥『霊鳥』 四月 土屋文明『短歌入門』 六月 金子薫園『白鷺集』 一〇月 加藤克巳『螺旋階段』	
一九三八	昭和一三	四月一日 国家総動員法公布 八月 火野葦平「麦と兵隊」(『改造』) ▼三月一三日 ドイツ、オーストリアを併合	六月 岡山巌「歌壇の旧派化を救へ」(『短歌研究』) 七月 五島茂『立春』創刊 九月 巌「短歌革新論是か非か」(『短歌研究』) 一〇月 尾山篤二郎『芸林』創刊 ◇一月 巌『現代短歌論』 二月 川田順『吉野朝の悲歌』 三月 清水信『首都』 六月 村野次郎『樗風集』 九月 若山牧水『黒松』 一一月 今井邦子『明日香路』 斎藤茂吉『万葉秀歌』 一二月 巌『帝都の情熱』 大日本歌人協会編『支那事変歌集・戦地篇』	四月三日 宇都野研 62
一九三九	昭和一四	五月 ノモンハン事件 七月八日 国民徴用令公布 ▼九月一日 ドイツ ポーランドに侵入 第二次世界大戦始まる	四月 斎藤瀏、小宮良太郎ら『短歌人』創刊 九月 松岡貞総『醍醐』創刊 ◇二月 明石海人『白描』 四月 渡辺順三『烈風の街』 六月 坪野哲久『百花』 七月 瀏『波濤』 一〇月 吉井勇『天彦』 一一月 北原白秋『夢殿』 一二月 穂積忠『雪祭』	二月一八日 岡本かの子 51 六月九日 明石海人 39 八月二一日 渡辺直己 31 一一月一二日 久保猪之吉 66
一九四〇	昭和一五	九月二三日 日本軍北部仏印に進駐 九月二七日 日独伊三国同盟調印 一〇月一二日 大政翼賛会発会式 一一月一〇日 紀元二六〇〇年式典行われる ▼三月三〇日 汪兆銘の南京政府成立 六月一〇日 イタリアがイギリス・フランスに宣戦布告 同一四日 ドイツ軍パリ入城 九月七日 ドイツ軍ロンドンを空爆	一一月六日 臨時総会で大日本歌人協会解散 一二月 平野宣紀『花實』創刊 筏井嘉一『蒼生』(戦後『創生』)創刊 ◇三月 斎藤茂吉『寒雲』『渡辺直己歌集』 前田夕暮『青樫は歌ふ』 五月 会津八一『鹿鳴集』 小泉苳三『山西前線』 六月 茂吉『暁紅』 土岐善麿『六月』 小泉苳三編『明治大正短歌資料大成』第一巻(～第三巻～一九四二年) 七月 坪野哲久『桜』 合同歌集『新風十人』(筏井嘉一・加藤将之・五島美代子・斎藤史・佐藤佐太郎・館山一子・常見千香夫・坪野哲久・福田栄一・前川佐美雄) 八月 岡野直七郎『太陽の愛』 北原白秋『黒檜』 嘉一『荒栲』 佐美雄『大和』 斎藤史『魚歌』 九月 佐藤佐太郎『歩道』 一二月 橋本徳寿『海峡』 五島茂『海図』	二月二六日 青山霞村 67 八月一二日 土田耕平 46
一九四一	昭和一六	三月一日 国民学校令、改正治安維持法公布 四月一三日 日ソ中立条約 一〇月一八日 東條英機内閣成立 一二月八日 日本軍真珠湾を攻撃、アメリカ・イギリスに宣戦布告し太平洋戦争始まる ▼五月六日 スターリンソ連首相に就任 六月二二日 ドイツ軍、ソ連に進攻	六月 大日本歌人会発足 一二月九日 渡辺順三検挙される 保釈は一八年二月 ◇一月 吉植庄亮『開墾』 山口茂吉『赤土』 加藤将之『対象』 二月 山本友一『北窓』 三月 栗原潔子『寂寥の眼』 長谷川銀作『烟景』 五月 都筑省吾『夜風』 館山一子『彩』 六月 窪田空穂『冬日ざし』 吉井勇『遠天』 七月 前川佐美雄『白鳳』 堀内通孝『丘陵』 八月 鹿児島寿蔵『潮汐』 吉田正俊『天沼』 柴生田稔『春山』 九月 五味保義『清峡』	

一般事項	西暦	年号	和歌関連事項	没年など
一月、日本軍マニラ、クアラルンプール、ラバウル占領 三月ジャカルタ、ヤンゴン占領 六月ミッドウェイ海戦、日本、主力空母を失う 九・一〇月 座談会「近代の超克」(『文学界』)	一九四二	昭和一七	一月「宣戦の詔勅を拝して」(『短歌研究』) 六月 日本文学報国会短歌部会成立 一一月 日本文学報国会『愛国百人一首』選定 ◇二月 斎藤茂吉『白桃』 三月 赤木健介『意欲』 前川佐美雄『天平雲』 北原白秋『短歌の書』 四月 土岐善麿『田安宗武』(第一冊〜第四冊〜一九四六年) 五月 土屋文明『六月風』 六月 中野重治『斎藤茂吉ノオト』 七月 尾山篤二郎『清明』 木俣修『高志』 佐藤佐太郎『軽風』 九月 与謝野晶子『白桜集』	五月二九日 与謝野晶子 65 八月二三日 石榑千亦 74 一一月二日 北原白秋 58
二月一日 日本軍ガダルカナル島より撤退開始 五月二九日 アッツ島守備隊全滅 一〇月二一日 神宮外苑競技場で出陣学徒壮行大会 ▼九月八日 イタリア無条件降伏	一九四三	昭和一八	◇二月 柳田新太郎編『大東亜戦争歌集・将兵篇』同『愛国篇』 四月 白秋『牡丹の木』 六月 土屋文明『少安集』 七月 斎藤史『朱天』 九月 日本文学報国会編『大東亜戦争歌集』 中野菊夫『丹青』 金子薫園『朝蜩』 一一月 北原白秋『渓流唱』 斎藤茂吉『のぼり路』『源実朝』 木俣修『白秋研究』 一二月 白秋『橡』 鐸木孝『氷炎』	三月一四日 西出朝風 60
六月一九日 マリアナ沖海戦 七月一八日 東條内閣総辞職 二二日 小磯国昭内閣成立 一〇月 レイテ沖海戦 神風特別攻撃隊出撃 ▼六月六日 連合軍ノルマンディ上陸開始 八月二五日 連合軍パリ入城	一九四四	昭和一九	四月 日本出版会、存続総合誌二誌(『日本短歌』『短歌研究』)、結社誌を十六誌と指令(最終的には十五誌)。雑誌の統合や廃刊がなされる 七月 言論弾圧により改造社が解散し『短歌研究』が休刊。一一月より日本短歌社より発行 ◇三月 吉井勇『玄冬』 北原白秋『風隠集』 逗子八郎『八十氏川』 七月 生方たつゑ『雪明』 九月 会津八一『山光集』 一〇月 佐藤佐太郎『しろたへ』	
三月一〇日 東京大空襲 敗戦まで二〇〇以上の都市が空襲 同一七日 硫黄島の日本軍守備隊潰滅 四月一日 米軍沖縄本島に上陸。六月には守備軍潰滅 住民の被害甚大 鈴木貫太郎内閣成立 八月六日 広島、九日 長崎に原爆投下 一五日 戦争終結の詔ラジオで放送 九月二日 降伏文書に調印 一〇日 連合国総司令部(GHQ)言論及び新聞の自由に関する覚書発表(プレス・コード) 一〇月九日 幣原喜重郎内閣成立 ▼五月八日 ドイツ無条件降伏 七月一六日 ニューメキシコ州アラゴモード軍事基地近郊にて人類初の原爆実験	一九四五	昭和二〇	一月『アララギ』など雑誌の休刊が続く 五月 佐藤佐太郎『歩道』創刊 ガリ版での刊行 八月三〇日 文学報国会解散 九月以降、休刊していた雑誌が復刊にむかっていく ◇一月 前川佐美雄『金剛』 二月 窪田空穂『明闇』 一一月 土岐善麿『秋晴』	五月一九日 半田良平 59

サンフランシスコ平和条約調印
東京タワー建設
東大紛争

敗戦は伝統的な文化に対する厳しい批判を生んだ。桑原武夫の「第二芸術」は俳句に向けられたものだが、臼井吉見、小野十三郎ほか歌壇の外部から短歌否定の論が突きつけられた。総合誌的な性格をもつ『八雲』はその議論の場となる。こういった状況の中で、近藤芳美、加藤克巳ら戦争をくぐってきた三十代歌人からなる「新歌人集団」は、作者それぞれの体験を踏まえた作歌の方向を求めた。また広範な作者をもち得る短歌は、民衆の中にも新たな広がりを見せて、現実の生活や時代の動きを歌に刻んでいった。休刊していた短歌雑誌も次々と復刊し、また多くの戦後結社や新たな雑誌がそれぞれの主張をもって誕生していく。一方、一九五一年、昭和二六年に刊行された塚本邦雄『水葬物語』は従来の短歌とはその方法と世界を全く異にするものであった。その方向は、後に岡井隆らの試行と合わさっていわゆる「前衛短歌」の運動をなしていく。また昭和二九年に、『短歌研究』の作品応募から注目されていく中城ふみ子は、女性の生き方や表現に対して強い刺激を与えるものとなり、同じく寺山修司の世界とその後の活躍は、短歌における私性や虚構性を問いかけるものともなっていく。昭和二八年には斎藤茂吉と釈迢空が亡くなっているが、戦後十年を経て日本も短歌も新たな時代を迎えていったといえる。一九六〇年代には数々の同人誌が生まれ、また集会やシンポジウムが開催されて、短歌的なるものが再び問われ、さらに学生運動やフェミニズムとも重なって、戦後世代による短歌の変革へと繋がっていく。

こういった目立った動きがある一方、佐藤佐太郎、宮柊二、葛原妙子、斎藤史らは各々独自の世界を極めていく。短歌への愛着や自己表現への欲求は、日本人の中に短歌への変わらざる興味や関心を維持させてきた。昭和五〇年代にも短歌の結社やグループの成立は続き、『短歌研究』『短歌』さらに『短歌現代』『歌壇』といった短歌総合誌が一定の読者を擁し、カルチャーセンターの短歌教室もさかんになっていく。伝統の中から新たな表現世界を開いていこうとする多くの作者があり、自らの身体性を押し出す佐佐木幸綱や河野裕子、また歌の世界を深く大きく広げる岡井隆、山中智恵子、馬場あき子など多くの作者が活躍を続けていく。若手女性作者の活躍も著しい。そのような中で、若い世代の新たな時代感覚は、中山明、紀野恵らライトバースと呼ばれた方向を育んでいく。一九八五年、昭和六〇年に角川短歌賞の次席となった俵万智の「野球ゲーム」は口語や会話体によって若い世代の日常感覚を歌にしたものとして注目され、翌年刊行された『サラダ記念日』は大ベストセラーとなり、短歌のイメージを新たにした。同年に刊行された加藤治郎『サニーサイドアップ』とともに、大胆に口語を取り入れ、他分野やサブカルチャーとも交流する若い世代の短歌が、その後の短歌世界を大きく変容させていくこととなる。

西暦	年号	和歌関連事項	没年など	一般事項
一九四六	昭和二一	二月 新日本歌人協会が創立され『人民短歌』創刊 三月 小田切秀雄「歌の条件」(『人民短歌』) 中堅歌人による「東京歌話会」結成 窪田章一郎『まひる野』創刊。また休刊していた雑誌が復活していく 五月 臼井吉見「短歌への訣別」(『展望』) 六月 植松寿樹『沃野』創刊 一〇月 福田栄一『古今』創刊 一一月 安田青風・章生『白珠』創刊	八月二九日 茅野蕭々 64 九月二日 茅野雅子 67	一月一日 天皇の神格否定の詔書 四日 GHQの指令による公職追放令 五月三日 極東軍事裁判開廷 二二日 自由党の第一次吉田茂内閣成立 一〇月二一日 農地改革開始 一一月三日 日本国憲法公布

		一一月一六日 文部省、当用漢字表 現代づかいを告知 ▼七月一二日 中国内戦始まる	桑原武夫「第二芸術」(『世界』)第二芸術論と呼ばれる現代俳句批判が行われ、短歌否定論がおこる 一二月『八雲』が創刊され、短歌の戦後的課題が検討される。新歌人集団が結成され、加藤克巳、大野誠夫、近藤芳美ほか多数が参加していく◇六月 釈迢空・折口春洋『山の端』七月 前川佐美雄『紅梅』土屋文明『韮菁集』八月 斎藤茂吉『つゆじも』鹿児島寿蔵『茉莉花』一〇月 土岐善麿『夏草』吉井勇『寒行』一一月 宮柊二『群鶏』尾山篤二郎『とふのすがごも』吉田正俊『朱花片』渡辺順三『新しき日』	
一九四七	昭和二二	三月三一日 教育基本法 学校教育法公布 四月七日 労働基準法公布 五月三日 日本国憲法施行 六月一日 社会党片山哲内閣成立 一二月二二日 改正民法公布 ▼パキスタン・インド独立	五月 桑原武夫「短歌の運命」(『八雲』) 六月 新歌人集団が『短歌研究』の六月号を編集し、近藤芳美「新しき短歌の規定」執筆◇一月 松村英一『露原』三月 釈迢空『古代感愛集』(長詩集) 大塚金之助『朝あけ』四月 会津八一『寒燈集』木俣修『みちのく』七月 佐藤佐太郎『立房』山下陸奥『純林』八月 小暮政次『新しき丘』土岐善麿『冬凪』一〇月 前川佐美雄『寒夢抄』吉野秀雄『寒蟬集』一一月 秀雄『早梅集』一二月 正田篠枝『さんげ』	一月一九日 石原純 67 二月一〇日 平野万里 63 四月二三日 臼井大翼 63
一九四八	昭和二三	三月一〇日 民主党芦田均内閣成立 六月 太宰治「人間失格」(『展望』) 一〇月一九日 第二次吉田内閣成立 一一月一二日 極東国際軍事裁判所、戦犯二五被告に有罪判決 ▼八月一三日 大韓民国樹立を宣布 九月九日 朝鮮民主主義人民共和国樹立を宣言 一二月一〇日 国連総会「世界人権宣言」採択	一月 小野十三郎「奴隷の韻律」(『八雲』) 六月『八雲』の後継として季刊短歌雑誌『短歌主潮』創刊 九月 日本歌人クラブ創立 一〇月 岡部桂一郎、山形義雄ら『工人』を創刊◇一月 窪田章一郎『初夏の風』二月 近藤芳美『早春歌』『埃吹く街』五月 土屋文明『山下水』七月 木俣修『冬暦』九月 岡麓『涌井』一〇月 宮柊二『小紺珠』一二月 半田良平『幸木』福田栄一『この花に及かず』	三月一九日 小名木綱夫 38 七月一五 今井邦子 59

短歌否定論

臼井吉見は「短歌への訣別」(『展望』一九四六・六)で、「短歌形式になじむ限り、合理的なもの、批判的なものの芽生えの根はつねに枯渇を免れるわけにはゆかぬ」といい、躍動しつつある今日の現実の中における「民族の知性変革の問題」として短歌を取り上げる。

また桑原武夫は、「短歌の運命」(『八雲』四七・五)において、現代短歌は近代化をめざすだろうが、複雑な近代精神は三十一字には入りきらぬものであるから、その矛盾がだんだんあらわになっていき、同じ形で自己を表現しようとはしなくなるだろう、と述べる。

桑原が俳句を批判した語によって「第二芸術論」と呼ばれることになる戦後の短歌否定、批判の議論は、時代の中での短歌への一つの眼差しをうかがわせる。近代以降、短歌は外部、内部の否定や批判と向き合いながら、変化と深化と刷新を繰り返してきた。一定の形式を保ちながら、さまざまな要素が蓄積されてきたところに、短歌の特質があるともいえるだろう。

西暦	年号	一般事項	和歌関連事項	没年など
一九四九	昭和二四	五月二四日 年齢のとなえ方に関する法律公布(施行は翌年から 数え年でなく満年齢を使用) 七月 下山事件、三鷹事件 一一月三日 湯川秀樹ノーベル物理学賞受賞 ▼四月 北大西洋条約機構調印 五月 ドイツ連邦共和国成立 一〇月一日 毛沢東、北京で中華人民共和国の成立宣言 七日 ドイツ民主共和国成立	二月 宮崎信義らによって『新短歌』創刊 四月 北見志保子、川上小夜子、阿部静枝、生方たつゑ、五島美代子、長沢美津ら女人短歌会を創立し九月『女人短歌』を創刊 六月 宮柊二「孤独派宣言」(『短歌雑誌』) 八月 塚本邦雄、杉原一司ら『メトード』創刊 九月 木俣修「短歌におけるヒューマニズム」(『短歌研究』) 一二月『人民短歌』、『新日本歌人』と改題 ◇一月 中野菊夫『幼子』 四月 斎藤茂吉『小園』 宮柊二『山西省』 七月 高安国世『真実』 八月 茂吉『白き山』 近藤芳美『静かなる意志』 九月 折口信夫『世々の歌びと』	
一九五〇	昭和二五	七月 GHQによるレッドパージ始まる 八月一〇日 警察予備隊令公布 ▼六月二五日 朝鮮戦争始まる	一月『日本歌人』復刊 二月 新歌人会結成 七月 木村捨録『林間』創刊 ◇二月 岡麓『冬空』 太田青丘『国歩のなかに』 四月 窪田章一郎『ちまたの響』 近藤芳美・高安国世・金石淳彦・小暮政次らアララギの一〇名による合同歌集『自生地』 五月 伊藤保『仰日』(私家版 翌年に再刊) 六月 窪川鶴次郎『短歌論』 七月 扇畑忠雄『北西風』 九月 鹿児島寿蔵『求青』 北見志保子『花のかげ』 阿部静枝『霜の道』 川上小夜子『光る樹木』 一〇月 生方たつゑ『浅紅』 一一月 葛原妙子『橙黄』 小名木綱夫『太鼓』 山本友一『布雲』 一二月 水町京子『水ゆく岸にて』	五月八日 相馬御風 66(以降満年齢による)
一九五一	昭和二六	一月〜 大岡昇平「野火」(『展望』) 二月 安部公房「壁」(『近代文学』) 九月八日 サンフランシスコ平和条約・日米安全保障条約調印 竹内好「近代主義と民族の問題」(『文学』)	一月 釈迢空「女流の歌を閉塞したもの」(『短歌研究』) 三月 窪田章一郎「民衆詩の伝統と異端」(『短歌研究』) 五月 中野菊夫『樹木』創刊 六月 近藤芳美、岡井隆ら『未来』創刊 八月「モダニズム短歌特集」(『短歌研究』) ◇一月 佐佐木信綱『山と水と』 二月 太田水穂・四賀光子『双飛燕』 三月 五味保義『此岸集』 杉浦民平『戦後短歌論』 四月 大野誠夫・芳美・菊夫・宮柊二・山本友一『新選五人』 五月 山田あき『紺』 六月 尾上柴舟『晴川』 柊二『晩夏』 七月 窪田空穂『冬木原』 大野誠夫『薔薇祭』 八月 塚本邦雄『水葬物語』 九月 中河幹子『夕波』『夕暮遺歌集』 一一月 芳美『歴史』 館山一子『李花』	三月三〇日 金子薫園 74 四月二〇日 前田夕暮 67 同二四日 川上小夜子 52 九月七日 岡麓 74

女歌をめぐって

「女歌」という語は現在どういう響きをもつて迎えられるのだろうか。「女歌」を語るとき先ず思い起こされるのが折口信夫の「女流の歌を閉塞したもの」(目次には、「女人の…」)『短歌研究』一九五一、一)だ。「アララギ第一のしくじりは女の歌を殺して了つた。」「鷗外の指導方針」が女流の歌をしぼませる方向に行かせた、短歌が失つてしまつた「ロマンチックな靄の様なもの」「出まかせ調」を見直すべきというものである。

次に馬場あき子の「女歌のゆくえ」(『短歌』一九七一、三)だが、折口が女流に期待したのは「非論理の詩の世界」であつて女流短歌の特徴に限られたものではないとする論である。さらに「京都春のシンポジウム」(一九八四)で今野寿美、阿木津英らによって交わされたフェミニズムの視点に立った激しい論戦なども注目され、短歌総合誌ではたびたび特集が組まれることになる。

二十年前に道浦母都子の『男流歌人列伝』(一九九三、岩波書店)が出版されているが、その後「男流」という語をあまり聞かないし、「男うた」も十年前に『男うた女うた』(中公新書)で聞いたきりだ。男対女という二項対立の構造は時代の中で変容していく。

一九五二	昭和二七	五月一日 メーデー事件 七月二一日 破壊活動防止法公布 ▼一一月一日アメリカ、エニウェトク環礁にて人類初の水爆実験	創元社『現代短歌全集』河出書房『現代短歌大系』刊行開始 一二月『多磨』終刊 ◇一月 山下陸奥『冬霞』香川進『氷原』二月 佐藤佐太郎『帰潮』長谷川銀作『寸土』高安国世『年輪』四月千代國一『鳥の棲む樹』大岡博『渓流』近藤芳美『新しき短歌の規定』六月 川田順『東帰』八月 中島栄一『指紋』	九月一三日 矢代東村63
一九五三	昭和二八	二月一日 東京地区でテレビ放送開始 七月二七日 朝鮮休戦協定調印 ▼三月五日 ソ連首相スターリン没 後任にマレンコフ	二月 宮柊二『コスモス』創刊 五月 木俣修『形成』創刊 香川進『地中海』創刊 一〇月 加藤克巳『近代』（一九六三年「個性」と改題）創刊 大野誠夫『砂廊』（一九六〇年「作風」）創刊 石黒清介『短歌新聞』創刊 ◇一月 安田章生『表情』三月 土屋文明『自流泉』四月 加藤克巳『エスプリの花』七月 五島美代子『母の歌集』斎藤史『うたのゆくへ』八月 森岡貞香『白蛾』九月 折口春洋『鵠が音』戦犯歌集『巣鴨』一〇月 山本友一『黄衣抄』柊二『日本挽歌』前田透『漂流の季節』一一月 佐藤佐太郎『純粋短歌』一二月 合同歌集『未来歌集』	二月二五日 斎藤茂吉70 七月五日 斎藤瀏74 九月三日 釈迢空66
一九五四	昭和二九	三月一日 第五福竜丸、アメリカがビキニで行った水爆実験により被災 六月八日 改正警察法公布 七月一日 防衛庁設置法・自衛隊法施行 一二月七日 吉田内閣総辞職して民主党鳩山一郎内閣成立 ▼ヘミングウェイ、ノーベル文学賞	一月 角川書店『短歌』創刊。釈迢空追悼 四月『短歌研究』の第一回五十首応募作品に中城ふみ子「乳房喪失」が特選 一一月 同二回特選に寺山修司「チェホフ祭」、新人評論に菱川善夫「敗北の抒情」上田三四二（筆名高原拓造）「異質への情熱」入選 四月 高安国世『塔』創刊 ◇一月 中野菊夫『風の日に』片山広子『野に住みて』二月 斎藤茂吉『つきかげ』六月 三国玲子『空を指す枝』芦田高子『内灘』松田常憲『長歌自叙伝』七月 中城ふみ子『乳房喪失』葛原妙子『飛行』八月 鈴木幸輔『長風』原爆合同歌集『広島』九月 大野誠夫『行春館雑唱』一〇月 鹿児島寿蔵『麦を吹く風』一二月 刊行会編『松川歌集』年刊療養歌集編纂委員会編『試歩路』	一月三一日 香取秀真80 八月三日 中城ふみ子31

画期としての『水葬物語』

近・現代短歌史の中で一つの画期をなす歌集は、一九五一年に刊行された塚本邦雄の『水葬物語』であろう。

革命歌作詞家に凭りかかられてすこしづつ液化してゆくピアノ

海底に夜ごとしづかに溶けゐつつあらむ。航空母艦も火夫も

和歌・短歌に引き継がれてきた57577五句の枠や調べを壊していく句割れ、句跨がりの文体。近代短歌的な私性やつぶやきを越えたダイナミックな批評性と諧謔。単眼的な写実を排し、飛躍するイメージや比喩によって構築されていく独立した世界。従来の共同性をもった短歌とは異質なものであり、当時歌壇では評価されなかったが、新たな歌のさまざまな可能性を開くものであった。

この『水葬物語』の刊行は、サンフランシスコ平和条約の調印と前後する。米ソ冷戦の最中であり、日本も政治の季節であった。この歌集のもつ時代性と反時代性もうかがえよう。

その後塚本は、その世界と方法を縦横に広げ、多くの歌集と著述をなす。古典にも目を向けて、歌界に限らず多くの読者を得て、現代短歌を牽引する。

一般事項	西暦	年号	和歌関連事項	没年など
五月 基地拡張に反対する砂川闘争はじまる 七月 石原慎太郎「太陽の季節」(『文学界』) 一〇月 社会党統一 一一月 自由民主党結成(保守合同) 一二月 原子力基本法、原子力委員会設置法公布 ▼四月バンドン会議	一九五五	昭和三〇	三月 葛原妙子「再び女人の歌を閉塞するもの」(『短歌』) 九月 武川忠一「近代主義批判」(『短歌研究』) ◇一月『津田治子歌集』 鈴木英夫『おりえんたりか』 二月 都筑省吾『入日』 上田三四二『黙契』 三月 穂積忠『叢』 橋本徳寿『ララン草房』 四月 中城ふみ子『花の原型』 五月 馬場あき子『早笛』 服部直人『動物聚落』 六月 釈迢空『倭をぐな』 小泉苳三『近代短歌史明治篇』 八月 河野愛子『木の間の道』 九月 葛原繁『蟬』 宮柊二『埋没の精神』 一〇月 山崎方代『方代』 橋本喜典『冬の旅』 一一月 岩城之徳『石川啄木伝』	一月一日 太田水穂 78 五月四日 北見志保子 70
一〇月 モスクワで日ソ国交回復に関する共同声明 一二月 国連総会で日本の加盟を可決 鳩山内閣総辞職して石橋湛山内閣成立 ▼ソ連共産党大会でフルシチョフがスターリン批判 七月 エジプトがスエズ運河会社の国有化宣言 一〇月 ハンガリー動乱 スエズ戦争	一九五六	昭和三一	一月 現代歌人協会創立 五月 岡井隆、塚本邦雄ら青年歌人会議を結成(前年結成された「青の会」を発展)。◇一月 高安国世『抒情と現実』 遠山光栄『褐色の実』(第一回現代歌人協会賞受賞) 三月 塚本邦雄『装飾楽句』 岡部桂一郎『緑の墓』 四月 大西民子『まぼろしの椅子』 木俣修『人間と短歌』 六月 吉田漱『青い壁画』 七月 佐藤佐太郎『地表』『相良宏歌集』 森岡貞香『未知』 北沢郁子『その人を知らず』 加藤克巳『宇宙塵』 八月 吉野昌夫『遠き人近き人』 初井しづ枝『藍の紋』 九月 富小路禎子『未明のしらべ』 一〇月 岡井隆『斉唱』 森本治吉『耳』 一一月 大野誠夫『胡桃の枝の下』 一二月 宮冬鳥『黄眠集』	一一月二一日 会津八一 75 同二七日 小泉苳三 62
二月 石橋内閣が総辞職して岸信介内閣成立 八月 東海村の原子力研究所の原子炉に点火 大江健三郎「死者の奢り」(『文学界』) ▼一〇月 ソ連人工衛星スプートニク打上成功	一九五七	昭和三二	三月 塚本邦雄「零の遺産」(『短歌研究』) 五月 吉本隆明「前衛的な問題」(同) 六月 鈴木幸輔『長風』創刊 七月 超結社誌『灰皿』創刊 一〇月 岡井隆「短歌改革案ノート」(『短歌研究』) ◇一月 寺山修司詩歌句集『われに五月を』 三月 四賀光子『白き湾』 山中智恵子『空間格子』 五月 清原令子『海盈たず』 大学歌人会『列島』 六月 窪田空穂『丘陵地』 八月 田谷鋭『乳鏡』 松田さえこ(尾崎左永子)『さるびあ街』 九月 五島美代子『新集母の歌集』 一〇月 生方たつゑ『白い風の中で』	一月一三日 尾上柴舟 80 三月一九日 片山広子 79
一二月 東京タワー竣工 この年教員の勤務評定反対闘争 警職法反対闘争激化 ▼一月 アメリカ人工衛星打上に成功 三月 フルシチョフがソ連首相に就任	一九五八	昭和三三	四月 藤田武、梅田靖夫ら『環』創刊 一一月 青年歌人会議編「現代短歌事典」(『短歌』臨時増刊号) 岡部桂一郎、片山貞美、葛原繁ら『泥』創刊 ◇二月 菱川善夫『敗北の抒情』 土岐善麿『歴史の中の生活者』 真鍋美恵子『玻璃』 六月 寺山修司『空には本』 九月 尾上柴舟『ひとつの火』 坪野哲久『北の人』 一〇月『吉野秀雄歌集』 塚本邦雄『日本人霊歌』	三月一三日 松田常憲 62 四月二九日 山口茂吉 57 一二月七日 吉植庄亮 74

社会	西暦	和暦	短歌	物故
四月一〇日 皇太子結婚パレードをテレビで中継 九月伊勢湾台風▼一月 キューバ革命起こり二月にカストロが首相就任	一九五九	昭和三四	一月 主題制作・連作の作・論を掲載（『短歌研究』）◇三月 馬場あき子『地下にともる灯』四月『中村正爾歌集』五月 武川忠一『氷湖』九月 斎藤史『密閉部落』葛原妙子『原牛』長沢一作『松心火』一〇月 柴生田稔『麦の庭』生田蝶介『白鳥座』久保田正文『第二芸術論時代』一二月 渡辺順三『烈風のなかを』	三月二二日 西村陽吉 68 八月二三日 金石淳彦 47
一月 三井三池炭鉱争議 一九日 ワシントンで日米新安全保障条約調印 五月二〇日 未明、国会で新安保条約・協定強行採決 六月一五日 全学連主流派国会に突入して警官隊と衝突。樺美智子死亡 七月 岸内閣総辞職し池田勇人内閣成立 一二月には所得倍増計画発表 一〇月一二日 浅沼稲次郎社会党委員長刺殺される	一九六〇	昭和三五	五月「特集・社会詠の方向をさぐる」（『短歌』）六月 塚本邦雄、岡井隆、寺山修司ら『極』創刊（一号のみ）七月 清原日出夫「政治的不安と短歌」（『短歌』）岸上大作「ぼくらの戦争体験」（『具象』）八月 岐阜で『斧』創刊 一二月 深作光貞を中心に『律』創刊 ◇三月 原田禹雄『錐体外路』四月 五味保義『ひとつ石』樋口賢治『春の氷』六月 生方たつゑ『火の系譜』九月 春日井建『未青年』窪田空穂『老槻の下』高安国世『北極飛行』一〇月 結城哀草果『おきな草』一一月 大西民子『不文の掟』	二月二六日 杉浦翠子 74 一一月一九日 吉井勇 74 一二月五日 岸上大作 21
二月一日 嶋中事件（風流夢譚事件）起こる 六月 農業基本法公布▼一月二〇日 ケネディー米大統領就任 四月 ソ連有人宇宙船打上げ成功し地球周回 五月一六日 韓国、軍事クーデター	一九六一	昭和三六	四月 岡井隆ら東京歌人集会発足◇一月 尾山篤二郎『雪客』二月 岡井隆『土地よ、痛みを負え』塚本邦雄『水銀伝説』三月 片山恵美子『火』五月 窪田章一郎『雪解の土』香川進『印度の門』筑波杏明『海と手錠』六月 岸上大作『意思表示』平井弘『顔を上げる』五島美代子『いのちありけり』八月 倉地与年子『乾燥季』一一月 宮柊二『多く夜の歌』	
二月 東京都の常住人口推定一千万人を越える▼二月 米初の人間衛星打上成功し地球周回 三月 アルジェリア停戦 一〇月 米国、ソ連がミサイル基地建設中としてキューバの海上封鎖	一九六二	昭和三七	四月 斎藤史『原型』創刊 五月 シンポジウム「青年歌人合同研究会・初夏岐阜の会」開催 一一月 長沢美津編『女人和歌大系』刊行開始 ◇五月 生方たつゑ『海に立つ虹』玉城徹『馬の首』六月 岡井隆『海への手紙』七月 寺山修司『血と麦』片山貞美『つりかはの歌』九月 安永蕗子『魚愁』滝沢亘『白鳥の歌』一〇月 高安国世『街上』一二月 佐藤佐太郎『群丘』	九月一九日 高田浪吉 64
三月 吉展ちゃん誘拐事件 一一月九日 三池炭鉱爆発事故▼一一月二二日 ダラスにてケネディー米大統領暗殺される 翌朝日米間テレビ宇宙中継受信実験成功しニュースを受信	一九六三	昭和三八	三月 寺山修司「『私』とは誰か？」（「特集・短歌における私」）（『短歌』）四月 東京歌人集会「現代短歌シンポジウム」豊島園で開催 八月 篠弘「近代と現代とのあいだ」（『短歌』）九月 島田修二「『集団の詩』としての短歌」（「律」三号）塚本邦雄演出「共同制作詩劇・ハムレット」（同）◇一月 山本かね子『ものどらま』三月 山中智恵子『紡錘』五月 本林勝夫『斎藤茂吉』小瀬洋喜『回帰と脱出』六月 清水房雄『一去集』七月 佐藤志満『水辺』岡井隆・金子兜太『短詩型文学論』八月 島田修二『花火の星』稲葉京子『ガラスの檻』一一月 葛原妙子『葡萄木立』	六月二三日 尾山篤二郎 73 一二月二日 佐佐木信綱 91

一般事項	西暦	年号	和歌関連事項	没年など
一〇月一日 東海道新幹線開業 同一〇日 東京オリンピック開催 一一月 米原子力潜水艦佐世保入港 池田内閣総辞職して佐藤栄作内閣成立 ▼八月 トンキン湾交戦事件 一〇月 中国核実験を行う	一九六四	昭和三九	六月 草月会館で「フェスティバル律」開催 一一月 坪野哲久『航海者』創刊 一二月 深作光貞『ジュルナール律』創刊 ◇三月 安立スハル『この梅生ずべし』四月 大滝貞一『同時の時間』七月 岡井隆『朝狩』八月 清原日出夫『流氷の季』宮地伸一『町かげの沼』前川佐美雄『捜神』九月 森岡貞香『甃』生方たつゑ『北を指す』一〇月 前登志夫『子午線の繭』木俣修『呼べば谺』『昭和短歌史』一二月 板宮清治『麦の花』	三月二六日 植松寿樹 74 四月五日 中村正爾 66 七月九日 石川信夫 58
四月 ベ平連（ベトナムに平和を！市民連合）結成され初のデモ 六月二二日 日韓基本条約調印 ▼二月 ベトナムで米軍の北爆開始 九月 印パ戦争	一九六五	昭和四〇	◇四月 安田章生『日本詩歌の正統』五月 塚本邦雄『緑色研究』六月 三国玲子『花前線』七月 石田比呂志『無用の歌』八月 寺山修司『田園に死す』足立公平『飛行絵本』九月 太田青丘『六月の旗』柴生田稔『入野』一一月 米田登『思惟環流』一二月 筏井嘉一『籬雨荘雑歌』	一二月一七日 久保田不二子 79
一月 早大授業料値上げ反対闘争 六月二九日 ビートルズ来日 七月 新東京国際空港を成田市に建設することを閣議決定 ▼中国文化大革命始まる	一九六六	昭和四一	七月 菱川善夫「実感的前衛短歌論」（「短歌」）一一月 佐藤通雅『路上』創刊 ◇二月 滝沢亘『断腸歌集』六月 五味保義『小さき岬』七月 河野愛子『草の翳りに』大西民子『無数の耳』水落博『出発』八月 佐藤佐太郎『冬木』一〇月 中村純一『精神家族』東京歌人集会編『現代短歌'66』	一月二二日 川田順 84
四月 美濃部亮吉東京都知事に当選 日本近代文学館開館 一〇月 佐藤首相の東南アジア訪問反対闘争で学生死亡（第一次羽田事件）▼六月 中東戦争	一九六七	昭和四二	一月 前田透『詩歌』を復刊 水野昌雄ら「ベトナムに平和を！歌人のつどい」結成 六月 角川書店が迢空賞を設定し、第一回を吉野秀雄が受賞 一一月 安森敏隆、永田和宏、河野裕子ら『幻想派』創刊 ◇一月 中野嘉一『新短歌の歴史』二月 窪田空穂『去年の雪』六月 山本友一『九歌』八月 上田三四二『雉』九月 木俣修『去年今年』岡井隆『眼底紀行』一〇月 岡野弘彦『冬の家族』一一月 土屋文明『青南集』『続青南集』斎藤史『風に燃す』吉野秀雄『含紅集』一二月 田井安曇『我妻泰歌集』	二月二二日 柳原白蓮 81 三月一五日 藤沢古実 70 四月一二日 窪田空穂 89 七月一三日 吉野秀雄 65 同二六日 花田比露思 85 八月二九日 山下陸奥 76 一一月一四日 館山一子 71
一月 米原子力空母エンタープライズ佐世保に入港 厚生省イタイイタイ病水俣病を公害病と認定 一〇月二一日 国際反戦デーで学生ら新宿駅を占拠 一一月 川端康成ノーベル文学賞受賞 三億円事件 ▼八月 ソ連軍チェコに侵入	一九六八	昭和四三	◇一月 窪田空穂『清明の節』鹿児島寿蔵『故郷の灯』二月 高安国世『虚像の鳩』三月 小野茂樹『羊雲離散』五月 阿部静枝『地中』福田栄一『きさらぎやよひ』六月 前田透『煙樹』七月 長沢一作『条雲』八月 山田あき『飛泉』九月 山中智恵子『みずかありなむ』米田利昭『戦争と歌人』一〇月 平野宣紀『富津』林安一『風の刑』近藤芳美『黒豹』一一月 高松秀明『蒼幻譜』	四月三〇日 浜田到 49 八月一九日 若山喜志子 80

年	和暦	社会	短歌	物故
一九六九	昭和四四	一月 東大安田講堂で学生と機動隊が攻防。入試は中止 三月 渋谷に寺山修司の天井桟敷館開館 五月 東名高速道路全通 庄司薫「赤頭巾ちゃん気をつけて」(『中央公論』) 六月 国立近代美術館開館 一二月 文部省大学紛争白書発表 ▼七月 米、アポロ十一号月面着陸に成功	四月 福島泰樹、伊藤一彦、三枝昻之ら『反措定』を創刊 ◇二月 江口渙『わけしいのちの歌』 三月 加藤克巳『球体』 四月『和歌文学講座・近代の歌人』 五月 馬場あき子『無限花序』 八月 島田修二『青夏』 山下陸奥『光体』 九月 塚本邦雄『感幻楽』 百々登美子『翔』 一〇月 福島泰樹『バリケード・一九六六年二月』 浜田到『架橋』 岡井隆『現代短歌入門』 一一月 岡部桂一郎『木星』 川島喜代詩『波動』 新間進一『近代短歌史論』 一二月 上田三四二『現代歌人論』	二月二一日 原阿佐緒 80 六月一四日 岡山巌 74 同二三日 松岡貞総 80 八月二四日 中原綾子 71
一九七〇	昭和四五	三月一四日 大阪で日本万国博覧会開催 三一日 日航機「よど号」赤軍派にハイジャックされ平壌に着陸 六月二二日 日米安全保障条約自動延長 七月 東京で光化学スモッグ公害 一一月二五日 三島由紀夫、自衛隊市ヶ谷総監部で割腹自殺	三月 村木道彦「ノンポリティカル・ペーソス」(『短歌』) 一一月 西日本の歌人を中心として現代歌人集会が結成される 理事長高安国世 ◇三月 佐藤佐太郎『形影』 四月 加藤将之『途上の花』 真鍋美恵子『羊歯は萌えゐん』 五月 ベトナムに平和を！歌人の集い『現代短歌'70平和への希求』刊 六月 石本隆一『星気流』 七月 春日井建『行け帰ることなく』 八月 川口常孝『虚妄の海』 阿部正路『太陽の舟』 一〇月 佐佐木幸綱『群黎』 葛原妙子『朱霊』 富小路禎子『白暁』 初井しづ枝『冬至梅』 一二月 大島史洋『藍を走るべし』 岡井隆『戦後アララギ』	五月七日 小野茂樹 33 一〇月一三日 長谷川銀作 76
一九七一	昭和四六	二月 成田空港用地強制代執行で闘争激化 六月一七日 沖縄返還協定調印 九月 天皇・皇后欧州七ヶ国訪問。英蘭で抗議を受ける ▼八月 米ドルショック 一〇月 中国 国連に加盟 一二月 インド・パキスタン戦争	三月 馬場あき子「女歌のゆくえ」(『短歌』) 七月 佐佐木幸綱「人間の声」(『短歌』) 九月 玉城徹、山崎方代ら『寒暑』創刊 ◇五月 松坂弘『輝く時は』 小野茂樹『黄金記憶』 佐藤通雅『薄明の谷』 六月 中井英夫『黒衣の短歌史』 大西民子『花溢れゐき』 村上一郎『撃攘』 八月 坪野哲久『碧巌』 九月 松井如流『水』 塚本邦雄『夕暮の諧調』 一二月 宮柊二『小現実』 塚本邦雄『星餐図』 前川佐美雄『白木黒木』	四月一一日 筏井嘉一 71
一九七二	昭和四七	一月 グアム島で元日本兵横井庄一発見 二月 連合赤軍浅間山荘事件 五月 沖縄施政権返還 七月 佐藤栄作にかわり田中角栄内閣成立 九月 田中首相訪中して日中国交回復 ▼二月 ニクソン中国訪問	一月 冨士田元彦『雁』創刊 一〇月『現代短歌大系』(三一書房)刊行開始 ◇三月 前登志夫『霊異記』 五月 河野裕子『森のやうに獣のやうに』 森山晴美『わが毒』 玉城徹『樛木』 六月『岡井隆歌集』 七月 新井貞子『幻野祭』 八月 河野愛子『魚文光』 九月 佐佐木幸綱『直立せよ一行の詩』 藤岡武雄『評伝斎藤茂吉』 岡野弘彦『滄浪歌』 菱川善夫『現代短歌美と思想』 一〇月 福島泰樹『エチカ・一九六九年以降』 塚本邦雄『定型幻視論』 一二月 鈴木幸輔『幻影』 宮柊二『藤棚の下の小室』	二月二六日 渡辺順三 77

一般事項	西暦	年号	和歌関連事項	没年など
八月 金大中事件 二月 変動相場制に移行 一〇月 石油ショックで物価が暴騰▼一月 ベトナム和平協定調印 一〇月 第四次中東戦争起こる	一九七三	昭和四八	八月 岩田正「土偶歌える」（『短歌』）一二月 岡野弘彦ら『人』創刊 ◇一月 香川進『甲虫村落』二月 犬飼志げ乃『鎮花祭』水野昌雄『冬の屋根』四月 竹内邦雄『幻としてわが冬の旅』五月 三枝昂之『やさしき志士達の世界へ』七月 後藤直二『胆振野』七月 土屋文明『続々青南集』八月 田谷鋭『水晶の座』九月 山田あき『流花泉』一〇月 塚本邦雄『青き菊の主題』和田周三『環象』太田絢子『飛梅千里』岡井隆『辺境よりの註釈―塚本邦雄ノート』一二月 山崎方代『右左口』	一月一日 小田観螢 86
四月 朝日カルチャーセンター開講 八月 三菱重工本社爆破事件 一一月 金脈問題で田中角栄辞任 一二月 三木武夫内閣成立▼八月 米大統領ニクソン、ウォーターゲート事件で辞任	一九七四	昭和四九	◇二月 田井安曇『木や旗や魚らの夜に歌った歌』三月 玉城徹『近代短歌の様式』五月 伊藤一彦『瞑鳥記』六月 松村英一『樹氷と氷壁』御供平佶『河岸段丘』小国勝男『青幻記』角宮悦子『ある緩徐調』八月 山中智恵子『虚空日月』中河幹子『悲母』九月 坪野哲久『胡蝶夢』岡山たづ子『一直心』一〇月 村木道彦『天唇』一一月 菱川善夫『戦後短歌の光源』浜田康敬『望郷篇』翌年第一回歌人集会賞受賞 福島泰樹『晩秋挽歌』一二月 福田栄一『みなづきふづき』大河原惇行『流速』	四月三日 藤川忠治 73 同四日 山下秀之助 76 六月二九日 結城哀草果 80 七月一九日 水町京子 82 八月三一日 阿部静枝 75
三月 新幹線岡山博多間開通 五月 日本女子登山隊エベレスト登頂に成功 七月 沖縄海洋博覧会開幕 九月 天皇・皇后訪米 一一月 スト権奪還スト▼四月 南ベトナム政権無条件降伏 六月 メキシコで国際婦人年世界会議開催 一一月 第一回先進国首脳会議（サミット）フランスで開催	一九七五	昭和五〇	◇二月 石川一成『麦門冬』武川忠一『青釉』三月 上田三四二『湧井』四月 岩田正『土俗の思想』五月 前田透『銅の天』三枝浩樹『朝の歌』大林明彦『きみはねむれるか』六月 斉藤すみ子『劫初の胎』浜田康敬『望郷篇』とともに第一回歌人集会賞受賞 七月 岡井隆『鵞卵亭』細川謙三『楡の下道』近藤芳美『吾ら兵なりし日に』八月 阿部正路『飛び立つ鳥の季節に』稲葉京子『柊の門』宮柊二『独石馬』九月 佐藤佐太郎『開冬』一〇月 佐佐木幸綱『萬葉へ』一一月 鹿児島寿蔵『ははのくに』一二月 永田和宏『メビウスの地平』	二月九日 福田栄一 65 三月二九日 村上一郎 54 六月九日 加藤将之 73
二月 ロッキード疑獄事件 六月 村上龍「限りなく透明に近いブルー」（『群像』）七月 田中元首相逮捕 一二月 三木内閣総辞職 福田赳夫内閣成立▼九月九日 毛沢東死去 一〇月 江青、洪文らの四人組逮捕を公表	一九七六	昭和五一	一月 角川書店の「新鋭歌人叢書」刊行始まる 八月 下村光男、滝耕作ら『平利苑』創刊 一〇月「現代短歌シンポジウム東京」開催 ◇一月 光男『少年伝』三月 高野公彦『汽水の光』藤井常世『紫苑幻野』四月 近藤芳美『アカンサス月光』平井弘『前線』前登志夫『山河慟哭』五月 高安国世『新樹』田井安曇『水のほとり』六月 小野興二郎『てのひらの闇』七月 佐佐木幸綱『夏の鏡』国世『詩と真実』八月 成瀬有『游べ、桜の園へ』九月 玉井清弘『久露』斎藤史『ひたくれなゐ』石川不二子『牧歌』一〇月 河野裕子『ひるがほ』篠弘『近代短歌論争史明治大正編』一一月 辺見じゅん『雪の座』一二月 来嶋靖生『月』杜澤光一郎『黙唱』片山貞美『汾丘歌編』	二月一五日 初井しづ枝 75 三月二三日 四賀光子 90 五月三日 生田蝶介 86

西暦	和暦	社会	短歌	没
一九七七	昭和五二	九月二八日 日航機、赤軍派によりボンベイでハイジャックされる▼米大統領にカーター就任	六月 国文社「現代歌人文庫」刊行開始（塚本邦雄） 七月 短歌新聞社『短歌現代』創刊 ◇一月 馬場あき子『桜花伝承』 三月 疋田和男『夕焼の楕円』 西勝洋一『コクトーの声』 四月 岡井隆『韻律とモチーフ』 塚本邦雄『茂吉秀歌 赤光百首』 五月 水落博『出発以後』 六月 志垣澄幸『空壜のある風景』 七月 西村尚『故園断簡』 九月 伊藤一彦『月語抄』 一〇月 永田和宏『黄金分割』 三枝昂之『水の覇権』 河野愛子『鳥眉』 村永大和『ビニールハウスの獣たち』 一一月 前登志夫『縄文紀』 山田あき『山河無限』 葛原妙子『鷹の井戸』 一二月 島田修二『冬音』	一月一〇日 森本治吉 77 五月九日 大塚金之助 84 六月二〇日 大熊信行 84
一九七八	昭和五三	五月二〇日 新東京国際空港（成田空港）開港 八月一二日 日中平和友好条約調印 一二月七日 大平正芳内閣成立	一月 玉城徹『うた』創刊 五月 馬場あき子『かりん』創刊 八月 現代短歌・南の会『梁』創刊 一〇月「現代短歌シンポジウム札幌」開催 一二月 現代歌人協会の現代短歌大賞が創設され佐藤佐太郎が受賞（前年一二月刊行『佐藤佐太郎全歌集』）◇三月 穂積生萩『私の折口信夫』 四月 岡井隆『歳月の贈物』 五月 安田章生『旅人の耳』 七月 中川昭『九夏』 永井陽子『なよたけ拾遺』 八月 宮柊二『忘瓦亭の歌』 花山多佳子『樹の下の椅子』 九月 岡野弘彦『海のまほろば』 玉城徹『われら地上に』 一〇月 鎌倉千和『ゆふぐれの背にまたがりて』 あき子『日本女歌伝』 一一月 小池光『バルサの翼』 田谷鋭『母恋』 リカキヨシ『告日本歌』 吉田弥寿夫『現代短歌・作家と文体』	四月一五日 五島美代子 79
一九七九	昭和五四	一月 国公立大学の第一回共通一次試験実施 六月 東京サミット 村上春樹「風の歌を聴け」（『群像』）▼一月 米中国交回復 三月 米スリーマイル島で大量の放射能洩れ 五月 英国サッチャー保守党内閣成立 一一月 テヘラン米大使館人質事件 一二月 ソ連軍アフガニスタンに侵攻	二月 講談社『昭和万葉集』刊行開始 五月 河野裕子「いのちを見つめる―母性を中心として」（『短歌』） 一二月 沖積舎『アルカディア』創刊 ◇一月 佐佐木幸綱『底より歌え』 小野興二郎『天の辛夷』 三月 小中英之『わがからんどりえ』 四月 佐藤佐太郎『天眼』 五月 安森敏隆『沈黙の塩』 六月 奥村晃作『三齢幼虫』 窪田章一郎『素心臘梅』 柴生田稔『斎藤茂吉伝』 七月 春日真木子『火中蓮』 生方たつゑ『野分のやうに』 塚本邦雄『天変の書』 吉岡生夫『草食獣』 八月 安永蕗子『朱泥』 三枝浩樹『銀の驟雨』 九月 松平盟子『帆を張る父のやうに』 松平修文『水村』 一〇月 馬場あき子『雪鬼華麗』 一一月 築地正子『花綵列島』 一二月 幸綱『火を運ぶ』 玉城徹『茂吉の方法』 三枝昂之『現代定型論・気象の帯、夢の地核』	一月九日 服部直人 71 二月一三日 安田章生 61 五月三〇日 春日井瀇 82 七月一六日 村野次郎 85

西暦	年号	一般事項	和歌関連事項	没年など
一九八〇	昭和五五	二月二六日 海上自衛隊、環太平洋合同演習に初参加 七月一七日 鈴木善幸内閣成立 八月 柄谷行人『日本近代文学の起源』刊 一二月 田中康夫「なんとなく クリスタル」(『文芸』) ▼七月一九日 モスクワオリンピック。米日西ドイツなどボイコット 九月九日 イラン・イラク戦争 一二月八日 ジョン・レノン撃たれ死亡	六月 筑摩書房『現代短歌全集』刊行開始 八月 前登志夫『ヤママユ』創刊 一一月「現代短歌シンポジウム熊本」開催 ◇三月 菱川善夫『飢餓の充足』 四月 長沢美津『墨雫』 五月 岡井隆『マニエリスムの旅』 七月 前田透『冬すでに過ぐ』 藤井常世『草のたてがみ』 八月 河野裕子『桜森』 一〇月 葛原繁『玄』 阿木津英『紫木蓮まで・風舌』 雨宮雅子『悲神』 一一月 山崎方代『こおろぎ』 隆『前衛短歌の問題』 鵜飼康東『断片』 一二月 道浦母都子『無援の抒情』	四月一日 鈴木幸輔 69 同一五日 土岐善麿 94 一〇月二六日 中河幹子 85
一九八一	昭和五六	三月二日 中国残留日本人孤児初めての正式来日 一〇月一日 常用漢字表告示 ▼一月二〇日 米レーガン大統領就任 一〇月六日 エジプトサダト大統領暗殺	八月「現代短歌シンポジウム名古屋」開催 ◇一月 勝部祐子『解体』 三月 永田和宏『表現の吃水 定型短歌論』 四月 今野寿美『花絆』 辺見じゅん『水祭りの桟橋』 五月 外塚喬『喬木』 六月 百々登美子『草昧記』 七月 木俣修『雪前雪後』 樋口賢治『鰊ぐもり』 篠弘『近代短歌論争史・昭和編』 八月 竹山広『とこしへの川』 糸川雅子『水螢』 和田周三『揺曳』 稲葉京子『槐の傘』 九月 蒔田さくら子『紺紙金泥』 一〇月 松村英一『樹氷と氷壁以後』 小中英之『翼鏡』 時田則雄『北方論』 一一月 小市巳世司『ほやの実』 和宏『無限軌道』 恩田英明『白銀乞食』 一二月 武川忠一『秋照』 大西民子『風水』	二月二五日 松村英一 91 一〇月一日 大岡博 74
一九八二	昭和五七	六月 東北新幹線開業 七月~八月 歴史教科書問題で中国・韓国が日本に抗議 一一月 上越新幹線開業 同月 中曽根内閣成立 ▼四月 フォークランド紛争	九月 武川忠一『音』創刊 一一月「現代短歌シンポジウム東京」開催 ◇二月 太田一郎『秋の章』 三月 篠弘『歌の現実』 山本健吉『短歌 その器を充たすもの』 四月 大塚陽子『遠花火』 五月『塚本邦雄湊合歌集』 山本友一『日の充実』 高野公彦『淡青』 久々湊盈子『熱く神話を』 六月 成瀬有『流されスワン』 沖ななも『衣装哲学』 高嶋健一『草の快楽』 来嶋靖生『森のふくろう』 王紅花『夏暦』 七月 上田三四二『遊行』 井辻朱美『地球追放』 坂野信彦『銀河系』 八月 岡井隆『人生の視える場所』 九月 高瀬一誌『喝采』 一〇月 邦雄『歌人』 一一月 小池光『廃駅』 一二月 隆『禁忌と好色』	五月二七日 五味保義 80 八月二二日 鹿児島寿蔵 83

一九八三　昭和五八

四月一五日 東京ディズニーランド開園 五月二六日 日本海中部地震 六月 島田雅彦「優しいサヨクのための嬉遊曲」(『海燕』) 一〇月三日 三宅島噴火 一一月九日 レーガン米大統領来日し、天皇、中曽根首相と会談 一二月 第二次中曽根内閣成立(新自由クラブと連立)▼九月一日 大韓航空機撃墜事件

二月『新編国歌大観』刊行開始 五月 河野裕子、阿木津英、道浦母都子、永井陽子ら名古屋でシンポジウム「女・たんか・女」開催 七月 田島邦彦『開放区』創刊 八月川島喜代詩、長沢一作ら『運河』創刊 ◇二月 大塚布見子『白き仮名文字』六月 昭和一九年の会合同歌集『モンキートレインに乗って』七月 篠弘『現代短歌史Ⅰ』奥村晃作『鬱と空』八月 河野愛子『黒羅』佐太郎『宿星』吉村睦人『吹雪く尾根』青井史『花の未来説』永井陽子『樟の木のうた』柏崎驍二『読書少年』九月 島田修二『渚の日日』今野寿美『星刈り』松平盟子『青夜』一〇月 三枝昻之『暦学』一二月 福島泰樹『中也断唱』阿木津英『天の鴉片』富小路禎子『柘榴の宿』

二月一九日 安田青風 87
三月六日 樋口賢治 74
四月四日 木俣修 76
同二二日 早川幾忠 86
五月四日 寺山修司 47
七月二四日 熊谷武至 75

一九八四　昭和五九

三月一八日 グリコ社長誘拐、身代金一〇億円・金塊百キロを要求 七月二八日 ロサンゼルス・オリンピック開催(ソ連など不参加)

四月 河野裕子、阿木津英ら京都で「春のシンポジウム 歌うならば、今」開催 中山明・井辻朱美ら『かばん』を創刊 一一月「現代短歌シンポジウム名古屋」開催 ◇一月 田島邦彦『晩夏訛伝』二月 高野公彦『水木』三月 鳥海昭子『花いちもんめ』秋葉四郎『黄雲』大野誠夫『水幻記』四月 裕子『はやりを』五月 篠弘『昨日の絵』七月 稲葉京子『桜花の領』小高賢『耳の伝説』土屋文明『青南後集』清原令子『繭月』八月 塚本邦雄『豹変』江畑実『檸檬列島』九月 雨宮雅子『雅歌』晋樹隆彦『感傷賦』山中智恵子『星肆』紀野恵『さやと戦げる玉の緒の』李正子『鳳仙花のうた』一〇月 栗木京子『水惑星』一一月 中山明『猫1・2・3・4』春日井建『青葦』今井恵子『分散和音』中野照子『花折峠』北沢郁子『塵沙』

一月一三日 前田透 69
七月三〇日 高安国世 70
一〇月二三日 石川一成 55
一二月一一日 中西悟堂 89

一九八五　昭和六〇

三月 科学万博つくば85開幕 四月 NTT、日本たばこ産業株式会社発足 五月 男女雇用機会均等法成立(翌年施行) 八月一二日 日航ジャンボ機御巣鷹山山中に墜落 一二月 山田詠美「ベッドタイムアイズ」(『文芸』)▼九月二二日 日本・米国・英国・フランス・西ドイツ五か国蔵相中央銀行総裁会議における「プラザ合意」がなされ円高へむかう 一一月 米ソ首脳(レーガン・ゴルバチョフ)会談

一月 高野公彦、奥村晃作ら『コスモス』誌内同人誌『桟橋』創刊 六月 角川短歌賞次席となった俵万智「野球ゲーム」が評判を呼ぶ ライトバースが議論されていく 阿木津英、今野寿美ら東京で「三十一文字集会」開催 ◇三月 大塚寅彦『刺青天使』五月 仙波龍英『わたしは可愛い三月兎』高柳蕗子『ユモレスク』六月 岡部文夫『能登』七月 佐伯裕子『春の旋律』古谷智子『神の痛みの神学のオブリガート』八月 山名康郎『冬の旗』田井安曇『父 信濃』九月 斎藤史『渉りかゆかむ』上田三四二『照径』一〇月 石川一成『長江無限』時田さくら子『淋しき麒麟』一一月 来嶋靖生『笛』馬場あき子『葡萄唐草』山崎方代『迦葉』一二月 篠弘『自然主義と近代短歌』花山多佳子『楕円の実』一二月 真鍋正男『雲に紛れず』川口美根子『ゆめの浮橋』

八月一九日 山崎方代 70
同二五日 足立公平 77
九月二日 葛原妙子 78

西暦	年号	一般事項	和歌関連事項	没年など
一九八六	昭和六一	一月二二日 石橋政嗣委員長のもと、社会党「日本社会党新宣言」採択 五月四日 主要先進国首脳会議（東京サミット）開催 九月六日 社会党委員長に土井たか子就任 この年東京を中心に地価高騰 バブル景気▼四月二六日 ソ連チェルノブイリで原発事故	一月 塚本邦雄『玲瓏』創刊 三月 詩歌文学館賞が創設され近藤芳美が受賞 六月 俵万智「八月の朝」が角川短歌賞受賞（穂村弘「シンジケート」が次席）九月 加藤治郎「スモール・トーク」が短歌研究新人賞受賞 若手歌人の口語を取り入れた歌が注目されるようになる ◇二月 永田和宏『解析短歌論』三月 玉井清弘『風箏』島津忠夫『女歌の論』四月 大島史洋『時の雫』井辻朱美『水族』久我田鶴子『転生前夜』秋山佐和子『空に響る樹々』五月 石田比呂志『滴滴』六月 大西民子『印度の果実』七月 紀野恵『閑閑集』宮柊二『白秋陶像』八月 玉城徹『徒行』沖ななも『機知の足首』九月 塚本邦雄『詩歌変』岡井隆『五重奏のヴィオラ』一〇月 田村広志『旅の方位図』岡部文夫『雪天』坂井修一『ラビュリントスの日々』一一月 桑原正紀『火の陰影』三国玲子『鏡壁』一二月 道浦母都子『水憂』林あまり『MARS☆ANGEL』永井陽子『ふしぎな楽器』	四月二七日 岡野直七郎 90 一〇月三日 冷水茂太 74 一二月一一日 宮柊二 74
一九八七	昭和六二	四月一日 国鉄分割民営化（JR発足）九月 村上春樹『ノルウェイの森』刊 一一月六日 竹下登内閣成立 同月 吉本ばなな「キッチン」（『海燕』）▼一〇月一九日 ニューヨーク株式市場で暴落 翌日東京でも暴落 一二月 米ソINF全廃条約に調印	一月 雁書館『現代短歌雁』創刊 四月 砂子屋書房「現代短歌文庫」刊行開始（三枝浩樹歌集）六月 本阿弥書店『歌壇』創刊 ◇一月 上田三四二『短歌一生』阿木津英『白微光』二月 道浦母都子『ゆうすげ』三月 小島ゆかり『水陽炎』四月 笠原伸夫『抒情の現在』五月 俵万智『サラダ記念日』（二八〇万部のベストセラーとなっていく）六月 吉田正俊『朝の霧』加藤克巳『ルドンのまなこ』七月 片山貞美『鳶鳴けり』紀野恵『フムフムランドの四季』九月 伊藤一彦『青の風土記』一〇月 前登志夫『樹下集』岡野弘彦『天の鶴群』一一月 森岡貞香『黛樹』加藤治郎『サニー・サイド・アップ』	八月五日 三国玲子 63 同八日 佐藤佐太郎 77
一九八八	昭和六三	三月一三日 青函トンネル開業 四月一〇日 瀬戸大橋開通 六月一八日 リクルート事件発覚 九月一九日 天皇吐血 以後自粛ムードがつづく 翌年一月七日 逝去。平成と改元▼五月一五日 アフガニスタン駐留ソ連軍撤退開始 八月二〇日 一九八〇年以来のイランイラク戦争停戦	一〇月 加藤治郎、荻原裕幸ら『フォルテ』創刊 ◇一月 尾崎左永子『土曜日の歌集』二月 三国玲子『翡翠のひかり』三月 塚本邦雄『不変律』四月 奥村晃作『鴇色の足』五月 荻原裕幸『青年霊歌』六月 大下一真『存在』小池光『日々の思い出』七月 高野公彦『雨月』宮英子『花まゐらせむ』武下奈々子『樹の女』九月 佐藤佐太郎『黄月』今野寿美『世紀末の桃』一〇月 内野光子『短歌と天皇制』冬道麻子『森の向こう』岡部桂一郎『戸塚閑吟集』米川千嘉子『夏空の櫂』一一月 河野愛子『夜は流れる』一二月 日高堯子『野の扉』坪野哲久『人間旦暮』春夏編・秋冬編 馬場あき子『月華の節』	一月一六日 松井如流 87 二月二八日 森川平八 72 五月七日 山本健吉 81 一一月九日 坪野哲久 82

おわりに

本書の企画は、平成二二（二〇一二）年一月八日の、和歌文学会の出版企画委員会新規委員選出にはじまります。初期の委員は、高松寿夫、近藤みゆき、神作研一、草野隆でした。

同委員会の本書の前の企画は、折から笠間書院から刊行中だった「コレクション日本歌人選」で、全三期六十冊にのぼります。そこで次の企画は小さなものが良かろうということになり、あれこれのプランが出されましたが、一般向けで手軽に手に取ってもらえるハンドブック的なものが考えられ、同委員会での討議の末、和歌史の年表が選ばれました。

一般向けということで、販売単価も適価であることが必要となり、おおよそのページ数もその制限の中で決められました。また、ただ年月と事項を羅列しただけでは、一般の人に親しんでもらえないだろうということで、時代の概説やコラムを配することが決められました。一般事項の枠も作って、社会の動向と和歌の世界の連環について、ささやかながらも目を向けることや、カットなども使って無味乾燥な印面を和らげることも打ち合わされました。この段階では枕詞一覧や歌枕地図など便覧的ページも予定されていました。

出版企画委員会の委員は、すなわち執筆者を兼ねることが多く、委員会で打ち合わされたさまざまな事項と、コンセプトや完成イメージをもとにして、各委員が分担の時代の項目やコラムを執筆することになりました。しかし、予想以上に壁となった諸要素は、このあとに待っていました。それは、項目選定と行数の兼ね合い、そして事実の確認です。

一例をあげてみましょう。年表の細かな項目は、事実の略記です。まずは正確であればよいでしょう。しかし、これは容易なことではありません。

ある歌集が歴史的に重要で、それが成立したことを記載したい。ここまでは議論の余地がないとしても、その歌集が〈いつ〉成立したかが、問題を孕むことがあるのです。それはその歌集の奥付（末尾）に書いてある日付で良いのか、作者の日記に記事があるのか、史書などに書かれている記事によるのか…それらがすべて異なっていたらどうしたらよいのか…執筆者は先行の研究をチェックし、妥当な年月日を選ばなければならないのです。これが数百項目あるのです。

その歌集の撰者が誰なのかが問題になることもあります。撰集開始時は一名だったのが、その撰者がクビになり、選びなおされて新たな撰者が引き継いだのだけれど、完成した歌集には形式的に最初の撰者の名が残っている、などという場合、どう記述するのが良いでしょうか。

執筆者はこうした問題にぶつかるたびに悩み、時には文庫を訪れて写本や刊本を確認したりして、数日をついやすこともあったようです。結果として、撰者を「□□」から「□□ら」としたり、年月日を、「〇月〇日」とせずに「〇月〇日ごろ」に変更するなどの処置をするのですが、そのわずか一文字か二文字に、時間と逡巡が籠められることになりました。

また、この年表は、前に触れた理由でページ数の制限があるので、もとより、和歌関係の項目すべてを記載することはできません。どの項を入れて、どの項を略するか、執筆者の迷いは尽きなかったのです。進行役はＰＣの画面で、何度もすべての行数を数えてページ数を確認したのですが、予定より大幅に増えていることが多くて困りました。

この年表の執筆者は、『万葉集』なら『万葉集』、江戸なら江戸と、専門とする時代を持ちます。当然ながら、それぞれの時代を専門とする者が担当するのですが、時代時代の和歌世界の状況や、現在の研究の状況はそれぞれに異なります。そのため、時代ごとに年表の様相が異なってきたのも問題でした。各時代においてあるべき年表の姿を求めた結果、時代時代のページの性格が異なってくるのです。それでは良くないので、項目選定のガイドラインを厳格に作成して、それを守ってもらうというやり方も考えられるのですが、今度はそのガイドラインの作成が難しくなります。当初の予定では、各時代の割り当て行数が項目の選定の目安になるはずでしたが、実際に作業を進めるとなかなかそうはいかないのです。その結果、厳格に枠を守って簡潔を心がけた時代と、訳あってそうはできなかった時代とが並ぶことになりました。また、時代によってはページ数が大幅に増え、そのあおりで各種一覧、地図などは断念することになりました。

結果として、本年表は時代ごとに色合いがやや違うことになりました。たとえば、『万葉集』の歌には歌番号が付されていますが、『古今和歌集』以降はないなども、その結果です。歌番号を削除すれば統一できるのですが、番号はあれば便利なので、そのまま掲載することにしました。各時代は、色合いの異なるページとなったのですが、その記述スタイルそのものが各時代の特性を反映しているのだということでもあります。

本年表は、企画立ち上げから相当の年月を経てしまったので、いきおい、担当委員、執筆者の身の上にもさまざまな変化が起こりました。中古担当の近藤みゆき氏は、作業半ばでご逝去されました。その他、病、リストラ、介護、みとりなど、この世代の多くの人が経験する諸事が重なる中、粘り強く原稿と対峙してくれた執筆者も多くいます。さまざまな調整事項も多く、手元には送受信合わせて千通ほどのメールの履歴が残っています。種々の出来事によって、それこそ年表が編めるほどなのです。

その長い年月の間、時に立ち尽くすのみだった編者たちを見放さず、叱咤激励してくれた書肆三弥井書店の吉田智恵氏には、改めて感謝申し上げます。

令和三年　秋

草野記

執筆者、編集関係者等一覧

※所属は令和三年のもの

企画進行
田中　登　関西大学名誉教授
草野　隆　もと星美学園短期大学

上代　高松寿夫　早稲田大学
松田　聡　岡山大学
三田誠司　駒沢女子大学

中古　近藤みゆき　もと実践女子大学
岸本理恵　関西大学
高橋由記　流通経済大学

中世　草野　隆　もと星美学園短期大学
石澤一志　もと目白大学
嘉村雅江　東京都市大学非常勤講師
福井咲久良　新潟大学大学院現代社会文化研究科後期博士課程

近世　神作研一　国文学研究資料館
高野奈未　日本大学
高松亮太　東洋大学

近代　内藤　明　早稲田大学
石川浩子　都立高校教諭

和歌のタイムライン—年表でよみとく和歌・短歌の歴史—

令和３(2021)年11月18日　初版発行
令和４(2022)年10月26日　第二刷発行

定価はカバーに表示してあります。

©編　者　　和歌文学会出版企画委員会

発行者　　吉田敬弥

発行所　　株式会社 三弥井書店

〒108－0073 東京都港区三田3－2－39
電話03－3452－8069
振替00190－8－21125

ISBN978－4－8382－3389－2 C0091　　製版・印刷　藤原印刷